MEIA-NOITE NA AUSTENLÂNDIA

Shannon Hale

MEIA-NOITE NA AUSTENLÂNDIA

Tradução de
REGIANE WINARSKI

1ª edição

EDITORA RECORD
RIO DE JANEIRO • SÃO PAULO
2015

CIP-BRASIL. CATALOGAÇÃO NA FONTE
SINDICATO NACIONAL DOS EDITORES DE LIVROS, RJ

H183m
1ª ed.
Hale, Shannon, 1974-
 Meia-noite na Austenlândia/ Shannon Hale; tradução de
Regiane Winarski — 1ª ed. — Rio de Janeiro: Record, 2015.

Tradução de: Midnight in Austenland
ISBN 978-85-01-40459-6

1. Ficção americana. I. Winarski, Regiane. II. Título.

14-12211

CDD: 813
CDU: 821.111(73)-3

Título original
MIDNIGHT IN AUSTENLAND

Copyright© 2012, by Shannon Hale

Originalmente publicado por Bloomsbury, EUA, Nova York.
Direitos de publicação adquiridos mediante acordo com Barry
Goldblatt Literary LLC e Sandra Bruna Agencia Literaria S. L.

Texto revisado segundo o novo Acordo Ortográfico da Língua Portuguesa.

Todos os direitos reservados. Proibida a reprodução, no todo ou em
parte, através de quaisquer meios. Os direitos morais da autora foram
assegurados.

Direitos exclusivos de publicação em língua portuguesa somente para
o Brasil adquiridos pela
EDITORA RECORD LTDA.
Rua Argentina, 171 — Rio de Janeiro, RJ — 20921-380 — Tel.: 2585-2000,
que se reserva a propriedade literária desta tradução.

Impresso no Brasil

ISBN 978-85-01-40459-6

Seja um leitor preferencial Record.
Cadastre-se e receba informações sobre nossos
lançamentos e nossas promoções.

EDITORA AFILIADA

Atendimento e venda direta ao leitor:
mdireto@record.com.br ou (21) 2585-2002

Para Jerusha e Steph,
as musas deste livro, que, ao contrário de um
certo ator britânico, vão dar valor a esta dedicatória
e provavelmente até me jurar
amor eterno.

prólogo

NINGUÉM QUE CONHECIA CHARLOTTE CONSTANCE Kinder de jovem acharia que ela nasceu para ser uma heroína. Desde bem pequena ela foi sempre "pé no chão", não perturbava além do necessário e não defendia opiniões radicais. Segundo a sabedoria popular, heroínas nascem da tragédia, e o início da vida de nossa Charlotte foi bem comum. Além de evitar acidentes fatais, seus pais nunca a trancaram em um quartinho escondido no sótão.

No mínimo, ela poderia ter acabado se tornando uma beleza trágica. Embora sua maior herança acabasse se manifestando (seu nariz), ela nunca foi do tipo de garota que instigava homens a fazerem coisas perigosas. Ela era... legal. Até os amigos mais próximos, muitos dos quais gostavam bastante dela, não conseguiam imaginar um adjetivo mais espetacular que esse. Charlotte era legal.

Eventualmente, Charlotte acabou conhecendo um homem também legal chamado James e ficou convencida de que o amava de paixão. O casamento deles foi bem legal e tiveram dois filhos que pareciam perfeitos aos olhos da mãe e adequados aos olhos dos outros. Depois de cuidar deles até o ponto de não precisarem mais de vigilância constante para sobreviver, Charlotte se perguntou "E agora?". Foi quando Charlotte Constance Kinder, que era legal, descobriu que também era inteligente.

Ela criou um negócio pela internet, o fez crescer até chegar a sete funcionários e vendeu a empresa obtendo um lucro absurdo. Com Lu e Beckett no primeiro segmento do ensino fundamental, ela tinha tempo de sobra, então por que não criar outra empresa? Seu fundo de aposentadoria estava bem gordo. Ela doava dinheiro para instituições de caridade. Comprou um carrão para James e levou as crianças em viagens de navio. Charlotte estava feliz, uma felicidade de pés descalços na areia, de beijo na bochecha, de hálito de chocolate quente. Tudo que havia desejado na infância tinha se tornado realidade, e ela concluiu de uma maneira maravilhosa, plena e ignorante que a vida não tinha como ficar melhor.

Até que tudo ruiu.

Talvez nunca saibamos o que fez James, que um dia fora legal, se afastar dela. Foi o fato de sua mulher ganhar mais que ele? (Muito mais.) Ou de sua mulher acabar se mostrando inteligente? (Isso pode ser pouco conveniente.) Será que Charlotte tinha mudado? Ou foi James? Será que os casamentos simplesmente passaram a ficar difíceis de durar nesse mundo louco e em constante mudança?

Charlotte achava que não. Mas já tinha se enganado antes.

Ela se enganou quando supôs que o marido chegava tarde porque estava trabalhando. Ela se enganou quando botou a culpa pelo comportamento cada vez mais mal-humorado dele na deficiência de ferro em sua alimentação. Ela se enganou quando acreditou que a frieza na cama poderia ser resolvida com lençóis de flanela.

Pobre Charlotte. Tão legal, tão inteligente, tão enganada.

Charlotte passou a acreditar que o que acaba com um casamento não é um ato isolado. A partir do momento em que ele fica instável, há mil possibilidades de mudar o curso, e ela investiu tudo em cada uma dessas segundas chances, mas falhou mesmo assim. Era como se ver presa em seu próprio *Feitiço do tempo*, só que sem o encantador Bill Murray para fazê-la rir. Ela acordava, voltava a se espantar com o peso esmagador que sentia no peito, vestia suas melhores roupas como se estivesse indo para a guerra, e saía com a esperança de que o dia seria diferente; de que, naquele dia, James se lembraria de que a amava e voltaria para casa, para a família; de que, naquele dia, ela reconquistaria seu casamento e sua vida.

Acabou chegando a hora em que Charlotte se sentou em meio às ruínas do casamento e se sentiu tão mole quanto um macarrão cozido demais. Ela nunca seria legal nem inteligente o suficiente. A esperança tinha sido morta a pauladas. Ela enxugou as lágrimas, desligou o coração e mergulhou em um coma emocional. Era bem mais fácil não sentir nada.

Quando o entorpecimento desliga um coração ferido, é preciso um milagre para religá-lo. As coisas se mostrariam difíceis para nossa heroína. Sua única esperança era Jane Austen.

VAMOS DAR UM SALTO E avançar um pouco. Não temos por que ficar falando de advogados, divisão de bens, guarda de filhos, do choro de Beckett, aos 10 anos, na hora de dormir e da expressão vidrada que Lu, aos 13, vinha aperfeiçoando. Não precisamos entrar nos detalhes do Dia dos Namorados em que Charlotte passou arrumando revistas em ordem alfabética.

Mas, antes de dar um salto grande demais, façamos uma pequena pausa. Charlotte acabou de sair do chuveiro. O espelho está embaçado, o ambiente, abafado. Faz alguns meses que seu coração adquiriu o peso de Stonehenge ao pensar em James pela última vez. Para falar a verdade, faz algum tempo que ela não sente nada. Ela passa a mão no espelho e fica paralisada, surpresa ao ver os olhos de uma mulher que não conhece. Será que essa é sempre a sua aparência? Aquela linha na testa... estaria franzindo o cenho?

Charlotte se concentra nos músculos da testa e os manda relaxar. Mas eles continuam amontoados. Ela passa os dedos no local. Será que está tendo um espasmo muscular? Será que deveria ir ao médico? E então... ah. Ela cai em si. Pode passar os dedos na testa o quanto quiser, não vai adiantar.

— Ruga — sussurra Charlotte.

Ela não possuía mais a mesma aparência de quando era solteira. E era nisso que estava pensando quando Sabrina, uma amiga da época da faculdade, levou-a para almoçar fora.

— Kent é uns dois anos mais novo que você, mas é uma ótima pessoa — disse Sabrina enquanto polvilhava sal no filé com queijo. — Ele é assistente jurídico, vai de bicicleta para o trabalho e, sabe como é, tem a bagagem emocional de um homem normal de trinta e poucos anos que nunca se casou.

Charlotte massageou a ruga entre os olhos, tentando obstinadamente dissipá-la mais uma vez. Foi essa mesma autoconfiança que fez com que ela ganhasse o prêmio de Empreendedora do Ano de Ohio (ou EAO).

— Não vou me casar de novo.

— Quem falou em casamento? Quando você vai deixar um pouco de romance entrar na sua vida?

Romance. Essa palavra soava agora como bobagem para Charlotte — tão barata, feita para o povão, artigo de liquidação. Uma insanidade temporária provocada pelo cérebro. Um truque biológico para garantir a sobrevivência da espécie.

— Um programa romântico. Só unzinho — disse Sabrina.

— Tá, tudo bem, vai — disse ela, e acrescentou: — Obrigada.

— Falou isso para que Sabrina achasse que estava lhe fazendo um favor em vez de manipulando-a para se voluntariar para uma sessão de tortura.

A noite de sexta chegou logo depois da de quinta, como previsto no calendário. Charlotte trocou a roupa confortável de trabalhar em casa por uma incômoda e chamativa, e pôs-se de frente a um espelho a fim de avaliar o resultado. O cabelo estava horrível. Parecia pender sem vida de sua cabeça como... como... Estava tão patético que, quando tentava pensar em uma comparação, sua mente se entediava e começava a pensar em outra coisa mais interessante. Como no código tributário.

Ser solteira era ridículo, com todas essas demandas de programas com caras desconhecidos e cuidados com os cabelos. Será que foi por isso que James foi embora? Porque ela não cuidava do cabelo com o devido empenho?

Charlotte passou chapinha nas madeixas, massageou a ruga na testa e foi ao encontro de Kent num restaurante japonês.

Ligou para Sabrina assim que voltou para casa.

— Estou arrasada. Foi mal.

— Ai, Charlotte, o que aconteceu?

Nada de mais. Sem dúvida, outras mulheres teriam achado fascinante a aula gratuita de Kent sobre os méritos da alimentação caseira para cães, mas Charlotte deixou o restaurante japonês com uma leve intoxicação alimentar e com um coração que ameaçava voltar a sentir. E o que ele quase sentiu não foi bom. Ela o desligou imediatamente. Continue dormindo, coração cruel.

— Sou atarracada — disse Charlotte sem emoção.

— Você não é atarracada — disse Sabrina. — Tem um metro e oitenta. Como pode ser atarracada?

— Eu me sinto atarracada.

— Peraí... Kent chamou você de atarracada? Eu mandei que ele ficasse de boca calada.

— Não, ele foi ótimo. Não quero mais reclamar. E nem sair com ninguém. Pelo menos por enquanto. Foi mal. Obrigada.

Mas a coisa não parou por aí. A notícia se espalhou pela rede de amigas de Charlotte: ela saiu com alguém! Isso significava que a temporada de caça estava aberta. Nos fins de semana de cada mês em que Lu e Beckett ficavam com James, Charlotte se arrumava e saía com homens que não conhecia. Só para esclarecer, nenhum deles convidou Charlotte para sair diretamente, mas todas as mulheres casadas do círculo de amizade de Charlotte tinham uma lista de solteiros esperando para levá-la a algum lugar e nunca mais ligar. Bem, alguns ligaram, mas esses eram os "artistas" (escritores, pintores, artistas plásticos em potencial) que achavam que sair com mulheres como Charlotte era mais conveniente que pedir doações.

Charlotte estava na fila do caixa no supermercado elaborando uma estratégia para evitar essas situações, que envolveria basicamente nunca mais atender o telefone, quando viu uma revista para o público feminino exibindo a seguinte matéria na capa: "10 dicas para dizer NÃO!" Ela comprou a revista. As dez dicas eram razoavelmente úteis ("Seja gentil, mas firme, como um bom pudim de leite! Afinal, ninguém quer uma sobremesa aguada e rala."), mas foi um outro artigo da revista que virou seu mundo de cabeça para baixo.

Segundo o que pregava a sabedoria popular, o filho precisa mais do pai do que a filha. Alguém com quem jogar bola, certo? Bem, não negligenciem as filhas. Novas pesquisas alertam que filhas de pais divorciados podem sofrer declínios perigosos da autoestima.

"Quer elas queiram, quer não, as adolescentes se identificam com as mães", disse a Dra. Deb Shapiro, pesquisadora do Centro de Estudos da Família de Mineápolis. "Quando o pai abandona a mãe, a filha também sente que está sendo rejeitada. Cada vez mais estamos descobrindo que essas garotas podem ficar desesperadas para chamar atenção e obter aprovação de homens, e têm muito mais chance de entrar para as estatísticas da gravidez na adolescência."

A foto que ilustrava o artigo provocou um calafrio em Charlotte: uma adolescente bonita, mas com o olhar um tanto triste, de saia curta e camiseta tipo regata, passando por um grupo de garotos que não tiravam os olhos dela. "Essa poderia ser sua filha!", a foto parecia gritar. "Ela está por aí à procura de afeto em meio a uma multidão de tubarões e é tudo CULPA SUA porque você não foi interessante o suficiente para segurar o pai dela!"

Charlotte guardou a revista e abriu a porta de casa. Ali estava Lu no sofá com o novo namorado, Pete, as pernas em cima das dele. Charlotte havia proibido a filha de namorar de porta fechada, mas o que o garoto fazia quando Charlotte não estava de olho? O pensamento a assombrou como uma overdose de glutamato monossódico. Ela não era o tipo de mulher que conseguia surtar sem consequências visíveis; ela tinha de *fazer* alguma coisa.

Ao voltar para casa depois de um compromisso na tarde seguinte, ela passou "por acaso" pela casa de Pete. Como quem não quer nada, estacionou do outro lado da rua e ficou ali por alguns minutos. Ou uma hora. Quando um Jeep parou e Pete entrou, ela o seguiu até uma outra casa. Charlotte saiu de fininho do carro e espiou pela janela do porão. Três garotos, incluindo Pete, estavam num sofá jogando videogame.

Isso é loucura, Charlotte, disse a si mesma. Você está maluca. Perdeu a noção.

Sério, disseram seus Pensamentos Profundos. Você não era paranoica assim antes de James sair de casa.

Eu sei, pensou Charlotte em resposta, torcendo para que os Pensamentos Profundos calassem a boca e a deixassem em paz. Se colasse em Pete, descobriria algum segredo, um lado ruim, alguma coisa que pudesse contar a Lu e que a convenceria a ficar longe de garotos por um bom tempo. Até, digamos, os 25 anos.

Estava ficando escuro. Charlotte se agachou para esperar. Um arbusto a escondia dos vizinhos e, com as luzes acesas lá dentro, os garotos não conseguiam ver do lado de fora. Peraí, para onde os garotos foram? O sofá estava vazio.

Ela se virou. Pete estava no quintal segurando uma lata de refrigerante e olhando para ela com um olhar intrigado.

— Sra. Kinder?

Charlotte ficou de pé, espanou a grama da saia e disse, simulando um ar blasé:

— Hã? O quê? Ah, oi, Pete. Você mora aqui?

Ele franziu a testa.

— É a casa do meu primo. Você está procurando a Lu?

Ela respondeu, gaguejando um pouco:

— Não, não, só estava examinando os vários tipos de jardins de várias propriedades em vários bairros e coisa e tal. Você sabe. Para o meu trabalho.

Sem desviar o olhar, ele tomou um gole prolongado e lento do refrigerante.

— Tudo bem. Então, foi bom ver você de novo, Pete. E que localização boa para um juníparo! Raízes e folhagem excelentes. Lindamente cuidada.

Ela seguiu pelo gramado à frente da casa com os saltos dos sapatos perfurando a grama. Não era um tipo de calçado prático para se examinarem vários jardins em vários bairros. Talvez ele não tenha reparado.

Chega de seguir o menino, Charlotte!, exigiram seus Pensamentos Profundos.

Tudo bem, tudo bem, mas, a propósito, você sabia que existe uma seção inteira nas páginas amarelas só de detetives particulares?

Duas semanas depois, ela recebeu um envelope com informações e fotos: Pete com os amigos no shopping, Pete entrando no ônibus da escola, Pete no treino de futebol. O que ela esperava? Pete entrando em quartos de motéis vagabundos ou deslizando sacos de papel por baixo da porta de reservados em banheiros?

Ela colocou o arquivo do detetive no picador de papéis e foi procurar a filha, que estava no porão vendo comerciais na TV. Era hora de tentar a abordagem direta

— Oi, Lu. Tudo bem?

Lu suspirou e apertou o botão no controle remoto que tirava o som da TV.

— Mãe, se você quer conversar comigo, não precisa disfarçar assim.

Charlotte se sentou ao lado dela no sofá.

— É que eu estou tendo algumas preocupações com relação ao Pete.

Lu suspirou mais uma vez:

— Isso é normal, mãe. Ele é um garoto e você é minha mãe e o papai foi embora. Faz todo sentido.

Charlotte fechou os olhos e lembrou-se de uma imagem de Lu aos 3 anos, de maria-chiquinha, girando sem parar na sala de estar do apartamento antigo.

— Você tem 14 anos, querida — disse Charlotte, voltando à realidade, mesmo a contragosto. — É jovem demais para se envolver em um relacionamento sério.

— Mãe, por favor. Você não consegue se lembrar de quando tinha 14 anos? Você já teve a minha idade e deu tudo certo. Pode ficar tranquila.

Será que deu mesmo tudo certo?, perguntou-se Charlotte. Pelo bem de Lu (e por medo de repercussões legais se ela fosse flagrada contratando homens para tirar fotos de um adolescente), ela tentou se lembrar de como era ser jovem.

Naquele feriado de Páscoa, quando foram visitar a mãe dela na Carolina do Norte, Charlotte pegou algumas caixas contendo objetos antigos e encontrou um diário de quando ainda estava no segundo segmento do ensino fundamental.

O que estava escrito na primeira página prendeu sua atenção:

Coisas a fazer antes dos 30 anos:
- Casar [ok]
- Ter um bebê [ok, ok]
- Andar de saltos altos sem desequilibrar [ok]
- Escalar o monte Kilimanjaro [hum...]
- Entender física [ok, mais ou menos]
- Ajudar a salvar as baleias ou outros animais em perigo [ok! Graças às doações para o Greenpeace!]
- Ler Jane Austen [???]

Era estranho achar objetivos esquecidos e escritos com a sua letra, como se tivesse acordado numa boate com um grupo de estranhos chamando-a de "Sahara". Alguns dos objetivos faziam sentido (quem não gosta de baleias?), mas o monte Kilimanjaro? Não era ambicioso demais? Jane Austen era um objetivo possível de cumprir. A única escritora que Charlotte leu na idade adulta foi Agatha Christie. Ela herdou da avó uma coleção de cinquenta livros e foi lendo aos poucos, quando as circunstâncias pediam um livro. Ela não conseguia se lembrar por que Jane Austen intrigou-a quando jovem, mas ficou tão curiosa que foi até a livraria mais próxima. Seus livros não eram difíceis de encontrar.

No fim de semana seguinte, os filhos foram para a casa do pai, e Charlotte usou o truque de dizer que estava doente para fugir dos programas arranjados com homens desconhecidos. Ela ficou sozinha em casa por 48 horas e passou a maior parte delas com um livro nas mãos. Leu com a voracidade de uma mulher que bebe água depois de quase morrer de desidratação. As histórias lhe despertaram uma sensação atrás da outra: um frio na barriga, uma gargalhada, palpitações. Os livros de

Jane Austen a fizeram *sentir*, e isso era novo · inebriante até. E lhe deu tantas esperanças. A esperança era aquela fênix com as penas queimadas e enterrada em sua alma, mas que agora começava a despertar, a se espreguiçar, a bater as asas novas cobertas de cinzas.

Talvez não houvesse problema em se permitir sentir... só um pouquinho? Não de uma hora para outra, nada radical. Mas aquela leve esperança sugeria que, quando estivesse pronta para se abrir, talvez as emoções não fossem ser horríveis como pedras esmagando o peito. Ela não possuía expectativas específicas. Apenas sentiu o batimento cardíaco de passarinho dentro de si e considerou que era hora de tentar a sorte.

A SORTE VEIO NAQUELE VERÃO.

— Faça uma viagem, Charlotte — disse a cunhada, Shelby, ao telefone. — Quando as crianças estiverem com James, vá para algum lugar exótico. Conheça alguém.

Não havia ninguém que Charlotte quisesse conhecer. Exceto os personagens dos livros de Jane Austen. O que era uma ideia ridícula. Certo? Não era?

— Talvez eu vá para a Inglaterra — disse Charlotte.

Ela ligou para Sunny, a agente de viagens a quem recorria para comprar passagens aéreas quando o assunto era trabalho.

— Tenho três semanas livres no verão e gostaria de ir até o Reino Unido. Talvez... Não sei... Será que existem roteiros ou pacotes inspirados em Jane Austen?

— Ah, claro — respondeu Sunny, animadamente. — Existem alguns roteiros sensacionais que passam pelas cidades em que ela morou ou pelos cenários presentes nos livros. Bath é uma das mais populares. É tão maravilhosamente singular.

— Parece maravilhoso mesmo — disse Charlotte.

Talvez, se visitasse os lugares em que Austen escreveu seus livros, nos quais seus personagens moraram, Charlotte conseguisse sentir de novo o que experimentou enquanto os lia; não como uma garota amassada e jogada fora, mas como uma mulher cheia de possibilidades.

— Estou divorciada há quase um ano e ainda não saí de férias — disse Charlotte para preencher o silêncio enquanto Sunny digitava algo no teclado do computador. — Eu devia parar de achar que não mereço e simplesmente ir. E não é uma viagem sem propósito; é uma imersão literária, concorda? Sunny, você já leu Jane Austen?

— Claro... mas quando estava no ensino médio.

Clique-clique.

— Tem alguma coisa naquelas histórias. É lá que eu quero estar agora. Mesmo que apenas por um minuto, estar lá seria tão bom — disse Charlotte.

O teclado de Sunny parou de fazer cliques.

— Charlotte, você poderia aguardar só um segundo, por favor?

Música de espera. Dos anos setenta. De discoteca. Charlotte acompanhou o ritmo tamborilando os dedos dos pés no chão. Os dedos dos pés de Charlotte adoravam música de discoteca.

O telefone emitiu um estalido e uma outra voz falou, mais grave, aveludada.

— Sra. Kinder, aqui quem fala é Noel Hess, dono da operadora de turismo Endless Summers. Sunny me falou de seu interesse em pacotes de férias inspirados em Jane Austen. Tenho uma sugestão perfeita, que reservamos para nossa clientela exclusiva.

Charlotte apurou os ouvidos. Charlotte engoliu em seco. Charlotte passou a mão na pele arrepiada. Essas férias inspiradas em

Jane Austen custariam quatro vezes mais do que ela imaginara que iria gastar. Mas Charlotte estava sem ar. Ela se sentiu como Ponce de León sendo guiado até a fonte da juventude e convidado a molhar os dedos dos pés. É claro que Ponce de León teria preferido a imersão total, mas, ei, dedos dos pés imortais são melhores que nada. Mesmo que eles sejam fãs de música de discoteca.

O agente de viagens enviou para Charlotte, de um dia para o outro, um folheto impresso num papel todo brilhoso mostrando a foto de uma propriedade majestosa e de um homem e uma mulher andando de braços dados, os dois vestidos a caráter com o tipo de roupa que se usava na época de Jane Austen. Não era um desenho. Era uma *foto* de uma casa de verdade, feita de tijolos, e de um casal de carne e osso.

Charlotte abriu o folheto e leu o que estava escrito em letras cursivas:

> *Pembrook Park, Kent, Inglaterra. Adentre nossas portas como nosso convidado e passe duas semanas apreciando a vida no campo e a nossa hospitalidade — um chá das cinco, uma dança ou duas, um passeio no jardim, um encontro inesperado com um certo cavalheiro, tudo culminando em um baile e talvez em algo mais...*

Charlotte fechou os olhos e apertou o folheto nas mãos. Nos últimos tempos, o mundo real se mostrava monótono e sem sal. Mas, na Austenlândia, a vida poderia ser experienciada em cores vivas! Aquilo era real! Bem, mais ou menos. Se viajasse até a Austenlândia, será que seu lado morto e congelado voltaria à vida? As palavras de Jane Austen tinham iniciado o processo de derretimento desse lado. Imagine só o que aconteceria se Charlotte pudesse entrar de corpo e alma nas histórias de seus livros.

Tudo estava prestes a mudar.

austenlândia, dia 1

Um Aston Martin, guiado por um motorista de chapéu e casaca, pegou-a em seu hotel em Londres. Charlotte estava na cidade havia uma semana, a ideia tendo sido começar as férias mais cedo, mas acabou passando a maior parte do tempo trabalhando no laptop. Por que relaxar e pensar na vida quando havia um trabalho maravilhoso e automático a ser feito?

Ela já tinha ido à Inglaterra uma vez, enquanto viajava pela Europa após terminar a faculdade, mas só o que levou foi uma mochila nas costas, um passe de trem e uma "melhor amiga" que a largou em Viena por um albanês. Charlotte não possuía uma visão romântica da Inglaterra naquela época, e seus dias giraram em torno da pergunta: "Será que vai chover antes de eu chegar ao próximo albergue?"

Agora, ela observava a paisagem com expectativa. Com esperança.

Vamos lá, disse pela janela do carro. Vamos lá, mude a minha vida. Eu desafio você.

O carro entrou em uma área rural de colinas verdes baixas e pastos limitados por cercas vivas. Árvores ocultavam qualquer visão de uma cidade nos arredores, e uma construção com ares de pousada surgiu à sua frente. Uma mulher de uns

60 anos esperava à porta. Usava um vestido com cintura império, um chapéu adornado com rendas e exibia um sorriso que parecia ligeiramente forçado. Charlotte sentiu vontade de dar um tapinha nas costas dela e dizer: "Não se preocupe, você não precisa se dar ao trabalho de sorrir por minha causa."

— Bem-vinda a 1816 — disse a mulher quando Charlotte saiu do carro. — Sou a Sra. Wattlesbrook, proprietária de Pembrook Park e sua anfitriã pelas próximas duas semanas. Por gentileza, entre.

A pousada era aconchegante e encantadora. A lareira estava acesa e havia uma mesa posta para o chá.

— Sente-se e relaxe um pouco enquanto aproveitamos para nos conhecer melhor — disse a Sra. Wattlesbrook.

— Será que eu poderia trocar de roupa primeiro?

Era estranho ficar de calças jeans ao lado da Sra. Wattlesbrook em seus trajes de época, parecendo ser a única pessoa de fantasia em uma festa. (Como aconteceu no ensino médio quando Charlotte foi à festa vestida de rainha da discoteca.)

A Sra. Wattlesbrook deu um suspiro, mas acompanhou-a até um quarto no andar de cima, onde uma criada idosa as aguardava. Quarenta e cinco minutos depois, Charlotte estava vestida: meias, ligas, botas, calçola, chemise, espartilho, vestido. A criada prendeu seu cabelo, cujo comprimento ia até a altura dos ombros, em um coque bem firme, e Charlotte se olhou no espelho. Semicerrou os olhos. Abriu a boca. Dilatou as narinas de forma ameaçadora. Não. Nenhuma mudança significativa. Ainda parecia tudo congelado por dentro. Daria no mesmo se estivesse vestida de rainha da discoteca.

Então não é o espartilho que faz a magia acontecer, pensou. Não é o vestido. Mas já é um começo.

De uns tempos para cá, tinha virado "A Divorciada". Permitiu-se ser definida pelo que James fez com ela. Agora, era sua chance de redefinir as coisas.

Eu escolho isso, disse ela para seu reflexo.

O reflexo não mudou. Ela torceu para que não fosse demorar. Só tinha duas semanas.

Charlotte voltou para a mesa do chá. O espartilho era tão rígido quanto um colete salva-vidas. Ela não conseguia nem se recostar nem se inclinar direito para coçar o tornozelo. Esse era o objetivo, ela supôs. As damas de Jane Austen não tinham coceira no tornozelo nem desejo de se recostar. A beleza das damas de Jane Austen era grandiosa, como se fossem estátuas de mármore.

Charlotte torceu para que estivesse bonita. Havia se esquecido de verificar isso pelo espelho.

A Sra. Wattlesbrook abriu uma pasta e revisou as regras de etiqueta e a programação de cada dia. Com a ajuda de duas criadas silenciosas, ainda ensinou-a a jogar uíste.

— Você leu todos os livros de Jane Austen? — perguntou a Sra. Wattlesbrook enquanto jogava uma das cartas.

— Li — disse Charlotte.

— E, no formulário, você escolheu *Orgulho e Preconceito* como seu preferido.

A Sra. Wattlesbrook lhe enviara um questionário de trinta páginas para ser preenchido com antecedência e que exigia mais informações do que se ela estivesse se candidatando a uma vaga nas Forças Especiais.

— Acho que é o romance perfeito — disse Charlotte.

— E é mesmo — disse a Sra. Wattlesbrook, deixando Charlotte feliz por tê-lo escolhido.

Inicialmente, *Orgulho e Preconceito* foi seu favorito, mas dois outros livros tiveram um impacto maior em Charlotte depois que os releu. *A Abadia de Northanger* a fez rir em voz alta. E *Mansfield Park* teve um efeito avassalador por ser o único romance de Jane Austen com um caso extraconjugal — de Maria Bertram, que era casada, com o solteiro Henry Crawford. O caso foi divulgado; Maria foi proscrita e passou à condição de divorciada. A severidade dessa história realçou o restante da era de Jane Austen, em que o casamento costumava durar a vida inteira. Ninguém na Austenlândia daria um tapinha na mão de Charlotte e diria, na tentativa de consolá-la: "Não se sinta mal. Metade de todos os casamentos termina em divórcio." Na Austenlândia, largar a esposa por outra mulher seria um escândalo! Ela queria viver em um lugar assim, mesmo que por apenas duas semanas.

— Aliás, minha querida, já pensou em que nome gostaria de adotar? — A Sra. Wattlesbrook jogou na mesa a carta da vitória com uma expressão de superioridade. — Se não tiver preferência por um nome específico, posso fazer a escolha por você.

Charlotte estava aliviada por não precisar carregar o peso do sobrenome *dele*, pelo menos não ali. Ela o manteve depois do divórcio porque também era o sobrenome dos filhos. Mas isso a incomodava, assim como o sorriso da Sra. Wattlesbrook. Cada vez que Charlotte dizia seu nome completo para o caixa do banco ou para alguém da seguradora, o sobrenome dele a fazia se lembrar de que já tinha sido outra pessoa, a senhora de algum senhor. Que foi esposa, amante, companheira, de uma forma tão real que a fez abandonar o sobrenome dos pais e assumir o dele. Charlotte passou a ser dele.

Um nome indesejado era um grande peso a se carregar.

— Eu poderia ser Charlotte Cordial.

— Adorável — disse a proprietária.

Foi o primeiro nome a surgir em sua cabeça, o sobrenome da avó materna. Charlotte foi batizada em homenagem à avó, uma mulher amável com uma gargalhada ferina e olhar penetrante, a quem todos chamavam de "Candy". Agora soava como um apelido de stripper, mas, no começo do século XX, Candy Cordial era um nome lindo.

— Mas você deseja manter seu prenome? — perguntou a Sra. Wattlesbrook, espiando por cima dos óculos de leitura.

— Sim.

— Hum... — fez a Sra. Wattlesbrook, como se dissesse *Ah, você é uma dessas.* — Então será a senhorita Cordial.

— É melhor que seja "senhora".

— "Senhorita" — disse a Sra. Wattlesbrook com firmeza.

— "Senhora" — disse a Sra. Cordial enfaticamente.

Ela não se importava de renegar James, mas, em 1816, uma "senhorita" não podia ter filhos e ser aceita na sociedade. Ela podia mudar o nome, o cabelo, o vestido, o jeito de agir, mas uma coisa que não podia mudar era sua condição de mãe. Sentia-a entranhada em seu rosto, como a ruga na testa.

— Sra. Cordial — disse a Sra. Wattlesbrook bufando, o sentimento de aprovação diminuindo depressa. — Viúva?

Charlotte assentiu.

— Sim, meu marido morreu de forma trágica. Foi uma perda extremamente dolorosa.

Pela primeira vez, a Sra. Wattlesbrook sorriu de verdade, e de um jeito que Charlotte quase esperou que a mulher fosse estender a mão fechada para dar um soquinho na dela.

— É uma pena quando eles morrem jovens — disse a Sra. Wattlesbrook.

Charlotte assentiu fingindo um ar solene, mas não conseguiu evitar um sorrisinho de canto de boca. Teve a sensação de que a Sra. Wattlesbrook *sabia tudo* sobre maridos infiéis. Era possível que a Sra. Wattlesbrook também fosse uma esposa rejeitada.

Mas o sorriso dela durou o tempo de um relâmpago, e a mulher limpou a garganta e neutralizou a expressão facial.

— Pois bem, Sra. Cordial, eu gostaria que soubesse que faço de tudo para que todos os Hóspedes tenham uma Experiência Satisfatória — disse a Sra. Wattlesbrook, com algumas palavras carregando maiúsculas evidentes. — Pelo seu perfil detalhado, achei-a compatível com um personagem masculino adequado a seu temperamento e personalidade. Minhas clientes apreciam descobrir os pretendidos Interesses Românticos e desenvolver um caso de amor inocente dentro das regras da Etiqueta Regencial. Já tivemos clientes problemáticas no passado. Posso confiar que não será uma delas? — Ela ergueu as sobrancelhas.

— Acho que não serei. Em geral, não sou... problemática.

— Que bom — disse a Sra. Wattlesbrook.

— Posso fazer uma perguntinha rápida? O que você quer dizer com "Regencial"?

A Sra. Wattlesbrook comprimiu os lábios e respirou fundo.

— Em 1811, o rei Jorge III foi declarado incapaz e seu filho governou por procuração durante nove anos. Ele foi o Príncipe Regente, e por isso essa época é conhecida como "Regência".

— Ah! Não fazia ideia. Mas por que o rei Jorge foi declarado incapaz?

— Porque sucumbiu à loucura.

— Oh — disse Charlotte, reagindo com tanta surpresa quanto uma mulher do século XIX que tivesse acabado de receber a notícia.

Nada a deixava mais descompensada que a loucura. Loucura e acidentes de avião. E aparições de fantasmas. E fungo tóxico e epidemias de gripe. E vazamentos de gás.

— Se isso for tudo, permita-me apresentá-la a alguns dos personagens da sua sessão. — A Sra. Wattlesbrook conferiu alguns papéis e foi falando enquanto os folheava. — O Sr. Thomas Mallery mima sua querida tia — ela apontou para si mesma — e veio me fazer uma visita em Pembrook Park. O Sr. Mallery convidou o velho colega de escola Edmund Grey a acompanhá-lo, assim como a irmã do Sr. Grey, a jovem viúva Charlotte Cordial.

— Eu tenho um irmão? — perguntou Charlotte.

Estava claro que esse Sr. Grey não seria seu Interesse Romântico. Ficou aliviada ao saber que haveria pelo menos um cavalheiro inofensivo na casa. Ela imaginou que a vivência de um romance fosse fazer parte dessa imersão em Jane Austen, mas estava cansada de armações.

— Você tem um irmão — confirmou a Sra. Wattlesbrook. — E repare que, embora a Etiqueta exija que a mulher se dirija a um homem de um jeito formal, usando o sobrenome e a designação *senhor*, Edmund, como seu irmão, pode ser chamado de um jeito mais informal, pelo nome.

Charlotte piscou.

— O quê?

— Sendo a irmã do Sr. Grey, você naturalmente o chamaria de "Edmund".

— Ah.

Ela duvidou de que isso soaria natural, nem que fosse *mesmo* irmã dele. Charlotte tinha preconceito com nomes que soavam formais, principalmente os que continham consoantes oclusivas em abundância. "Edmund" não fluía bem. Nem "Slobodan". Nem "Abednego".

— Haverá dois outros hóspedes em Pembrook Park durante sua estada. A Srta. Elizabeth Charming está conosco há... algum tempo. A Srta. Lydia Gardenside é nova em Pembrook Park, como você. Ela foi acometida pela peste cinzenta e veio convalescer em nossa tranquila propriedade campestre. — A Sra. Wattlesbrook se ocupou arrumando alguns papéis e falou, ainda olhando para baixo. — A Srta. Gardenside é uma pessoa de renome na cidade, e aparece sempre nos jornais, mas em Pembrook Park ela precisa de tranquilidade e anonimato. Nada de agitação que atrapalhe sua recuperação. Estamos entendidas?

A Sra. Wattlesbrook olhou para Charlotte por cima dos óculos de leitura.

Charlotte piscou. Será que a Srta. Gardenside era uma presidiária famosa recém-libertada de uma cadeia inglesa? Ou talvez da realeza?

— Claro — disse Charlotte.

Ela só esperava que essa duquesa ou condessa ou o que quer que fosse não se sentisse ofendida se Charlotte não fizesse a menor ideia de quem ela era.

Charlotte não teve muito tempo para refletir. Um criado entrou, vestido de casaca e usando uma peruca branca, e informou à Sra. Wattlesbrook que a carruagem estava pronta.

— Muito bem, Bernard. Vá buscar a Srta. Gardenside.

O criado fez uma reverência e se encaminhou para um aposento nos fundos.

Charlotte terminou o chá, espanou com as mãos os farelos do decote e ergueu o olhar, dando de cara com Bernard de braço dado com a mesma pessoa cujo pôster estava pendurado na parede do quarto da filha, cujo rosto enfeitava os cadernos de Lu, cujo nome estampava o lençol de Lu em letras coloridas. Era *ela*, a atriz de 20 anos das revistas de celebridades, a vencedora do Grammy, a estrela da TV. A garota britânica que fez milhões de adolescentes americanos utilizarem palavras e expressões do inglês britânico no dia a dia. Ela era tão famosa que nem usava sobrenome: Alisha.

— Ah, é você! — disse a boca de Charlotte, totalmente sem sua permissão.

Porque, obviamente, se Charlotte estivesse no controle da própria boca, teria dado um sorriso indiferente e dito "Como vai?" ou alguma outra coisa formal, educada e indiferente. Ah, boca traidora! Agora era tarde demais para não parecer afetada por essa celebridade em busca do anonimato.

— Sou eu? — perguntou a Srta. Gardenside com inocência.

O sotaque dela era mais formal, parecido com o da rainha, do que o tom mais natural que Charlotte a ouvira usar em entrevistas. Mesmo assim, não havia como confundir um rosto tão famoso, embora o cabelo preto e comprido estivesse preso em um coque com vários grampos de prata. A pele escura brilhava em contraste com o vestido amarelo, e os olhos negros pareciam mais simples sem os tradicionais cílios postiços. A garota era magra demais, mas bonita mesmo assim. Charlotte considerou colocar um pôster de Alisha na parede do seu quarto.

— Perdão, já nos conhecemos? — perguntou Alisha... ou melhor, a Srta. Gardenside.

Elas já se conheciam? Não... mas, pensando bem, ela não era a Sra. Cordial, e não costumava usar espartilho e calçola às segundas-feiras. Aqueles olhos sem cílios postiços pareciam implorar "não sou Alisha, por favor, finja que não sou Alisha"...

— Acho que sim — disse Charlotte, tentando entrar na personagem. — Em Bath, no ano passado? Fomos apresentadas no salão de baile pela... pela Srta. Jones?

A Srta. Gardenside piscou e disse:

— Sim, eu me lembro agora. É claro. Foi uma noite adorável. Se não me engano, você usava um chapeuzinho com desenhos de cerejas e um pequeno cupido.

— Exatamente — disse Charlotte, embarcando na história.

— Lembro-me de você ter dançado *três* vezes com o oficial alto de bigode, sua exagerada!

— Isso mesmo — disse Charlotte, um tanto contida.

— E foi tão ousada na festa, cantarolando pelo salão até os músicos finalmente chegarem.

— É — disse Charlotte, perdendo a animação.

A Srta. Gardenside bateu palmas.

— Fiquei encantada com você e jurei que, se nos encontrássemos de novo, eu a manteria por perto como amiga do peito para sempre. Então, agora é oficial. Você sempre será Charlotte para mim, e eu serei Lydia para você, e declaro-a minha melhor amiga e confidente.

Quase não havia sinal da artista de movimentos constantes de cabelo e quadris. Estragaria a brincadeira elogiá-la por isso, mas Charlotte queria que ela soubesse que estava se saindo bem, então abriu um sorriso sincero.

A Srta. Gardenside pegou-a pelo braço.

— Amigas do peito — disse ela de um jeito enfático.

A viagem de carruagem foi curta, curta demais para o gosto de Charlotte. Era tão surreal estar passeando numa carruagem por uma estrada rural, ainda mais usando um chapéu de época, embora aquilo na verdade parecesse mais um filme do Monty Python do que um episódio da série *Clássicos do Teatro*. Mesmo assim, era tudo muito *interessante*. Ela e a Srta. Gardenside fizeram "Oh!" em uníssono quando a mansão surgiu em meio à vegetação.

Charlotte tinha ido a festas em algumas mansões espetaculares nos Estados Unidos, mas, comparadas a esta enorme construção milenar com paredes de pedras, elas perdiam toda a graça. A frente da casa possuía algumas dezenas de janelas, o brilho do sol tornando-as opacas. Talvez fosse por causa daquelas janelas impenetráveis, ou pelo mistério do que poderia estar esperando do outro lado, ou talvez fosse culpa da biblioteca mental que Charlotte possuía de Agatha Christie, mas o que pensou na hora foi: "Este é o tipo de casa na qual assassinatos acontecem."

Uma fileira de criados esperava em frente à mansão. O mordomo magérrimo abriu a porta quando o veículo parou e ajudou as passageiras a descer da carruagem.

— Bem-vinda ao lar, Sra. Wattlesbrook — disse ele.

— Obrigada, Neville.

— Oba! — Uma loura cinquentona saiu correndo da mansão e desceu os degraus à entrada da casa. — Mais garotas!

Ela abriu bem os braços, os seios enormes balançando durante o avanço. A mulher parecia estar correndo para um abraço, e Charlotte deu um passo atrás, certa de que seria esmagada na lateral da carruagem. Mas, ante um olhar da Sra. Wattlesbrook, a mulher parou.

— Eu gostaria de apresentá-las à Srta. Elizabeth Charming, nossa amada hóspede — disse a Sra. Wattlesbrook, anunciando primeiro Charlotte e depois a Srta. Gardenside.

— Como vai? — disse Charlotte com uma reverência e um movimento de cabeça, como havia treinado na pensão.

— Vou *brilhantemente* bem — disse a Srta. Charming com um sotaque exagerado sem origem identificada. — É um prazer inenarrável recebê-la aqui.

Os lábios bem pintados da Srta. Charming tremiam enquanto ela falava, e, por um momento, Charlotte teve receio de que ela pudesse estar tendo um leve acidente vascular cerebral.

— A senhora está bem?

— A Srta. Charming é uma inglesa legítima — explicou a Sra. Wattlesbrook.

— Ah... — Charlotte sorriu educadamente. — Consegui perceber pelo... sotaque.

Charlotte não ousou tentar parecer britânica. O único sotaque que conseguia imitar era o do Brooklyn, e só quando dizia palavras terminadas em R. James odiava quando ela fazia o sotaque do Brooklyn.

A Srta. Charming abriu um sorriso largo. Olhou para a Srta. Gardenside e não pareceu reconhecer Alisha sob o chapéu. Pegou as duas pelo braço e levou-as escada acima.

— Este lugar é tão legal! — sussurrou ela, revelando o sotaque sulista americano. — E os caras são *uma delícia*, mas sinto falta de garotas entre as sessões. Mal posso esperar para...

Ela teve de parar porque a Srta. Gardenside começou a tossir. Não uma tosse leve de "tem uma coisa na minha garganta", mas uma tosse rouca e sufocante. Ela se inclinou, a respiração difícil e ruidosa, enquanto Charlotte dava batidinhas de leve em suas costas e se oferecia para pegar água, a atitude universal que se traduzia em "você está tossindo e não há nada de útil que eu possa fazer".

A Sra. Wattlesbrook entrou correndo e voltou com uma mulher alta e loira de vestido azul-marinho.

— Vou levá-la para a cama — disse a mulher.

A Srta. Gardenside pareceu balançar a cabeça em negativa, mas não conseguiu parar de tossir a ponto de se expressar com palavras, então foi arrastando os pés enquanto a mulher a carregava para dentro. A Sra. Wattlesbrook foi atrás.

— Vocês comeram pipoca na carruagem? — perguntou a Srta. Charming.

— Pipoca? Hum, não. Por quê?

— Uma vez, fiquei com uma pipoca presa na parte superior das vias respiratórias — sussurrou a Srta. Charming. — Tive de ser levada para a emergência... para os cuidados do boticário.

— Entendo — disse Charlotte. — Não, a Srta. Gardenside sofre de peste cinzenta.

— Ah. Parece contagioso.

Até onde Charlotte sabia, "peste cinzenta" era o termo arcaico para tuberculose, que era, na verdade, bastante contagiosa mesmo.

— Mas presumo que ela não viria para cá e nem que a Sra. Wattlesbrook permitiria que viesse se estivesse sofrendo de uma doença potencialmente fatal e contagiosa, não é?

A Srta. Charming deu de ombros.

— Só não vou emprestar minha escova de dentes para ela. Não mesmo.

Elas entraram pela porta principal e se viram em um saguão grandioso no qual havia uma enorme escadaria forrada por um tapete vermelho que se estendia até o piso de mármore. Corrimões adornados de madeira escura contrastavam com as paredes muito brancas, remetendo Charlotte a talhos numa pele bem pálida.

Talhos numa pele bem pálida? Você está mesmo mórbida, disseram seus Pensamentos Profundos.

Charlotte deu de ombros mentalmente. Ela não se considerava uma pessoa mórbida de nascença, mas casas antigas pareciam despertar isso nela. Levando em consideração os muitos anos de história, havia grandes chances de que coisas ruins tivessem acontecido nessas casas. Coisas muito ruins. Sua imaginação não parou de trabalhar.

A Sra. Wattlesbrook voltou e acompanhou Charlotte até seu quarto. A parede era pintada de amarelo-ouro, a cama, forrada com um lençol azul-celeste. Uma poltrona com estofamento branco, uma mesa de madeira clara e um armário completavam a atmosfera alegre. Charlotte sorriu. Talvez ficar em uma casa grande, antiga e pomposa não fosse ser algo tão ruim assim. Talvez não fosse dar nos nervos dela à noite e nem fazer com que tremesse nem sentisse saudades de casa.

— Descanse um pouco, se desejar — disse a Sra. Wattlesbrook. — Nos reuniremos na sala de estar antes do jantar.

— Obrigada.

Charlotte sorriu. A Sra. Wattlesbrook sorriu. A criada saiu. A Sra. Wattlesbrook não saiu.

— Pois não? — disse Charlotte, esperando que ela fosse falar mais alguma coisa.

A proprietária deu um passo à frente.

— Você está com algum item que tenha sido trazido da sua casa?

Charlotte apontou para o baú aberto. A criada havia colocado os trajes regenciais no armário e nas gavetas. Só havia sobrado a nécessaire com artigos de toalete de Charlotte.

— Se possuir alguma medicação — disse a Sra. Wattlesbrook —, minha equipe poderá armazená-la na cozinha em temperaturas mais baixas e servi-la durante as refeições.

— Não... não tenho medicamentos.

— Tudo bem. — A Sra. Wattlesbrook não saiu.

— Mais alguma coisa? — perguntou Charlotte.

A Sra. Wattlesbrook limpou a garganta. Ela parecia desconfortável, como uma rocha insatisfeita com o local em que foi depositada.

— Há certos... acessórios modernos que não permitimos em Pembrook Park.

— Sim, eu li na papelada: nada de laptops, nada de celulares. Deixei tudo na pousada. Mas, quando me registrei, expliquei que preciso ligar para meus filhos de vez em quando para ter notícias deles.

— Sim, tenho seu pedido arquivado e vamos cuidar para que isso aconteça. — A Sra. Wattlesbrook olhou diretamente para a nécessaire.

— Hum... na papelada estava escrito que nós podíamos trazer maquiagem e...

— Posso inspecionar sua bolsa? — interrompeu a Sra. Wattlesbrook.

Charlotte ficou vendo a mulher mexer em seus pós, batons e pasta de dente. Os absorventes a fizeram ruborizar. O corretivo a fez empalidecer. O creme antiacne a fez querer morrer.

Calma, Charlotte, disse para si mesma. Você não é a única adulta no mundo que ainda precisa de creme antiacne. De tempos em tempos. Não é nada de mais.

A Sra. Wattlesbrook limpou a garganta, assentiu e saiu sem estabelecer contato visual.

Charlotte fechou a porta e reparou que não tinha tranca. Ela se deitou na cama e agarrou a nécessaire junto ao peito como se fosse um ursinho de pelúcia.

— Você é uma boba — sussurrou.

E adormeceu.

em casa, antes

No começo, James disse que estava confuso. Precisava de um tempo. Estava infeliz no trabalho. Não, estava infeliz em casa. Precisava reencontrar seu equilíbrio. Precisava de um xampu novo.

Isso se arrastou durante meses, até que a verdade surgiu.

Outra mulher? Pelo menos a crise existencial tinha raízes na bela tradição de poetas melancólicos e adolescentes incompreendidos. Mas... uma amante? Era tão clichê. Charlotte, perdida e magoada, se perguntou se também não estava com uma certa vergonha pelo fato de o homem que ela amava ter sucumbido a uma história tão batida.

Se ele ia abandoná-la, que o motivo fosse original e controverso. Que ele fosse tomado de paixão pelo trapézio ou fizesse um voto de silêncio e fosse morar ao pé do Everest.

— Ele vinha resistindo a esse impulso há anos — ela poderia explicar para as amigas enquanto tomavam chá com torradas. — Mas a verdade é que ele é um artista. E nunca se sentiu tão realizado quanto agora, morando na Guatemala e pintando utensílios feitos de casca de abóbora, que vende para ajudar órfãos cegos. Vamos sentir falta dele, é claro, mas...

E ela daria de ombros de um jeito fofo e desconcertado.

Mas não. Era "amor".

— Estou apaixonado — disse ele. — Pela primeira vez na vida, apaixonado *de verdade*.

Que sorte a dele, e quão oportuno. Justo quando a vida estava ficando um pouquinho difícil, um tanto tensa e complicada, ele convenientemente se apaixona por outra mulher. Nada mais de brigas com as crianças, nada mais de filha mal-humorada nem de filho carente com que se preocupar, nada mais de mulher com o corpo já não tão firme que sabe de todos os seus segredos e conhece o cheiro do suor de suas costas. Apaixonar-se no meio de um relacionamento antigo foi fantástico!

Ela pegou o porta-retratos com a foto da família tirada no Natal. Jogou-o na lata de lixo. Pegou-o de volta, enrolou-o em papel de seda e guardou-o com as decorações de Natal.

austenlândia, dia 1, continuação

CHARLOTTE ACORDOU COM UMA BATIDA na porta. A cortina estava fechada e o quarto, escuro e frio. Ela se sentou na cama, abraçada com alguma coisa de plástico que estava esquentando seu pescoço.

A nécessaire.

Ainda segurando a bolsinha, correu até a porta, passando a mão no rosto para o caso de o travesseiro ter deixado alguma marca. Por que deveria se sentir culpada? A Sra. Wattlesbrook disse que ela podia descansar. Ela alisou o tecido da saia antes de abrir a porta.

— O jantar já está quase servido — disse a criada rapidamente. — Posso ajudá-la a se vestir?

A criada era magra e pequena, e Charlotte avaliou que devia pesar o mesmo que sua perna direita. O cabelo era claro, a pele e os olhos também. Ela parecia estar sumindo. Ou talvez os olhos de Charlotte só estivessem secos. Ela piscou com vigor.

— Obrigada, já estou vestida.

A criada pareceu desconfortável por ter de falar de novo.

— O costume... é usar um vestido de gala para o jantar.

Ah! Certo! Charlotte se lembrou de ter visto isso na maratona de leitura de Jane Austen e nas "Observações sobre a Era da Regência" da Sra. Wattlesbrook.

— Claro, obrigada.

A criada fez uma reverência, entrou e acendeu várias velas antes de ir até o armário.

Uau, pensou Charlotte. Estou em um lugar em que as pessoas fazem reverência. E é aqui que vou me reencontrar? Em seu torpor pós-cochilo, aquela perspectiva lhe pareceu duvidosa. Charlotte entrou no banheiro e fechou a porta. O espelho revelou a verdade do rosto de quem acabou de acordar, por isso aplicou nele os produtos da nécessaire antes de sair.

— Como você se chama? — perguntou Charlotte enquanto a criada a ajudava a tirar o vestido.

— Mary.

Um nome comum para Jane Austen. Havia Marys em vários livros dela. Charlotte se perguntou se o nome era real ou se era o nome da personagem. Será que as criadas também eram atrizes ou eram apenas... criadas?

Charlotte estava praticamente nua agora, só de espartilho, chemise e calçola. Ficar de roupas de baixo na frente de uma estranha nunca era bom, mas era pior com roupas de baixo tão *esquisitas*.

— Há quanto tempo você está em Pembrook Park? — perguntou de repente.

Era o tipo de conversinha que puxava enquanto fazia exame de Papanicolau. Enquanto falava, não pensava no quanto aquilo era humilhante.

Charlotte nunca ia duas vezes ao mesmo ginecologista. Sempre encontrava uma justificativa para trocar de médico: salas de exame frias, salas de exame abafadas, uma médica que cantarolava enquanto trabalhava. A consulta mais recente fora tranquila e não lhe dera motivo para reclamar, até o resultado do exame ser enviado com o envelope timbrado da clínica: "Rock Canyon Clínica GINecológica: Somos GIN-amite!"

— Há dois meses apenas, senhora — disse Mary. — Antes, eu trabalhava em Windy Nook.

— Que nome bonito — disse Charlotte, passando o vestido pela cabeça tão depressa que o cabelo prendeu num gancho. — Windy Nook é outra propriedade como Pembrook Park?

— Era. — Mary falou como se não quisesse mais tocar no assunto. Ou não devesse.

Isso deixou Charlotte intrigada.

— O que aconteceu com Windy Nook?

— Já não existe mais. — A voz de Mary era quase um sussurro.

Charlotte parou de pressioná-la, mas sua mente começou a fervilhar, imaginando outra Pembrook Park, um lugar que não existia mais, uma tragédia. Que bela distração. Seria verdade, ou só um detalhe que se tornaria parte da história de Pembrook Park? Que curioso. Foi nessa hora que Charlotte desconfiou de ter caído na toca do coelho.

Mary cuidou do penteado de Charlotte em silêncio e fez uma reverência ao sair. Charlotte imitou o gesto. Depois, pensou que talvez não fosse apropriado fazer reverência para criadas. Era tudo muito confuso.

Ela apagou as velas, e o quarto, antes alegre, perdeu toda a cor. Um tremor a seguiu pelo corredor. Tinha dormido a tarde toda, e uma noite nublada surgia pela janela. Todas as portas estavam fechadas. Charlotte seguiu pelo corredor na ponta dos pés, com um medo estranho de quebrar o silêncio com sua passagem.

Não confio em casas antigas, disse a si mesma, como se reconhecer o fato fosse deixá-la mais corajosa.

Ela se sentiu intimidada pela sensação de que havia alguém à espreita, pelos cantos escuros, pelas portas e corredores, pelos ruídos inesperados, pelos muitos lugares nos quais um estranho poderia se esconder. Quem conseguiria ficar tranquilo numa casa com alas e ameias e, sem dúvida, calabouços?

Um brilho a chamava no andar de baixo, e ela o seguiu até chegar à sala de estar.

Finalmente, muita luz: lampiões de querosene (tanto reais quanto elétricos), velas, uma lareira, mobília forrada com tecidos espalhafatosos e um espelho enorme com moldura dourada pendurado na parede. Aquele espetáculo de luz e cores foi um pouco demais para Charlotte num primeiro momento.

— Sra. Cordial! — A Srta. Charming deu um pulo do sofá e pegou Charlotte pelo braço. Aproximou a boca do ouvido dela e sussurrou: — Agora você vai conhecer os homens! É a melhor parte.

— Boa noite, Sra. Cordial — disse a Sra. Wattlesbrook. — Que aparência adorável. Vejo que fiz bem em designar Mary para você. Ela tem muito jeito com cabelos curtos. Lamento por ela ser tão arisca, mas espero que conclua que suas habilidades superam em qualidade sua personalidade.

A Sra. Wattlesbrook examinou Charlotte como se fosse uma vaca sendo levada para uma feira agropecuária. Não que Charlotte tivesse experiência com o comércio de vacas, nem com uma *feira agropecuária* em si, mas não encontrou nenhuma boa metáfora dentro do universo de suas experiências.

— Muito bem — disse a anfitriã com ares de aprovação.

Charlotte abriu um sorriso. Talvez a Sra. Wattlesbrook tivesse perdoado sua transgressão por querer ser chamada de senhora.

— Sra. Charlotte Cordial, gostaria de apresentar-lhe os cavalheiros que serão nossos hóspedes.

Ao ouvir essas palavras, dois cavalheiros sentados em sofás fora do campo de visão delas se levantaram e se aproximaram. Charlotte parou de respirar.

É normal a gente ver atores bonitos em filmes. É tão comum na tela, grande ou pequena, que não achamos nada extraordinário. Mas, na vida, raramente somos atacadas por um jorro de beleza, quase nunca nos deparamos com uma colmeia de charme, nem nos vemos tomadas por um oceano de lindeza, nos afogando em uma maré de sedução. Charlotte não estava preparada para aquilo. E se esqueceu momentaneamente de sua implicância com casas antigas e escuras.

— Este é o coronel Andrews — disse a anfitriã. — É o segundo filho do conde de Denton e amigo querido da família.

O coronel Andrews fez uma reverência adorável. Ele era encantador, os cabelos loiros, o sorriso matreiro. Devia ser uns dez anos mais novo que ela.

Ah, Charlotte, em que você está se metendo?

— E, claro, você conhece seu irmão, o Sr. Edmund Grey.

Aparentemente, a Sra. Wattlesbrook só contratava colírios para os olhos. Enquanto o coronel era atraente de um jeito mais malicioso, Edmund era bonito de uma forma alegre. Um leve sorriso já produzia covinhas do tamanho da Estrela da Morte em cada bochecha, e os olhos azuis cintilavam à luz das velas. Não só metaforicamente. Cintilavam de verdade.

— Irmã querida! Que maravilha você ter vindo. Eu estava contando para Andrews que você é ótima companhia e está sempre bem-disposta, não é mesmo?

Para ser sincera, Charlotte não se sentia muito bem-disposta. Sentia-se tão mal disfarçada quanto Alisha, embora, em vez de ser uma artista famosa e talentosa, fosse uma mãe exaurida brincando de se fantasiar. Mas os olhos azuis de Edmund Grey continuaram a cintilar, e ela confiou na promessa velada deles de que Edmund a ajudaria a passar por isso tudo de alguma forma.

— Exatamente. Os Grey estão sempre bem-dispostos.

Ela achou que deveria dizer mais alguma coisa, algo interessante, uma história engraçada sobre Edmund quando mais jovem, e recompensá-lo pelos estonteantes olhos azuis, mas sentiu-se intimidada pelo espartilho apertado e pelo vestido decotado. Será que deveria ficar um pouco corcunda para impedir que os seios se projetassem tanto? Será que a postura correta os faria pensar que ela estava tentando acentuar o efeito do decote? Pelo menos, ninguém estava olhando fixamente para ela. Exceto pela Srta. Charming. Charlotte olhou nos olhos da outra, e a Srta. Charming assentiu de forma aprovadora.

— E onde está Mallery? — perguntou o coronel Andrews.

Naquele momento, a porta principal da casa foi aberta e eles ouviram o som de passos no corredor. Uma pessoa cruzou a sala de estar e seguiu em direção à escada.

— Sr. Mallery! — chamou a Sra. Wattlesbrook.

Ele fez uma pausa, e então voltou, demonstrando impaciência. Era o mais alto dos três cavalheiros, deslumbrante com um sobretudo preto e botas de montaria, o cabelo comprido preso em um rabo de cavalo masculino. Charlotte acrescentou a palavra "masculino" na descrição mental porque costumava considerar cabelo comprido em homens uma coisa estranha e um pouco afeminada. Mas tudo nesse homem indicava masculinidade. Enquanto os outros dois cavalheiros pareceriam à vontade na capa da revista *GQ*, o Sr. Mallery não parecia capaz de se sentir à vontade em nenhum lugar, exceto talvez em um castelo ou em um pântano. Ele tinha cabelo e olhos escuros e, de pé na entrada como estava, parecia selvagem demais e, digamos, *perigoso* demais para entrar no mundo impecável da sala de estar.

Sua expressão era inquieta, mas ele fez uma reverência para a Sra. Wattlesbrook.

— Minhas desculpas, senhora. Minha égua caiu no campo.

-- Que pena. Ela está bem?

— É claro que está, senão eu não teria voltado do estábulo.

O olhar do Sr. Mallery avaliou Charlotte, depois seus olhos voltaram para a Sra. Wattlesbrook. Ele saiu sem dizer mais nada.

O coronel Andrews riu.

— Lá vai o homem mais rico do país, mas 25 mil por ano não podem comprar boas maneiras.

— De fato. — A Sra. Wattlesbrook bufou, mas Charlotte observou que a severidade dela pareceu mais fingida que o habitual. Na verdade, a mulher estava bastante satisfeita.

O mordomo entrou, mas a Sra. Wattlesbrook acenou para que saísse.

— Vamos esperar o Sr. Mallery, Neville.

— Ele não deve demorar, ouso dizer — disse o coronel Andrews. — O sujeito se veste da mesma maneira que cavalga: com rapidez e descuido.

— Descuido, não — corrigiu a Sra. Wattlesbrook. — O Sr. Mallery nunca é descuidado.

O coronel Andrews assentiu.

Charlotte reparou na Srta. Gardenside sentada em um divã, os pés para cima e um cobertor sobre as pernas. Seu rosto brilhava, seus olhos estavam marejados e ela os secou com um lenço.

Sentindo-se ainda despreparada para os cavalheiros, Charlotte foi até o divã e se sentou em uma cadeira ao lado dela.

— Posso pegar alguma coisa para você? — perguntou Charlotte.

A Srta. Gardenside sorriu.

— Ah, não, minha querida Charlotte. Nunca me senti tão bem na vida. Juro que poderia dançar até o amanhecer se estivéssemos na adorada Bath de novo. Fique e converse comigo. Eu não gostaria de ficar sozinha.

Ela tremeu, fechou os olhos brevemente e voltou a sorrir, como se não houvesse nada de errado no mundo.

— Seu irmão é o das covinhas, ali? — perguntou ela, indicando com um gesto de cabeça o lugar no qual o Sr. Grey conversava com a Srta. Charming.

— Sim. Edmun... — Era um desafio para a língua de Charlotte pronunciar os dois dês. — Edmund — disse ela de novo, forçando as consoantes. O nome era formal demais, pesado demais. — Eddie — disse ela com hesitação.

Ele olhou na direção do divã.

— Nós o chamamos de "Eddie" lá em casa. Não é, irmão?

Ele nem hesitou.

— É verdade, Charlotte. É bom ver você. Eu requisitaria o relato de todas as novidades de casa se não houvesse recebido uma das enormes cartas de mamãe ontem mesmo. Já encontro você bem informado sobre o número de galinhas no galinheiro, a conduta irresponsável do velho Sr. Bushwhack nas rédeas da nova carruagem e a lama que não seca no caminho da igreja. Mais novidades que isso, não consigo imaginar.

— Junte-se a nós, Eddie — disse Charlotte, indicando a beirada do divã. — A Srta. Gardenside não está passando muito bem e adoraria a companhia.

— Peste cinzenta, não é? — perguntou ele, sentando-se. — Que o diabo a carregue. Mas a sua é da estação, eu lhe asseguro, e vai embora logo. — Ele levantou a mão como se fosse colocá-la sobre a perna coberta pela manta, mas puxou-a de volta. Seu olhar foi caloroso e sincero quando acrescentou: — Acho-a muito corajosa, Srta. Gardenside. Sofri com a peste cinzenta anos atrás e senti-me como se estivesse com um pé na cova e não me importasse de colocar o outro. Fico encantado com seu esforço para estar aqui entre nós e manter um ar alegre.

— Eu prefiro... Me faz não pensar na doen...

Ela começou a tossir, e seu rosto assumiu um tom amarelo-esverdeado.

A loira que levou a Srta. Gardenside para o quarto mais cedo se aproximou, ainda com o vestido azul-marinho simples. Ela segurava um copo de água para a Srta. Gardenside, e Charlotte se afastou para não atrapalhar.

Ela se juntou à Srta. Charming, sentada sozinha ao piano, tocando notas individuais quaisquer sem formar uma melodia discernível.

— Quem é aquela outra dama? — perguntou Charlotte.

— A enfermeira da Srta. Gardenside, a Sra. Hatchet — disse a Srta. Charming.

— Que nome!

— É mesmo. É estranho. O que é um "Gardenside", aliás?

— Eu estava falando... hã... Pois então, há quanto tempo você está em Pembrook Park?

— Ah, eu não conto mais o tempo.

— Você deve gostar muito daqui.

A Srta. Charming suspirou.

— É minha casa agora. Apesar de eu não gostar muito da comida e achar que eu era um pouco mais feliz antes de a Sra. Wattlesbrook mandar fazer um espartilho especial que coubesse em mim. — Ela empinou o peito e fez os seios subirem e descerem.

Charlotte não pretendia olhar, mas, agora que tinha feito contato visual, não conseguia tirar os olhos do decote apertado da mulher e do tamanho incrível dos seios empinados e proeminentes. Aquilo não era normal, não mesmo. Nenhum ser humano seria capaz de carregar tanto peso, nenhuma mulher (muito menos um homem) conseguiria viver com seios assim.

— Às vezes... — A voz da Srta. Charming ficou mais baixa. — Às vezes, meus peitos *matam*.

Charlotte arregalou os olhos e seu queixo caiu. Só quando a Srta. Charming massageou os peitos aparentando desconforto depois da declaração chocante foi que Charlotte se deu conta de que "meus peitos matam" queria dizer "meus peitos doem", e não "meus peitos agridem pessoas fatalmente". A confusão foi justificada. Afinal, eles eram mesmo grandes o bastante para sufocar um homem.

— Estamos todos aqui — disse a Sra. Wattlesbrook, afastando Charlotte de seus pensamentos.

O Sr. Mallery tinha acabado de entrar com o cabelo penteado, mas não muito bem. O paletó e a calça eram mais refinados que a roupa de montaria, embora ele não usasse seda, nem veludo, nem renda, e ainda estivesse de botas, ao contrário do coronel Andrews, de sapatos masculinos com fivelas. Aparentemente, nada podia ser feito para melhorar a expressão dele. Quando Charlotte entrou em seu campo de visão, ficou alarmada. Em uma palavra, o Sr. Mallery era formidável.

— Assim está melhor, Thomas — disse a Sra. Wattlesbrook. — Não consigo imaginar a opinião de nossas hóspedes depois de você aparecer sujo e desgrenhado na hora do jantar.

— Senhora, eu me visto apenas para satisfazê-la.

Ele voltou a olhar para Charlotte e avaliou-a de cima a baixo sem disfarçar. Ela virou o rosto.

Ele é ator, disse para si mesma. É um personagem, esse é o papel que está desempenhando.

Saber disso não a deixou mais à vontade. Aquilo era tão desconcertante quanto como se ela estivesse assistindo a uma peça de teatro e o ator olhasse para ela com desdém do palco, e não por ela ter se esquecido de desligar o celular nem por ficar fazendo barulho abrindo papéis de balas, mas por nenhum motivo perceptível exceto o fato de que ela o *desagradava*.

— Muito bem, senhoras e senhores — disse a Sra. Wattlesbrook —, vamos jantar.

Eddie ofereceu o braço para a irmã e a acompanhou até a sala de jantar, onde Charlotte decidiu ser bem-humorada e inspirada durante toda a refeição.

Só que não.

em casa, três anos antes

— COM QUEM VOCÊ ESTAVA falando? — perguntou James quando Charlotte desligou o telefone.
— Com Jagadish, na Índia. É meu novo programador.
James assentiu, mas sua expressão estava séria.
— Por que a pergunta?
— Por nada. – Ele deu de ombros. — Pela forma como você estava falando, pelo seu tom de voz, me pareceu diferente do que estou acostumado a ouvir vindo de você.
Ah, não, ela só esperava que não tivesse falado como uma americana arrogante, num tom de voz alto demais e pronunciando tudo exageradamente. Que constrangedor!
— Como foi que eu falei? — perguntou ela com medo.
James começou a mexer no celular.
— Com confiança.

austenlândia, dia 3

CHARLOTTE NÃO PODIA CONTINUAR BOTANDO a culpa na diferença de fuso horário por suas conversas nem um pouco interessantes.

— Sra. Cordial — disse o Sr. Mallery, sentando-se à frente dela à mesa do café da manhã. Ele olhou para ela demoradamente, sem timidez. — A senhora parece bem descansada.

— Estou mesmo, obrigada — disse ela.

Muito bem, Charlotte.

— Irmã! — Eddie olhou para o prato dela ao servir o seu na bancada lateral com todos os tipos de proteína. — Você não pode sobreviver só de frutas. Falei para os homens na sala de estar ontem à noite que você era lindamente fofinha quando criança e jurei deixar você assim de novo.

Oh-oh, é um ótimo início de conversa, pensou ela. Ele está armando para mim, me dando uma ótima ideia com a qual brincar, para fazer uma piada. Preciso dizer alguma coisa engraçada...

— Hum, tudo bem — disse ela. — Também gosto de carne.

Uau, que comentário incrível!

Ela devia estar pensando em coisas inteligentes para dizer. Era isso o que tornava as mulheres de Austen intrigantes, não era? Bem, algumas não eram exatamente o centro das atenções, mas todas eram doces, e os homens as amavam mesmo assim. Por mais que fosse legal, Charlotte queria ser Elizabeth Bennet de *Orgulho e Preconceito*, uma mulher que não gostava de falar a não ser que pudesse dizer uma coisa que impressionasse todos no aposento, uma mulher que conseguia fazer um homem como o Sr. Darcy se apaixonar perdidamente. Se Charlotte não conseguisse se tornar uma heroína de Austen, como poderia mergulhar na história?

O coronel Andrews disse, piscando:

— Sra. Cordial, coloque um pouco de conserva de cereja no pão. Todos adoramos a doçura de uma cereja cordial.

E Charlotte disse:

— Está bem.

Ponto para a mulher inteligente! E a galera enlouquece!

Ela não era sempre tão lenta, era? Tinha amigos inteligentes que não pareciam se entediar com ela. Mas esses homens, esses homens obscenamente lindos, deixavam qualquer mulher tonta. Os pensamentos de Charlotte voltaram para a primeira vez que visitou um museu de arte. Ela tinha visto gravuras de Van Gogh antes e achava a obra *A Noite Estrelada* linda. Mas ver ao vivo, a textura, as pinceladas, os montes de tinta juntos, deixou-a sem ar.

Esses homens reais a deixavam sem ar.

Mas o quanto eles eram reais?, perguntava-se Charlotte.

Ela olhou para o Sr. Mallery. Ele ainda a observava. Será que ela estava com o rosto sujo de geleia? Charlotte limpou a boca e desviou os olhos. Ele manteve o olhar fixo nela.

Depois do café da manhã, as damas se reuniram no salão matinal, onde, na ausência dos cavalheiros e da proprietária, a Srta. Charming gentilmente ensinou-as sobre os pontos mais delicados de um bordado.

— Chama-se "bordado" porque é para *bordar* com uma agulha — disse a Srta. Charming.

A Srta. Gardenside olhou para a Srta. Charming por um momento e riu.

— Você é tão engraçada! Eu adoro você. Adoro muito vocês duas. Agora você precisa me chamar de "Lydia".

A Srta. Charming, a princípio sobressaltada pela risada da Srta. Gardenside, recuperou-se e ergueu os punhos no ar.

— Viva, amigas! Vamos nos divertir tanto — cantarolou ela.

— *Tanto* — disse a Srta. Gardenside.

— *Tanto*, tanto — disse a Srta. Charming.

Elas bordaram mais um pouco. A Srta. Charming suspirou. Charlotte olhou pela janela. Ela se perguntou quando a diversão começaria.

— Sabe, você me parece meio familiar — disse a Srta. Charming.

A Srta. Gardenside piscou e por pouco não franziu a testa.

— Lydia e eu nos conhecemos em um baile em Bath no ano passado — disse Charlotte. — Talvez você também a tenha visto lá, não?

— Ah, o nosso background! — A Srta. Charming ajeitou os seios como se estivesse se preparando para um ato físico. — Eu descendo da realeza *e* de suíços, e meu pai é nobre. Ou alguma coisa assim.

— Por que não? — A Srta. Gardenside sorriu.

— Exatamente — disse a Srta. Charming.

Elas bordaram de novo. Então foi a vez de a Srta. Gardenside olhar pela janela e suspirar.

O coronel Andrews esticou a cabeça pela porta.

— Ouvi um suspiro?

A Srta. Charming gritou e largou o bordado, e Charlotte deu um pulo na cadeira e bateu com o joelho na mesa de centro de mármore.

— Rá! Bem a entrada que eu pretendia. Por hoje, sou o guia de vocês para todas as coisas incríveis. — Ele entrou na sala esfregando as mãos. — Tenho uma coisa muito especial para vocês. Aqui perto ficam as ruínas de uma abadia, com arcos góticos que sobreviveram à chuva e ao clima. É um lugar apavorante.

A Srta. Charming deu um gritinho e bateu palmas.

— Adoro excursões! É como se estivéssemos em um cruzeiro. Quer dizer... — Ela corou. — Quer dizer, em um navio de cruzeiro antigo a vapor totalmente apropriado para... o ano em que estamos.

— Você consegue ir? — perguntou Charlotte à Srta. Gardenside baixinho.

— Ah, sim. Estou ansiosíssima para explorar uma velha abadia em ruínas e só posso desejar, com uma esperança intensa e louca, que algum assassinato horrível tenha acontecido entre as pedras antigas e que, só de pisar no terreno sacrílego, uma maldição mortal caia sobre nós para que sejamos caçados até a morte!

Houve silêncio após o monólogo da Srta. Gardenside. E então, a Srta. Charming bateu palmas de novo e disse:

— Oba!

— Srta. Gardenside — disse o coronel Andrews, fazendo uma reverência —, acredito que a senhorita ficará muito satisfeita. E, Srta. Charming, estou feliz em oferecer um tipo de diversão que a senhorita ainda não vivenciou em Pembrook Park.

As damas colocaram seus chapéus. Os outros dois cavalheiros esperavam em frente à casa, Eddie segurando a porta da carruagem fechada e o Sr. Mallery nas rédeas do veículo leve de duas rodas que a Srta. Austen talvez chamasse de "faetonte", mas que Charlotte ficava tentada a chamar de "biga", porque a fazia lembrar das corridas de bigas no filme *Ben-Hur*. Só que havia um banco. E nenhuma lâmina letal girando nos eixos das rodas. Pelo menos, não que desse para perceber.

O coronel Andrews e o Sr. Grey ajudaram a Srta. Gardenside a entrar na carruagem, seguida pela Srta. Charming.

Charlotte se aproximou para subir.

— Seja gentil, Sra. Cordial — disse o coronel Andrews.
— A senhorita não gostaria de privar a nós, cavalheiros, da companhia dessas amáveis damas.

O Sr. Grey indicou a biga com a cabeça.

— Alguém precisa ir com Mallery. Que tal colaborar, Charlotte?

A postura dos ombros do Sr. Mallery indicava impaciência. Charlotte percebeu a ruga entre suas sobrancelhas. Isso não podia querer dizer que o Sr. Mallery era seu Interesse Romântico, podia? Eddie era seu irmão, então ele estava fora, e o coronel Andrews parecia mesmo dar mais atenção à Srta. Charming do que a qualquer outra pessoa. Mas... o Sr. Mallery? O que no perfil dela fez com que a Sra. Wattlesbrook a colocasse como par desse homem? Era surpreendente, mas de certa forma lisonjeiro.

— Eddie. — Charlotte segurou o cotovelo dele e o puxou de lado. — Isso significa que devo ir com ele? Eu apenas supus... ele sempre me olha de uma forma reprovadora.

— Reprovadora? Para minha irmã? Impossível. Se fosse verdade, eu daria a ele um tipo de olhar severo e de repreensão que provocaria terremotos e tremores de medo.

Eddie demonstrou seu olhar severo de repreensão, e ela assentiu enfaticamente para mostrar que estava impressionada.

— Eis a verdade sobre Mallery: se ele não aprovasse você, a ignoraria completamente. Ele não se incomoda com quem não é digno de nota. Não, devo dizer que as atenções dele provam o contrário.

É mesmo? Uau, isso a fez sentir um frio na barriga.

— Mas Eddie, ele é... inofensivo?

— Dócil como um gatinho. — Eddie sorriu. — Pare com isso, você não está com medo de verdade do rapaz.

— Estou, mais ou menos. Não sei. É bobagem?

— É. Completamente. Mas você também é boba.

— Eddie, você diz essas coisas, e sei que eu deveria dar uma resposta inteligente, mas entro em pânico e minha mente fica vazia, e penso que estou constrangendo você.

— Como assim? — Ele inclinou a cabeça.

— Porque sou sua irmã. E você merece uma irmã mais inteligente.

— Isso é maravilhoso. — Ele inclinou a cabeça para trás para olhar para o céu. — Permita-me absorver a maravilha disso por um momento. Sim, está bom. Agora pare de se preocupar comigo e com qualquer outra pessoa. Estamos de férias e não temos preocupação nenhuma no mundo.

Ela olhou para as costas do acompanhante que a esperava.

— Não sei o que dizer para ele — sussurrou ela.

— Você não precisa entretê-lo — sussurrou ele em resposta. — É o trabalho dele entreter *você*. Vá em frente, Charlotte. Você pode acabar se divertindo. Tenho a sensação de que você precisa de diversão há tempos.

— Certo. Obrigada.

Charlotte se aproximou do faetonte e ficou de pé ao lado, observando o perfil do Sr. Mallery, os olhos protegidos pela cartola.

— A senhora vai se juntar a mim, Sra. Cordial? — perguntou ele, ainda olhando para a frente.

— Eu... eu não preciso. — Ela olhou para Eddie, que a estava observando de pé ao lado da carruagem. Ele assentiu de forma encorajadora. — Mas sim, acredito que vou.

— E o que a está impedindo?

Ela deu uma risadinha, porque sabia que estava sendo boba em hesitar, só que realmente não sabia como entrar naquela coisa-carruagem com uma saia tão comprida. Será que seria impróprio levantar a barra da saia? Será que a Sra. Wattlesbrook estava olhando de alguma janela, avaliando sua postura diante de um faetonte?

— Meu vestido, eu acho. É tão...

O Sr. Mallery colocou a mão na beirada do faetonte e saltou dele. Passou os braços pelas costas e pelas pernas de Charlotte, pegou-a no colo, colocou-a no banco e pulou a seu lado. O corpo de Charlotte ficou entorpecido por causa da injeção de adrenalina, como se tivesse sido empurrada inesperadamente de um trampolim.

— Bem, isso foi... eficiente — disse ela, colocando a mão no peito e tentando acalmar o coração.

O Sr. Mallery deu um tapinha no cavalo. O faetonte saiu andando tão rápido que Charlotte segurou o chapéu açoitado pelo vento.

Seu acompanhante ficou em silêncio no começo, e ela sentiu-se grata por isso. Ele não era do tipo que conversava trivialidades, e Charlotte não estava com disposição para isso mesmo. Estava de chapéu e andando de faetonte. Precisava de um momento para digerir tudo aquilo.

Eles saíram da propriedade, passaram pela pensão e pegaram uma estrada rural. À esquerda ficava a rodovia, com carros surgindo ocasionalmente e fazendo ruídos tão irritantes quanto os de uma mosca.

— A senhora não me parece uma mulher frívola, Sra. Cordial — disse o Sr. Mallery.

Se você não for capaz de dizer alguma coisa inteligente, pensou Charlotte, não diga nada.

— Mas suas mãos não param quietas — acrescentou ele.

— O senhor me deixa nervosa — disse ela, forçando as mãos a ficarem paradas no colo.

— Estou indo rápido demais?

— Não, não é a velocidade. É o senhor.

Ele comprimiu os lábios.

— Isso o ofende? — perguntou Charlotte.

Ele balançou a cabeça.

— Claro que não. Mas é curioso, porque eu estava pensando o mesmo da senhora.

— Eu deixo *o senhor* nervoso?

Isso não parecia provável. Mas ela não tinha como ter certeza. Será que o Sr. Mallery era diferente quando ela não estava por perto? Charlotte tentaria observá-lo mais. Isso lhe daria alguma coisa para fazer pelo resto da sua estada. E havia a questão de Windy Nook e a tuberculose da Srta. Gardenside. Ela já se sentia mais calma ao pensar nesses problemas a resolver, enigmas a decifrar.

Em pouco tempo, as árvores rarearam e Charlotte viu as ruínas. Ela as observou enquanto o Sr. Mallery a ajudava a descer do faetonte (segurando a mão dela desta vez) e a carruagem parava a seu lado.

A estrutura (ou o que havia sobrado dela) era bonita, mas também apavorante, como se a mera forma pontuda de uma janela gótica já fosse o bastante para provocar arrepios. Ela não andaria pelas ruínas depois do anoitecer nem pela quantia que ganhava em um mês inteiro, nem por um estoque ilimitado de barras de chocolate de primeira qualidade. Mas, sob a luz pálida de uma tarde nublada, os arrepios eram bem-vindos. Charlotte ficou tentada por aquela sensação, então permitiu-se senti-la e caminhou mais rápido que os outros para começar a explorar sozinha. Ela se sentia *ousada*, e achou esse novo sentimento mais agradável que o torpor de antes.

Caminhos de terra batida seguiam entre paredes desmoronadas e pedras espalhadas. Os remanescentes das celas das freiras, parecendo uma colmeia, ainda estavam de pé ao longo de um muro enorme. Charlotte olhou para cima e teve a sensação vertiginosa de que tudo desmoronaria. Ela passou por uma porta e deu de cara com uma área rural desprovida de habitações humanas. A temperatura estava baixa lá, como se ela fosse um fantasma preso em um espaço suspenso. Não estava aqui nem lá. *No limiar.* Sentou-se em um muro baixo de pedra e inspirou o sol de verão. Ela era real, mas não real demais. Nada lhe provocava uma sensação de aperto no peito, nenhuma obrigação ansiosa incomodava sua mente. Naquele momento, ela não pertencia a lugar algum.

— Ah, uma mulher de antigamente!

Charlotte levou um susto ao ouvir a voz. Dois mochileiros de idade escolar iam em sua direção, a câmera pronta.

— Você faz parte de algum concurso de beleza? — perguntou a jovem com sotaque americano.

— Hum...

As mãos de Charlotte subiram até as fitas do chapéu e desceram.

Usar fantasia na frente de gente comum a fez se sentir afastada da realidade, como ficar de pé no alto de um arranha-céu e ver os carros se movendo lá embaixo. Sua mente girou ante a vertigem da mistura de duas épocas.

O Sr. Mallery apareceu no topo de uma das pedras desmoronadas. Ele percebeu a expressão de Charlotte e olhou com raiva para os intrusos.

— Vocês estão incomodando a dama — disse ele. — Isto é propriedade particular. Vocês devem ir.

Os olhos da jovem se arregalaram.

— Cara, você é *lindo*.

Ela empurrou a câmera para a mão do jovem que a acompanhava e pulou para ficar ao lado do Sr. Mallery, fazendo uma pose com as mãos abertas e esticadas como em uma apresentação de jazz. O jovem ainda não tinha levado a câmera até o rosto quando o Sr. Mallery pulou da pedra e tirou-a de sua mão. Ele a segurou de um jeito estranho, como se odiasse a sensação do contato com aquela coisa moderna, mas achou o botão para desligá-la.

— Seria melhor vocês irem — disse ele de novo, dessa vez num tom de voz mais baixo, mais devagar, com o corpo um pouco inclinado e olhando fixamente nos olhos do jovem.

O mochileiro se inclinou para trás, mas pareceu incapaz de desviar o olhar. A acompanhante pulou ao lado dele.

— Ei... — ela começou a dizer.

O Sr. Mallery olhou para ela, e a confiança da jovem pareceu se evaporar. Ele segurou uma das mãos dela, colocou a câmera ali, apoiou as mãos nos ombros da moça e a virou para o lado oposto ao da abadia.

— Agora seria um bom momento para a já mencionada partida.

Charlotte não ficou surpresa quando os mochileiros saíram andando, olhando, nervosos, para trás.

O Sr. Mallery esticou o braço para Charlotte. Ela o pegou.

— O senhor os assustou — disse ela.

— Eles estavam incomodando a senhora — disse ele com simplicidade.

Os dois caminharam até onde estavam os outros. Charlotte levantou a mão sutilmente do cotovelo para o bíceps do Sr. Mallery, curiosa para saber o quanto ele era forte. Ele olhou para a mão de Charlotte, como se percebesse suas intenções, e ela se sentiu ruborizar, mas não moveu a mão. O Sr. Mallery tinha bíceps muito fortes.

— Aí estão vocês! — disse o coronel Andrews. — Eu estava prestes a deleitar nossas jovens damas com a história sombria e sórdida da abadia de Grey Cloaks.

A Srta. Charming estava sentada na beira de uma pedra, as mãos pendendo entre os joelhos e a boca aberta.

— Parece *tããão* apavorante — disse ela. E então, como se percebendo que tinha se esquecido de utilizar o sotaque britânico, ela acrescentou: — Pois bem.

A voz do coronel baixou até se tornar um cochicho alto.

— Exatamente trezentos anos atrás, essa abadia era o lar de 21 freiras, da madre superiora e de uma noviça. Ali — ele andou até a beirada das ruínas —, elas tinham uma hortinha, com ervas medicinais para atender às necessidades da cidade. Elas tinham cabras e galinhas do outro lado de uma cerca viva. A caminhada da horta até a abadia era ladeada de árvores frutíferas e pinheiros, sob cuja sombra elas contemplavam as maravilhas do mundo. Era uma vida pacífica, silenciosa e sem incidentes... até uma noite em janeiro.

"As irmãs fizeram o jantar, como sempre, e se sentaram para comer. A madre superiora estava ficando muito velha e não vinha se sentindo muito bem; então, naquela noite, depois que preparou o chá e abençoou a refeição, ela foi para seu quarto se deitar. Ela voltou a se levantar uma hora depois para se juntar às irmãs nas orações noturnas, mas, quando entrou na capela, para seu horror, descobriu que todas as freiras estavam mortas."

— Oh — disse a Srta. Charming franzindo o nariz.

O rosto da Srta. Gardenside brilhava de suor. Ela fechou os olhos por causa da história do coronel, ou talvez pela dor infligida por sua doença. Charlotte se sentou ao lado dela e colocou a mão em seu braço.

— A boa madre superiora entrou na capela e examinou cada corpo — prosseguiu o coronel —, rezando para encontrar alguém vivo. Não havia ferimentos nelas, mas os batimentos haviam cessado, assim como a respiração de cada uma. Quando a esperança já se dissipava, a madre encontrou Mary Francis, a jovem noviça, tremendo debaixo de um banco, vivinha. A madre desmaiou de sofrimento e medo.

"De manhã, a madre acordou e viu que Mary Francis tinha arrumado os corpos das freiras lado a lado e coberto com cobertores. Ela limpou tudo do jantar da noite anterior, lavou cada prato e arrumou a cozinha. Ficou acordada a noite toda para executar a tarefa.

"'O que aconteceu, Mary', perguntou a madre. 'Como as irmãs morreram?' Mary Francis balançou a cabeça e não quis falar nada."

— Parece um tanto suspeito — disse a Srta. Charming, o queixo apoiado nas mãos.

— Exatamente — disse o coronel Andrews. — Se a noviça não sabia, ela poderia ter dito que não sabia. Mas por que se recusar a falar?

Ele deixou a pergunta no ar. Ao longe, um corvo gritou. Charlotte tremeu.

— Você não adora uma boa história de terror? — sussurrou a Srta. Gardenside.

— Desde que esteja de dia — disse Charlotte.

A Srta. Gardenside riu como se fosse piada. Charlotte não a repreendeu. Uma mulher de mais de 30 anos não deveria ter medo de escuro. Mas também não deveria estar brincando de se fantasiar.

— Não foi descoberto nenhum culpado pelas mortes na abadia de Grey Cloaks — disse o coronel Andrews. — Os corpos foram enterrados no pátio da igreja e a abadia foi abandonada. A pobre madre superiora se mudou para a casa de uma sobrinha e sucumbiu rapidamente à demência. Ela se sentava no jardim e cantava hinos religiosos, e às vezes gritava de repente: "Ou ela viu quem foi, ou foi ela mesma quem matou!"

— Falando de Mary Francis — disse Charlotte.

— Não. Uma freira não mataria ninguém — disse a Srta. Charming. — Freiras são boas.

— Minha mãe tem cicatrizes nos dedos feitas por freiras "boas" armadas de réguas — disse a Srta. Gardenside.

— Ninguém que sabe a verdade está vivo — disse o coronel. — Mas pode haver pistas. As senhoras não perguntaram o que aconteceu com Mary Francis.

— Eu pergunto: o que aconteceu com Mary Francis? — perguntou Eddie.

— Estou feliz de você ter perguntado, Sr. Grey. Como era órfã, ela não tinha família para acolhê-la. Foi levada de um lugar para outro por pessoas desconfiadas do envolvimento dela nas mortes, até que acabou sendo aceita como empregada em uma casa não muito distante daqui. Morou lá por apenas alguns anos. E, devo dizer, coisas estranhas aconteceram na casa depois da chegada dela. Alguns acreditam que seu fantasma ainda assombra os jardins nas noites de verão.

— Conte-nos, rapaz — perguntou Eddie com um sorriso sagaz —, qual era o nome da casa?

— O nome? — O coronel Andrews baixou bastante o tom de voz. — Pembrook Park.

Charlotte e a Srta. Gardenside reagiram com surpresa ao mesmo tempo, depois riram uma da outra.

— Mas a casa não é velha o bastante — disse Charlotte.

— Ah, algumas partes são velhas — disse o coronel. — Algumas partes são muito velhas. Não é verdade, Mallery?

Ele assentiu.

— Mais velhas que as árvores.

— Vocês são parentes dos Wattlesbrook? — perguntou Charlotte.

— O pai do Sr. Wattlesbrook e meu avô eram irmãos — disse o Sr. Mallery. — Pembrook Park teria sido herança do meu pai, mas o vovô a perdeu para o irmão em um jogo de cartas.

O comentário foi seguido de silêncio. O coronel Andrews limpou a garganta.

— Proponho que trabalhemos para desvendar o mistério da abadia de Grey Cloaks. O baile de Pembrook acontece em 15 dias. Antes disso, vamos resolver de uma vez por todas o mistério de Mary Francis e das irmãs assassinadas. — Ele pegou um livrinho de couro no bolso da camisa. — Encontrei este texto antigo na biblioteca de Pembrook Park. Vamos ler um pouco dele todas as noites, aprender mais sobre a história e seguir as pistas até o fim... para onde quer que elas nos levem.

em casa, no mês de dezembro anterior

— JAMES MANDOU UM PACOTE com um presente de Natal para você — disse a mãe de Charlotte ao telefone.

Lu e Beckett tinham ido passar as festas na casa do pai, e a casa parecia enorme e desconfortável. Charlotte estava fazendo as malas para ir para a Carolina do Norte, onde passaria o Natal com sua mãe, como se ela fosse novamente uma estudante universitária sem filhos. Será que a vida estava sendo rebobinada?

— James sabe que é seu primeiro Natal sem ele e as crianças — disse sua mãe. — Não foi atencioso da parte dele?

Charlotte pensou em outros adjetivos que poderiam ser aplicados a James, mas teve que concordar: enviar um presente para a casa da mãe dela *foi* atencioso da parte dele. Ela se sentiu culpada por não ter mandado nada para o ex.

— Eu prefiro não abrir na frente de todo mundo — disse Charlotte. — Você pode abrir e me dizer o que é?

Houve um som de papel sendo rasgado e a mãe murmurando sozinha.

— Humm... é uma espécie de... oh! É um vibrador.

Os cabelos da nuca de Charlotte se arrepiaram.

— O quê? — disse ela com uma calma incrível.

— É um desses negócios que vibram.

Charlotte respirou fundo duas vezes e disse por entre dentes:

— Mãe, eu ligo mais tarde.

Ela ligou para James.

— Como você ousa! Como você ousa debochar de mim assim, e na frente da minha mãe?

— Charlotte, que gentileza sua ligar. Como estão as coisas?

— Por favor, não me insulte ainda mais agindo como se não soubesse. Eu nunca pensei... não achava que você era tão... Estou sem palavras.

— Você vai ter que explicar — disse ele com cansaço na voz.

— O presente de Natal, James. Minha mãe abriu e me contou o que era.

— Você está zangada porque eu comprei um presente. Anotado. Eu tento ser legal...

— Não me venha com essa palhaçada.

Ai, ela nunca tinha falado com ele assim. Ela era a Charlotte conciliatória, a Charlotte que conserta, a Charlotte que aceita. Mas era tão bom se encher de indignação! O "presente" dele atravessava *tanto* a fronteira da educação que caía em terreno vulgar e maldoso. Por que ela não o confrontou e acusou depois da leve infração do adultério e da quebra dos votos do casamento? Bem, ele tinha a defesa do "amor" na época. Como Charlotte, a boa Charlotte, poderia lutar contra isso? Ela não podia culpá-lo por não amá-la mais. Ela assumiu sua parte da responsabilidade, pois devia ter falhado de alguma forma. Um adulto responsável assume a responsabilidade mesmo quando não concorda completamente, né?

Mas o vibrador? Ah, agora as coisas estavam bem claras. Agora James estava sendo verdadeira e grosseiramente mau. Ela podia dizer isso para ele, e a sensação era ótima!

— O quê? — ele perguntou com toda a inocência do mundo.
— Pensei muito para escolher o presente. Sei que não estou mais por perto para fazer isso por você, então pensei...

Charlotte rosnou com tanta força que a garganta doeu.

— Você está falando sério? Não estava só debochando de mim? Isso já teria sido suficientemente ruim, mas você achou mesmo que era um presente de que eu iria gostar? Que eu usaria aquela *coisa* e talvez... talvez pensaria em você? E mandou para a casa da minha mãe, onde eu abriria na frente dos meus pais! Você é nojento... — Em seguida, ela falou uma série de palavras que jamais diria na frente dos filhos. Não eram originais e nem valiam a pena serem repetidas, e ela não se arrependia de nenhuma. Ainda.

— Ei, calma! — disse James. — Devolva a porcaria do massageador, não ligo.

Houve uma pausa.

— Mass... massageador?

— Um massageador para o pescoço. O que você achou que era?

— Minha mãe disse... Minha mãe disse que era um, hã, vibrador.

— Ah. Aahh.

— Essas são... — Charlotte tentou engolir, mas a boca ficou seca de repente. — *São, de fato,* duas palavras que minha mãe confundiria.

James riu com deboche.

— É verdade.

Naquele momento, o Velho James e a Velha Charlotte teriam gargalhado. O universo parecia esperar aquela gargalhada, abriu espaço para ela, uma pausa a ser preenchida. Nada a preencheu. Charlotte passou a mão na testa.

— Foi mal — disse ela, e desligou.

Ela colocou um travesseiro sobre a cabeça e esperou morrer. Quando uma hora se passou e Charlotte viu que ainda não tinha morrido, levantou-se e foi aparar as roseiras.

austenlândia, dia 3, continuação

OS CAVALHEIROS ABRIRAM TOALHAS DE piquenique na grama, e criados apareceram para servir um almoço de pratos frios em meio às ruínas. Charlotte ficava olhando para as pedras com a expectativa de ver esqueletos brancos de freiras projetando-se da terra.

Você não vai encontrar um esqueleto de freira depois de todos esses anos, ela garantiu a si própria.

E deve ser mesmo uma história inventada, como tudo por aqui, ela lembrou a si própria.

Por outro lado, Charlotte pensou, mortes inexplicadas acontecem o tempo todo. Como saber o que é real?

Arrepios percorriam lentamente as costas dela, e Charlotte tremeu e sorriu. Essa não era exatamente a sensação induzida por Austen que ela esperava recriar, mas era alguma coisa, então tudo bem. Pelo menos, enquanto o dia ainda estava claro.

O Sr. Mallery se sentou ao lado de Charlotte e ofereceu-lhe ponche em um copo de cristal. Ela quase protestou, mas

Eddie olhou para ela e assentiu, então ela aceitou o copo e bebeu um gole.

— O senhor acha que o coronel Andrews está brincando conosco — perguntou ela —, ou a história é real?

— Tenho o hábito de nunca especular sobre o que acontece na mente do nosso coronel.

— Uma espiadinha bastaria para levar uma pessoa à loucura? — supôs ela.

— Talvez — disse ele.

— Ou fazer uma pessoa sorrir? No seu caso, isso seria a mesma coisa.

Ele olhou para Charlotte e sorriu, e, apesar de não ser muito sincero, de ser até meio jocoso, o sorriso ajudou.

Ufa! Ela conseguiu! Bem, seu comentário não foi incrivelmente inteligente, mas foi alguma coisa. Afinal, o Sr. Mallery não era um homem desconhecido com quem ela saía aleatoriamente. Não *de verdade*. Ele era ator. Charlotte não precisava ter uma dor de cabeça para tentar descobrir se o homem não estava interessado e se ela deveria dispensar a sobremesa, ou se haveria troca de números de telefone, uma caminhada até a porta, um beijo de boa-noite, uma expectativa de convite para entrar. Não havia preocupação aqui. As obrigações dela foram delineadas claramente pela Sra. Wattlesbrook: ser a Sra. Charlotte Cordial, viver de acordo com as regras e, no fim de duas semanas, voltar para casa.

Ainda assim, sua mente preferia solucionar um problema a contemplar a forma como o Sr. Mallery estava olhando para ela, então disse:

— Coronel, o senhor pode ler um pouco desse livrinho agora?

— Muito bem — disse ele, tirando-o do bolso da camisa.
— Já dei uma olhada nas primeiras páginas. É um livro de registros que a Sra. Kerchief, a governanta, atualizava. Ela anotava listas de compras, lavanderia e afins, com ocasionais recados para si mesma. Aqui está a primeira citação sobre Mary Francis:

> Contratei uma empregada para a cozinha hoje, pois Nell arrumou algum problema, ao que parece, e foi para casa à noite. Mary parece jovem o bastante para trabalhar arduamente e está desesperada. Simon me contou que ninguém na cidade quis acolhê-la, pois ela foi noviça na abadia amaldiçoada, mas eu digo que, se ela está disposta a trabalhar, eu não me importo com onde ela morou antes. É superstição demais.

Ele virou algumas páginas e voltou a ler, desta vez com um tom um tanto assustador:

> Estamos com pouco carvão. Ele parece estar queimando mais nessas últimas semanas, desde que Mary chegou. Simon diz que ela traz o frio. Besteira. Mas ela dorme no quarto ao lado do meu no segundo andar, e, em muitas noites, eu ouço barulhos que nunca ouvi antes. Isso me acorda. É curioso.

O coronel Andrews fechou e guardou o livrinho.
— Acho que já chega. Detesto mergulhar de cabeça apressadamente em um mistério. É muito mais satisfatório molhar um dedo do pé, sentir a água, entrar lentamente antes de começar a nadar.

— Ou se afogar — acrescentou Eddie.

— O segundo andar — sussurrou a Srta. Gardenside.

— Você acha que ainda tem alguma coisa lá? — perguntou a Srta. Charming.

— Pode valer a pena investigar. — O coronel Andrews exibiu uma expressão dramática. — Mary Francis pode ter deixado alguma pista que revele a verdade sobre as mortes.

Uma pista. Os ombros de Charlotte vibraram quando soltou o ar que estava prendendo.

— Isso é divertido — sussurrou ela.

O Sr. Mallery perguntou:

— Porque parece perigoso?

— É melhor do que bordar.

— Ah, mas talvez um dia a capacidade de bordar possa salvar sua vida.

Ela apertou os olhos para ele.

— Em que cenário?

— Bem... — Ele fez uma pausa. — Se houvesse... — Ele sorriu. — Eu não tenho a menor ideia.

— Me avise se descobrir, e nesse dia vou mostrar ao senhor o agrupamento mais magnífico de uvas vermelhas e roxas em um campo branco com o qual o senhor já sonhou.

— Anseio por esse dia — disse ele.

Quando terminaram o almoço, o Sr. Mallery ajudou Charlotte a subir no faetonte. Pela mão. Charlotte ficou aliviada, de certa forma. Fazia muito tempo que um homem não a pegava no colo. Nem tocava nela, para ser sincera.

E, agora, o Sr. Mallery, de cartola, estava levando-a para casa e para o mistério do segundo andar.

Ele não vai pedir um beijo de boa-noite, ela lembrou a si mesma. Nem um amasso sem paixão com a certeza de que não haveria uma segunda vez. Isso não é apropriado para o período da Regência. E não há o problema da compatibilidade de longo prazo, porque temos duas semanas para brincar e só. Portanto, relaxe.

Ela percebeu que eles seguiam um caminho diferente e a carruagem não estava atrás.

— Esta estrada é mais longa, mas eu não gosto da outra — disse o Sr. Mallery. — Tem muito...

Tráfego, pensou ela.

— Então o senhor não está me sequestrando e me carregando para seu covil secreto?

— Hoje, não, Sra. Cordial. — Ele olhou para Charlotte, depois para a estrada de novo. — A senhora gostaria de experimentar guiar o faetonte?

— Eu? Não sei fazer isso.

— É bem simples — disse ele, entregando as rédeas a ela. — Mantenha-se nesta pista, sempre em frente. Vou retomar as rédeas quando chegarmos à curva.

Ela segurou as tiras, sentada tão ereta que as costas doíam.

— Está ótimo. Só puxe se quiser parar. Se der uma batidinha aqui, ele vai mais devagar. Pronto, muito bem. — Ele se recostou no banco virado para ela. — Agora posso dar uma boa olhada na senhora.

Ela tirou o olhar da estrada por um breve momento e viu que ele estava mesmo olhando para ela, e de uma forma que fez suas mãos suarem nas rédeas.

— Ah, não, não faça isso. Pare.

— Por quê?

— Porque o senhor me deixa nervosa.

— Foi o que a senhora disse. É imperativo que eu determine por que a senhora tem esse efeito em mim.

— Pare com isso, eu não deixo ninguém nervoso.

— Aparentemente, eu não sou *ninguém*.

Charlotte inflou as bochechas e se concentrou na estrada. Conseguia senti-lo olhando para ela, contemplando-a, e era uma sensação tão incomum que ela ficou com a pele arrepiada, como se alguém lhe tivesse feito cócegas. Os pensamentos fugiram da sua mente. Aparentemente, eles acharam o lugar estranho demais para ficarem parados lá.

— Hum... — disse ele.

O coração dela bateu com mais força. Será que ele reparou na ruga da testa?

— O que foi? Por que está fazendo "hum"?

— A senhora tem sardas. — Ele passou a ponta do dedo pela bochecha dela. — Eu não tinha reparado antes. Sim, isso foi importante.

— Acho que o senhor não pode fazer isso — sussurrou ela, com o dedo dele ainda tocando sua bochecha.

Ela não se incomodou tanto assim, exceto por ter ficado com o rosto muito quente.

— Sra. Cordial — disse ele gentilmente —, é a senhora que tem as sardas atraentes. Eu apenas observo. — Mas ele retirou a mão.

Por fim, a curva se aproximou, e ela colocou as rédeas na mão dele, se encostou e suspirou.

— E o que o senhor faria se eu o ficasse olhando agora? — perguntou ela.

— O mesmo que a senhora, acho. Trincaria os dentes e olharia para outro lugar. É preferível observar a ser observado, não é? Ela olhou para ele, já que podia. O perfil era marcante, como se fosse feito para figurar em uma nota de dólar. O maxilar era delicioso de contemplar e o cabelo comprido preso atrás, debaixo da cartola, era tão masculino.

É mesmo?, perguntaram seus Pensamentos Profundos. Tem certeza de que um rabo de cavalo associado a uma cartola correspondem a algo masculino?

Responda você, desafiou Charlotte.

Seus Pensamentos Profundos calaram a boca depois disso, provavelmente distraídos demais pela masculinidade do Sr. Mallery para voltar a provocá-la.

— Se a senhora precisa ficar olhando para mim — disse ele —, eu gostaria que pelo menos falasse.

— Não sei o que dizer.

— Fale alto um de seus pensamentos.

— Acho... Acho que seu perfil ficaria perfeito em uma nota de dólar.

— Essa frase vai me manter acordado refletindo até tarde da noite.

Ela conseguia ver o telhado de Pembrook Park ao longe, mas ainda mais perto havia um chalé. O lar de algum camponês? Ela fez uma careta ao pensar que poderia ser vista de novo por alguém de jeans e camiseta. Mas, quando eles passaram, ela notou um ar de abandono.

— Que casa é essa?

— Pembrook Cottage.

— É uma casinha linda — disse ela.

Ele assentiu.

— Pembrook Cottage pertence às mesmas pessoas que são as donas de Park há séculos. Mas será vendida em breve.

O tom de voz dele estava carregado de ressentimento, e Charlotte lembrou que a casa e o chalé deveriam ter sido dele. Ou do personagem dele, pelo menos. Ela guardou a informação para o caso de ser útil mais tarde.

A carruagem já estava em frente à casa quando eles pararam.

— Sinto-me ótima — dizia a Srta. Gardenside à Sra. Hatchet, mas estava sem cor, e acabou cedendo à insistência da enfermeira para que tirasse um cochilo antes do jantar. Eddie deu o braço a ela e acompanhou-a até dentro de casa.

O Sr. Mallery insistiu em ele mesmo cuidar do cavalo e seguiu para o estábulo, então Charlotte deu o braço para a Srta. Charming.

— Venha me ajudar a procurar a pista no segundo andar. Mas não sei onde ele quer que nós procuremos... dentro de nossos quartos?

— Nossos quartos não ficam no segundo andar. Você não fala inglês britânico? — perguntou a Srta. Charming. — Eles chamam o primeiro andar de "térreo". "Segundo andar" é como eles chamam o terceiro andar.

— Tem um terceiro andar?

O térreo da casa era onde ficava a sala de jantar, o salão matinal, a sala de estar e afins. O primeiro era onde ficavam os quartos dos hóspedes e dos atores. O que havia no segundo? Ela achava que tinha reparado nas janelas do terceiro andar pelo lado de fora, mas nunca viu a escada que levava até lá. A Srta. Charming, veterana em Pembrook Park, a levou até uma escadaria em espiral escondida no lado oeste.

— Ela vai direto da cozinha para os quartos dos criados — disse a Srta. Charming. — Para que os hóspedes nobres não esbarrem com criados na escadaria principal. Não sei que importância tinha. Talvez fosse na época em que os criados fediam.

Elas subiram sorrateiramente, rindo e se escondendo dos criados. Não havia necessidade de serem furtivas, pensou Charlotte, mas era mais divertido.

Estava mais escuro lá em cima, com apenas uma pequena janela no fim do corredor iluminando a área. Charlotte não soltou o braço da Srta. Charming.

— O que exatamente estamos procurando? — sussurrou a Srta. Charming.

— Alguma coisa a ver com Mary Francis, a criada da cozinha, e com os assassinatos da abadia.

Uma única mesa com um vaso sem nada dentro estava encostada na parede. Acima dela, havia um quadro com a imagem de um homem com corte de cabelo de frei conversando com um lobo. Todas as portas estavam fechadas.

— Devemos abri-las? — perguntou a Srta. Charming.

— Não sei.

— Bem, vamos abrir.

Ela foi até uma das portas e escancarou-a. Uma garota lá dentro estava trocando de roupa. Ela gritou e se cobriu.

— Desculpe! — gritou a Srta. Charming ao fechar a porta e correr para a escada. — Não era o fantasma de Mary Francis, era?

— Tenho quase certeza de que era uma das criadas — disse Charlotte, descendo a escada atrás dela.

— Que bom, porque eu não acredito em fantasmas.

— Nem eu — disse Charlotte, ainda correndo.

em casa, antes

CHARLOTTE SEMPRE GOSTOU DE PLANTAS. O jardim dela era um laboratório no qual plantava e replantava constantemente, mudava as coisas de lugar, brincava com terra e plantas como uma criança com argila. Era apenas isso, uma brincadeira. Um hobby. Nada a ser levado a sério.

Às vezes, ela ajudava os vizinhos a planejarem os jardins, só por diversão. E, assim que passava a conhecer todas as melhores plantas para o clima do lugar, James era transferido no trabalho e eles se mudavam. Estavam na quarta casa desde que se casaram quando Charlotte teve a ideia: um site para paisagismo residencial. Não parecia existir nada do tipo. Ela criou um site com informações gratuitas sobre as melhores plantas para diferentes climas e estratégias básicas de projetos. O site cresceu. Os leitores escreviam buscando ajuda específica para seus jardins.

Paisagismo customizado e barato? Ela podia fazer isso. Só precisava criar um questionário detalhado para os clientes e um modelo que pudesse reutilizar a cada novo pedido, reduzindo o tempo que precisaria gastar. Os projetos não eram grandiosos nem detalhados como os de um paisagista profissional que visitava cada propriedade pessoalmente, mas também custavam um décimo do preço. As pessoas adoraram. Ela precisou contratar gente para ajudá-la a criar centenas de jardins por semana. O preço da publicidade no site começou a aumentar.

É só um hobby, ela disse para si mesma. Nada sério.

Charlotte precisou rever essa opinião depois que ganhou seu primeiro milhão.

austenlândia, dias 3 a 5

NO JANTAR DAQUELA NOITE, CHARLOTTE trabalhou para organizar seus pensamentos loucos, a mil por hora. Tentou parar de se observar, de se questionar como todos a viam. Em vez disso, observou os outros. Era melhor observar, como o Sr. Mallery dissera. Por que não experimentar agora que não era Charlotte, mas a misteriosa e indefinida Sra. Cordial?

O coronel Andrews estava servindo a Srta. Charming com diversos tipos de comidas.

— Ah, sei que você gosta disso, meu bolinho — disse o coronel ao servir bolinhos para ela.

Ela corou e espetou um com o garfo.

— Você sabe tudo que eu amo, querido.

É, parecia mesmo que o coronel Andrews era o Interesse Romântico da Srta. Charming.

A Srta. Gardenside estava comendo muito pouco. Os olhos dela brilhavam, assim como a testa. Quanta dor será que ela estava sentindo?

Charlotte se questionou sobre a escolha de personagem da Srta. Gardenside. A garota não se parecia quase nada com a personagem ousada e esperta que Alisha demonstrava ser nas entrevistas. Por que ela estava tão envolvida com essa personagem? Por outro lado, talvez Lydia Gardenside fosse quem ela realmente era, e Alisha fosse o personagem.

Eddie estava *atento* à Srta. Gardenside. Mesmo quando estava falando com a Srta. Charming ou com a Sra. Wattlesbrook, ele reparava assim que ela se mexia ou tossia. Ele não cuidava dela como a Sra. Hatchet, mas parecia pronto para obedecer à menor ordem. Charlotte aprovou aquilo. Se seu irmão era o Interesse Romântico da Srta. Gardenside, ele devia ser gentil.

E o Sr. Mallery (Charlotte olhou para ele e desviou o olhar) estava atento *a ela*. Ela respirou fundo e olhou nos olhos dele. Ele ergueu sutilmente a taça.

— Posso propor um brinde? — disse Charlotte, surpreendendo a si mesma.

Um breve silêncio foi seguido pela resposta educada da Sra. Wattlesbrook:

— É claro.

Charlotte ergueu a taça.

— Ao meu irmão Eddie, que me deu ótimos conselhos hoje. É muito bom ter você aqui, *meu garoto*.

Eddie piscou para ela.

— Ah, eu quero fazer um brinde ao coronel Andrews — disse a Srta. Charming. — Posso?

— É claro — disse a Sra. Wattlesbrook de novo.

O rosto da Srta. Charming ficou sério, o cenho franzido, e ela disse, sem pudores:

— Ao coronel Andrews e suas calças apertadas.

A Sra. Wattlesbrook franziu a testa, mas a Srta. Charming não reparou. Ela sorriu com amor para o coronel, que ergueu a taça em retribuição.

— Bem, alguém deveria fazer um brinde ao pobre Sr. Mallery — disse a Srta. Gardenside.

— Isso é desnecessário — disse ele.

— Desviar da situação só vai me provocar — disse a Srta. Gardenside com um sorriso. — O senhor me conhece, e, quando coloco uma ideia na cabeça, ela permanece ali. Sei ser incrivelmente insistente, mas eu nasci assim, ousada e irreverente.

Ela começou a se levantar, cambaleou, sentou-se novamente, mas ergueu o copo mesmo assim.

— A...

Neville, o mordomo, entrou depressa no aposento e correu até a Sra. Wattlesbrook. Sinceramente, ele não era um homem que *deveria* correr. Em movimentos acelerados, ele parecia um folioscópio malfeito, com os membros de bonequinho palito balançando.

— Senhora...

Ele só havia chegado até a palavra "senhora" quando as portas da sala de jantar se abriram. Havia um homem no vão aberto. Usava um terno cinza com gravata frouxa. Calça com vinco marcado. Sapatos de couro. A atmosfera de fantasia rompeu-se. Rompeu-se não como um galho se quebrando, mas como uma tartaruga sendo partida do meio. Charlotte se contorceu no espartilho. Esse homem de terno com olhos injetados e cabelo desgrenhado a lembrou de que ela não estava em 1816, de que ela estava brincando de se fantasiar e de que nem estava fazendo isso muito bem.

— Hora do jantar, é? — disse ele com um sotaque britânico acentuado consideravelmente pelo álcool.

A Sra. Wattlesbrook bateu com o garfo na mesa.

— John!

— Tem conserva de ovos de codorna no cardápio? Você sabe como eu gosto de uma conserva de ovos. — Ele se inclinou por cima do coronel, pegou um ovo de codorna em um prato e colocou na boca.

A Sra. Wattlesbrook empurrou a cadeira para trás e percorreu furiosamente a sala. Passou o braço pelo do homem e puxou-o até o corredor. Neville foi atrás e fechou as portas ao passar.

O coronel Andrews limpou a garganta.

— O Sr. Wattlesbrook não anda... muito bem. Pobre homem. Não se preocupem, Neville vai dar um jeito nele rapidamente.

Então era o marido da anfitriã deles. Havia uma história real ali, pensou Charlotte, olhando para a porta enquanto mordia um ovo de codorna. Vinagre e ovos. Era uma mistura que a fazia se lembrar da Páscoa. Ela gostava quando Lu e Beckett tingiam dezenas de ovos, tanto cozidos quanto crus, de forma que, cada vez que ela abria a porta da geladeira, era recebida pelas cores alegres e, como efeito colateral, pelo odor pungente de vinagre e ovos picantes.

— É tão confuso — sussurrou a Srta. Charming para Charlotte. — Da primeira vez que vim para cá, ele era Sir John Templeton, e agora é o Sr. Wattlesbrook. Eu gostaria que eles mantivessem os mesmos nomes.

— Você quer dizer que às vezes os atores fazem papéis diferentes? — sussurrou Charlotte.

A Srta. Charming assentiu.

— Conheci uns dez caras diferentes que às vezes são Sr. Fulano e outras vezes lorde ou capitão Beltrano. O Sr. Mallery é sempre Sr. Mallery, e ultimamente meu coronel mantém o mesmo personagem sempre que estou aqui. Não sei o Sr. Grey, ele é bem novo.

Charlotte sentiu uma emoção ao espiar por baixo da saia daquele lugar.

— E a Sra. Wattlesbrook?

— Quando havia três propriedades, ela morava na pensão e outras damas faziam o papel de anfitriã de Pembrook. Mas eu não devia falar de nada disso. Não conte a ninguém.

Elas pararam de sussurrar e viram que não havia outra conversa à mesa de jantar. A atenção dos cavalheiros não estava direcionada para a comida e muito menos para as mulheres.

— Coronel Andrews? Coronel Andrews, o senhor me ouviu? — perguntou a Srta. Charming.

— Perdão? — Ele desviou o olhar das portas da sala de jantar e virou-se para a mulher ao seu lado.

— Eu estava dizendo que não conseguimos encontrar pista nenhuma no segundo andar. O senhor devia nos dar uma dica.

— Devia? — O olhar dele se dirigiu às portas fechadas novamente, depois para a Srta. Charming. — Sim, acho que devia. E darei. Me desculpe, estou um tanto distraído esta noite. Talvez o Sr. Mallery...

— Não me envolva nisso, Andrews — disse o Sr. Mallery em voz baixa. Ele não ergueu o olhar do prato e mantinha uma expressão de raiva, como se pudesse quebrar a louça com um olhar. — Não estou com disposição para suas tramas.

— Posso dar uma ajuda, camarada — disse Eddie. Ele comeu um pedaço de carneiro e sorriu enquanto mastigava.

— Excelente — disse o coronel Andrews, mas não pareceu estar falando sério. Sua atenção voltou para as portas fechadas da sala de jantar.

O clima pesado se estendeu à sala de estar, e, depois de um jogo distraído de uíste, todos decidiram dormir. O Sr. e a Sra. Wattlesbrook não voltaram hora nenhuma.

Charlotte foi para a cama, mas não conseguia dormir. Todas as perguntas que tinha elaborado a incomodavam e a mantinham acordada como uma tosse seca. Mary Francis, o Sr. Mallery, o Sr. Wattlesbrook, a Srta. Gardenside... Ela tinha começado a ponderar sobre a forma como a casa parecia respirar audivelmente à noite quando ouviu sirenes.

Vestiu o robe por cima da camisola, calçou os chinelos e seguiu para o corredor. A Srta. Charming estava lá, ainda com o vestido de noite. A Sra. Hatchet parecia ter acabado de acordar e correu para o quarto da Srta. Gardenside. Em pouco tempo, o grupo se reuniu no térreo, na escada de entrada. Não parecia que Pembrook Park estava em perigo, mas havia um carro de bombeiros do lado de fora. O céu noturno ali perto estava embaçado de fumaça.

— Aconteceu alguma coisa em Pembrook Cottage? — perguntou Charlotte.

— Nada acontece lá, nunca — disse a Srta. Charming. — Algumas vezes, tem pessoas que ficam lá e não aqui. Eu nunca soube por quê. Me parece entediante.

— Era uma casinha linda. — Eddie surgiu ao lado delas, com o olhar fixo na fumaça ao longe. Ainda estava usando as roupas de noite, mas sem o paletó.

— Está destruída? — perguntou Charlotte.

Ele assentiu.

— Que pena isso, não é mesmo? — disse a Srta. Charming, voltando a usar o sotaque agora que havia um homem presente.

Charlotte, Eddie e a Srta. Charming chegaram mais perto do incêndio. Eles passaram por outro carro de bombeiros com as luzes girando e pela Sra. Wattlesbrook falando com um dos bombeiros. Ele escrevia o que ela dizia, e o que ela dizia não a agradava em nada.

O fogo já tinha sido apagado. No escuro, Charlotte só conseguia ver uma casa com o telhado desmoronado e as luzes fantasmagóricas do carro de bombeiros passeando incessantemente pelas ruínas. O Sr. Wattlesbrook estava sentado no chão ali perto com um cobertor nos ombros. O rosto e as narinas estavam sujos de cinzas.

— Sr. Wattlesbrook — disse Eddie friamente.

— Não foi culpa minha — murmurou ele. — Ela *tinha* tudo do melhor, tudo autêntico, nada à prova de fogo, sabe. A porcaria do tapete se incendiou depressa demais.

— Por causa das brasas do seu cachimbo? — perguntou Eddie.

— Um homem pode fumar, não pode? — O Sr. Wattlesbrook olhou com raiva.

— O senhor quer dizer que estava aqui o tempo todo? — perguntou Charlotte. — Se viu o fogo começar, por que não o apagou?

— Eu tentei — disse o Sr. Wattlesbrook.

— Tentou com uma taça de vinho do porto, provavelmente — disse Eddie.

— Tentou sem nenhum empenho — disse Charlotte. Esse homem tinha incendiado uma casa! E não demonstrava remorso! Ela gostaria de poder dar uns tapas nele, mas ele talvez fosse gostar disso. — O senhor devia se envergonhar.

— Que se dane — disse o homem.

Charlotte conseguia ver a Sra. Wattlesbrook iluminada pelos faróis, torcendo as mãos e olhando com agitação para ela e para a Srta. Charming.

Charlotte pegou o braço da Srta. Charming.

— Acho que a Sra. Wattlesbrook prefere que as hóspedes não testemunhem isso. Vou voltar para a cama.

— Tudo bem — disse a Srta. Charming. — Ei, coronel Andrews! Eu gostaria de saber, o incêndio foi muito grave? — Ela saiu correndo para seu coronel.

Charlotte estava prestes a ir embora quando reparou no Sr. Mallery. Ele estava ao lado da casa incendiada, de costas para ela. Havia um balde ao lado de seus pés e suas roupas estavam molhadas e sujas. Ele devia estar tentando apagar as chamas antes de os bombeiros chegarem, pensou Charlotte.

Ela quase foi até ele. Mas reparou na tensão nos ombros, na postura se-me-tocar-eu-te-mato das costas e nas mãos fechadas em punho, como se, apesar de perfeitamente imóvel, ele estivesse no meio de uma briga.

Nunca se aproxime sorrateiramente do Sr. Mallery, ela aconselhou a si mesma.

Sozinha, Charlotte achou que a caminhada até a casa principal pareceu mais longa. Sentiu-se metade no mundo e metade fora dele, como se estivesse resfriada ou dopada de remédios para gripe. Um incêndio destruiu uma casa. Era uma coisa tão real de se acontecer neste lugar de fingimento.

A Srta. Gardenside estava esperando em um sofá estilo canapé no saguão de entrada, enrolada em um xale grande.

A Sra. Hatchet estava sentada ao lado dela com as costas eretas.

— O que aconteceu? — perguntou a Srta. Gardenside.

— Pembrook Cottage, uma casa aqui perto, pegou fogo. Foi culpa de um descuido do Sr. Wattlesbrook com o cachimbo, acho. O incêndio foi apagado e ninguém se feriu, mas a casa foi destruída.

A Sra. Hatchet fez o sinal da cruz.

— Que pena — disse a Srta. Gardenside. — É de dar muita pena, não é? — Sua voz falhou, e ela enrolou o xale ao redor do corpo com mais vigor, visivelmente trêmula.

— Agora você sabe o que aconteceu — disse a Sra. Hatchet. — Hora de voltar para a cama.

— Srta. Gardenside, você não parece bem — disse Charlotte. — Pelo menos, deixe que eu pegue alguma bebida quente. Aposto que ainda tem alguém na cozinha, mesmo com toda a confusão.

— Não a trate como bebê — disse a Sra. Hatchet. — Foi ela mesma quem se meteu nessa confusão. — Ela pôs a Srta. Gardenside de pé e levou-a até a escada.

Por uma fração de segundo, a garota olhou para a enfermeira com uma expressão cheia de ódio, raiva e mágoa. Mas logo fechou os olhos e se transformou de novo na calma e feliz Srta. Lydia Gardenside.

— Boa noite, Charlotte querida — disse ela entredentes.

Parecia muito tarde quando Charlotte voltou para a cama. A sensação era de que tinha sido enterrada viva, de que nem muita cafeína faria efeito. Ela achou mais fácil adormecer depois que passava muito da meia-noite na

Austenlândia. É difícil manter perguntas acesas no cérebro quando os pensamentos estão mais pesados que as pálpebras. Até histórias precisam ter uma chance de dormir.

Na manhã seguinte, a criada Mary levou em uma bandeja chá e um leve café da manhã para Charlotte e disse que ninguém se reuniria para o desjejum. Charlotte comeu sozinha, olhando pela janela. Não havia mais fumaça no céu.

Depois de se vestir, ela passou um tempo no segundo andar. Não abriu portas, mas andou pelo corredor com atenção, examinando cantos e janelas, procurando um pedaço esquecido de papel que poderia conter uma mensagem ou um objeto fora do lugar que pudesse ser uma pista para o mistério. Examinou o vaso solitário e virou um quadro para olhar atrás dele. Nada.

Depois de um jogo animado de croquet, os cavalheiros foram "caçar" pelo resto da tarde, ou, como Charlotte desconfiava, tiraram uma folga. A Srta. Gardenside não estava bem, a Srta. Charming estava encantadoramente petulante, e Charlotte não conseguia parar de pensar nos filhos. Ela nunca tinha passado cinco dias sem falar com eles. Deviam estar loucos de saudade dela! Esse pensamento foi como uma facada no peito perfurando o espartilho.

Sob a luminosidade amarelada da tarde, ela colocou o chapéu e fez a caminhada de dez minutos até a pensão depois dos portões de Pembrook. A Sra. Wattlesbrook não estava lá, mas Patience, a criada, sabia sobre o acordo e deixou Charlotte entrar no escritório da Sra. Wattlesbrook. Lá ela tirou a bolsa de Charlotte de um armário trancado e a deixou sozinha.

Charlotte pegou o celular e ligou para o número de James. Lu atendeu. Ai, que bom! Charlotte sabia que a presença de Alisha em Pembrook devia ser mantida em segredo, mas Lu não sabia exatamente o paradeiro da mãe, só que estava de férias em algum lugar da Inglaterra, então se ela contasse a fofoca não estaria dando totalmente com a língua nos dentes. Além do mais, não havia regras quando se tratava de ganhar pontos com a filha adolescente.

— Lu! Estou tão feliz de ouvir sua voz. Você não vai acreditar em quem está aqui.

— Mãe, tia Shelby me contou que você contratou um detetive particular para seguir Pete.

Uma pausa.

— Você contratou um cara com uma câmera para seguir Pete?

Outra pausa.

— Hã... — disse Charlotte sem conseguir pensar em nada mais inteligente.

— Mãe!

Tia Shelby! Cunhadas eram para ser confiáveis. A partir desse momento não se sentiria mais culpada por nunca exibir como objeto de decoração o bordado de arco-íris com sol sorridente de Shelby.

— Querida, escute, eu estava preocupada. Só queria ter certeza de que ele era bom... que merecia seu...

— Não quero mais falar com você.

Sons do telefone sendo passado adiante, e a voz de Beckett:
— Alô?

Charlotte limpou a garganta e tentou parecer inabalada.
— Oi, querido. Como você está?

— Bem — disse ele.
— O que tem feito de divertido?
— Nada.
Tudo bem.
— Então me conte a melhor coisa que fez na semana passada.
— Dormir.
Aham.
— Você está dormindo no sofá-cama?
— É.
— Estou vivendo momentos bem esquisitos. Vou ter que contar tudo para vocês quando voltar para casa.
— Tá, tchau.
— Espere... eu te amo, Beck, e estou morrendo de saudade. Você pode chamar seu pai antes de desligar?
Som do telefone mudando de mãos.
— Charlotte!
Não era James. Era Justice, também conhecida como A Outra. O estômago de Charlotte pareceu se encolher como uma lesma entrando na concha.
— Charlotte, só quero dizer o quanto seus filhos são uns *queridos*. *Tão* fofos. Achei que você gostaria de saber. *Tão* fofos.
— Obrigada, Justice. Também acho.
— Não, estou falando de *agora*. Desta semana. Tenho certeza de que eles nunca foram tão fofos quanto estão sendo esta semana. Estou falando sério, *TÃO* fofos.
— Fico feliz de estar indo tudo bem.
— Muito bem! Melhor impossível! Eu poderia comer esses dois! Você sabe que Beckett me chamou de "mãe"?
O estômago de Charlotte se dissolveu.

— É mesmo?

— Aham! Não é demais?

— É.

— É saudável para eles, né? Me aceitarem como outra mãe, né? Não *mãe* como você, claro, mas outra mãe, né? E, então, você está se divertindo passeando na Inglaterra?

— Sim, estou, obrigada.

A voz de Justice ficou baixa e o tom, conspiratório.

— Conheceu algum homem?

A expressão facial de Charlotte nesse instante seria perfeita para o rosto da Sra. Wattlesbrook.

— Posso falar com James, por favor?

— Claro. Só não tente dar em cima dele. Estou de olho em vocês dois! — Ela deu uma boa gargalhada.

Charlotte ficou em silêncio.

Som do telefone mudando de mãos.

— Alô.

Agora era James. O "alô" dele parecia querer dizer "seja concisa".

— Oi, James. É Charlotte. As crianças não falaram muito, então eu queria ter certeza de que está tudo bem.

— Sim, tudo bem. Estão se divertindo muito.

— Tudo bem, então. Obrigada por cuidar deles.

— Claro, tchau.

Charlotte apertou o botão para encerrar a ligação e se recostou. *Respire fundo e expire as toxinas*, ela conseguia ouvir a instrutora de ioga dizendo. Charlotte ficou tonta tentando eliminar aquelas toxinas. Elas não queriam ir embora. Toxinas idiotas, teimosas e cabeças-duras.

Por que ela agradeceu a James por cuidar das crianças? Ele era o pai delas, não uma babá. Tome jeito, garota. E como podia ter de aguentar aquilo vindo de Justice? Mas talvez tivesse merecido... Pare com isso, Charlotte! Pelo menos foi bom ouvir as vozes de Lu e Beckett. Teria sido melhor se as palavras tivessem sido diferentes.

A bateria do celular estava acabando, então ela vasculhou a bolsa, encontrou o carregador e o adaptador e botou o celular para carregar. Procurou uma revista na escrivaninha ou alguma outra coisa para ler enquanto esperava, para não ter de ficar pensando na conversa que tivera. Ela empurrou uma pasta para o lado.

A que havia embaixo tinha o título de "Windy Nook". Era mesmo um nome interessante. Charlotte abriu a pasta na esperança de encontrar uma foto que correspondesse à linda imagem que ela criou na cabeça. Primeiro, encontrou uma pilha de papéis: listas de dívidas, impostos atrasados, ameaças de fechamento e um aluguel no nome de outra pessoa.

Tudo bem, agora ela estava mesmo xeretando.

Por baixo da pilha, havia várias fotos dos últimos dez anos com o título de "Elenco de Windy Nook". Vários cavalheiros, criados e um casal que parecia mais velho (possivelmente anfitrião e anfitriã?) faziam pose na frente da casa. Pembrook Park parecia tão mágica quanto o castelo da Cinderela. Windy Nook era definitivamente gótico, com janelas estreitas, ameias e uma torre com uma única janela parecendo observar tudo. Mary, a criada de Charlotte, estava presente nas últimas três fotos, com a aparência pálida e quase transparente de sempre. Neville parecia ter sido o mordomo de lá por vários anos. O Sr. Mallery estava em todas as fotos.

Uma pasta embaixo, intitulada "Bertram Hall", continha documentos similares: dívidas, impostos e, desta vez, uma certidão de compra e venda, embora o preço mal cobrisse os valores de dívidas e impostos devidos. Havia uma planta de Bertram Hall, que, embora não tão grande quanto Pembrook Park, era uma casa bastante imponente, e Charlotte não podia acreditar que não valesse mais do que o preço de venda, principalmente se fosse tão bem cuidada quanto Pembrook. A Sra. Wattlesbrook não parecia uma empresária descuidada, mas aparentemente fora relaxada daquela vez.

Mas, então, Charlotte reparou na assinatura na certidão de compra e venda: John Wattlesbrook.

As fotos do elenco mostravam que Bertram Hall era mais simpática do que Windy Nook, com uma fachada de pedras amarelas e um jardim florido exuberante. Um coronel Andrews mais jovem aparecia em duas das fotos de elenco de Bertram Hall. Charlotte não conseguiu encontrar Eddie no elenco de nenhuma das duas casas e lembrou-se do sussurro da Srta. Charming de que ele era novo em Pembrook Park. O que será que ele fazia antes?

A porta se abriu. Charlotte pôs-se de pé de repente e derrubou a pilha de pastas no chão. A Sra. Wattlesbrook parou no vão da porta e ficou olhando para ela de cara feia.

— Sra. Wattlesbrook! Me desculpe, a senhora me deu um susto. Não consegui encontrar a senhora hoje de manhã, então vim sozinha fazer minha ligação. A senhora deve se lembrar, eu falei que precisaria ligar de vez em quando para os meus filhos. Acabei de fazer isso. E, agora, o celular está recarregando...

Ela sentiu seu rosto esquentar e se agachou atrás da escrivaninha para enfiar os papéis caídos nas pastas.

— Foi mal. Acho que me assusto com facilidade e acabei bagunçando suas pastas tão arrumadas.

— Posso cuidar disso, Sra. Cordial — disse ela, inclinando-se para recolher os papéis.

Charlotte pôs-se de pé.

— Tudo bem. Perdão. Obrigada.

O coração dela estava disparado, desacostumado a estratagemas. Como James conseguiu ter um caso e não demonstrar? Só o trabalho que dava ser furtiva já teria acabado com ela. Talvez tenha sido empolgante para ele de alguma forma doentia. Talvez a taquicardia e o calor no rosto que ele sentia sempre que mentia para Charlotte ou quase era pego no flagra o deixassem eufórico, não de estômago embrulhado.

— Perdão — disse Charlotte de novo antes de recolocar o celular e a bolsa no armário e sair. Ela não sabia para quem estava pedindo desculpas. Talvez para todas as pessoas no mundo.

Ela caminhou lentamente até Pembrook Park, sentindo alguns trechos daquela ligação telefônica se agarrando a ela como teias de aranha em um fantasma errante. Lu e Beckett estavam bem. Estavam ótimos. Excelentes sem ela, na verdade. Isso devia ser considerado uma boa notícia, certo? Ela podia voltar às suas férias sem se preocupar com o fato de eles estarem ansiando pela mãe e com a possibilidade de estar fazendo um mal a eles que só poderia ser remediado com anos de terapia.

Então esqueça, Charlotte. Esqueça, Sra. Cordial. Sua fantasia a espera.

Ela tinha acabado de passar pelo portão quando as nuvens carregadas se assomaram, liberando chuva suficiente para fazer uma pessoa procurar abrigo em uma arca. Charlotte fez um exercício mental de pensar na chuva como uma espécie de ritual que a estava limpando de todas as toxinas, retransformando-a na Sra. Charlotte Cordial, uma mulher que impressiona com sua inteligência os convidados para jantar, que fica à vontade dentro de um espartilho como se fosse feito de flanela, que soluciona mistérios do passado e não liga se o filho de 11 anos chama a amante/esposa do pai de "mãe".

O batismo, por assim dizer, foi bem intenso. Quando chegou à casa, o chapéu pendia sem vida na cabeça e o vestido estava agarrado às pernas. Ela entrou molhando o saguão principal e fez uma poça no piso de mármore enquanto Neville corria para tirar o chapéu encharcado e apertava as saias com uma toalha.

— Perdão — disse ela. Parecia a palavra do dia.

Choveu o dia inteiro e também a noite inteira. De manhã, o mundo parecia conformado com a chuva. A grama estava encharcada, as árvores equilibravam quantidades enormes de água nas folhas penduradas. A água escorria pelas janelas como em um submarino que acabou de chegar à superfície.

Depois do café da manhã, o coronel Andrews organizou jogos de enigmas e ensinou um novo jogo de cartas que envolvia gritar e correr pela sala. Mas, depois do almoço, os homens fugiram. Charlotte se perguntou se estavam em seus quartos cochilando ou se havia uma sala de estar secreta para os atores nos fundos da casa, onde eles jogavam videogames.

As damas ficaram sentadas no salão matinal, bordando sob a luz cinzenta que entrava pelas janelas.

Neville entrou correndo para chamar a Sra. Wattlesbrook. Ela não fez perguntas e saiu atrás dele.

— Eu gostaria de saber qual era o assunto — disse Charlotte.

— É. — A Srta. Charming bocejou. — Não vejo Neville entrar assim desde que o Sr. Wattlesbrook apareceu caindo de bêbado.

— É verdade. — Charlotte olhou para a porta de testa franzida.

A Srta. Gardenside teve um acesso violento de tosse e pediu licença para ir para o quarto, deixando Charlotte e a Srta. Charming sozinhas com seus bordados.

Alguns minutos depois, a Srta. Charming ofegou. Só que ela ofegava muito. Ofegava quando alguém fechava uma porta com um estrondo; ofegava quando havia linguiça no café da manhã. Às vezes, ofegava e depois tossia, como se pretendesse ter tossido desde o início e tivesse confundido as duas coisas.

Charlotte gostava de catalogar os motivadores de ofegos da Srta. Charming, então acompanhou o olhar chocado até a porta do salão matinal.

— Oi, o que temos aqui? — O Sr. Wattlesbrook se apoiou na moldura da porta, usando uma calça marrom e uma camiseta branca lisa. O sorriso mostrava uma série de dentes amarelos e tortos. — Conheço uma de vocês. Ou duas, na verdade.

Ele sorriu para os seios da Srta. Charming. Ela fez um som de choramingo.

— Mas você é nova. — Ele olhava para Charlotte.

— Nós já nos vimos — disse Charlotte —, embora, na hora, você estivesse enrolado em um cobertor do corpo de bombeiros e estivesse tossindo fumaça.

Aquilo soou um pouco rude, então ela encerrou fazendo uma pequena reverência.

— Não precisa ficar se curvando para mim — disse ele. — Isso já não me pertence mais. E o mesmo vai acontecer com vocês quando eu terminar. As coisas queimam com muita facilidade. É melhor vendê-las enquanto ainda é possível.

Ele entrou com as mãos nos bolsos da calça e olhou ao redor, avaliando o salão.

— Elegante, não é? É bonito, apresentável. — Ele tropeçou no canto de um tapete e deu dois passos oscilantes para a lateral até recuperar o equilíbrio. — É a primeira coisa que vai — disse ele, olhando com raiva para o tapete.

A Sra. Wattlesbrook colocou a cabeça para dentro do salão e gemeu quando viu o marido.

— John, venha comigo.

— Esse tapete é culpa sua — disse ele, e voltou a sorrir para a Srta. Charming.

A Srta. Gardenside entrou com olhos febris. Ela hesitou ao ver o Sr. Wattlesbrook.

— Espere um minuto... — Ele observou a Srta. Gardenside. Ela se virou com as bochechas vermelhas e os lábios comprimidos e se sentou em um sofá, de costas para ele.

A Sra. Wattlesbrook puxou o braço dele, mas o Sr. Wattlesbrook se balançou para se desvencilhar dela e chegou mais perto. De repente, ele riu.

— Então é ela! Que piada. Sei tudo sobre você, moça — disse ele, cutucando o ombro da Srta. Gardenside com o dedo. — Ah, sei tudo, sei, sim.

A Srta. Gardenside ficou sentada ereta, com o rosto impassível, mas, depois de um momento, levou a mão à testa e um tremor visível percorreu seu corpo.

Ela parecia estar sentindo dor de verdade. Charlotte não esperava que Alisha fosse reagir assim ao ser reconhecida. Ela nem se mexeu quando Charlotte foi tão abobalhada com ela no primeiro dia. Por que agora? Ainda assim, não havia necessidade de aborrecê-la.

— Senhor — disse Charlotte —, a Srta. Gardenside não está bem. É peste cinzenta.

— Rá! — disse ele, e serviu-se de uma bebida de um decantador de cristal que havia no canto da sala.

— John, insisto que venha comigo — tentou a esposa de novo, com as mãos nos quadris.

Ele a ignorou e se virou para Charlotte enquanto bebia. Ela teve certeza de que aquele gole de álcool se juntaria a um oceano de amigos na corrente sanguínea dele.

— Esta é minha casa — disse ele. — Vocês são minhas hóspedes. Eu decido o que vou fazer com vocês.

Os cavalheiros chegaram e ficaram de pé atrás da Sra. Wattlesbrook. O Sr. Mallery não estava de paletó, e a camisa de Eddie estava para fora da calça, como se eles estivessem relaxando antes em algum lugar. O coronel Andrews estava impecável, como sempre, e foi ele quem deu um passo à frente.

— Venha conosco, senhor — disse ele. — Não há necessidade de atormentar as damas.

— Eu faço o que quiser! — gritou o Sr. Wattlesbrook, jogando o copo no tapete. Vinho do porto se espalhou nas fibras amarelas.

— Muito bem, cavalheiros — disse o coronel Andrews.

Eles seguraram o Sr. Wattlesbrook à força e o levaram para fora da sala enquanto ele berrava e se debatia. A Sra. Wattlesbrook fechou a porta para afastar o barulho e se virou para as damas enquanto enxugava a testa com um lenço.

— Eu... — Ela olhou para o teto. Parecia não ter palavras. — Meu marido...

A Srta. Gardenside deu um tapinha no braço da mulher.

— A bebida é o diabo, Sra. Wattlesbrook. E isso é tudo que precisa ser dito.

A Sra. Wattlesbrook assentiu. Ela secou a testa de novo e saiu do salão.

— Uau — disse a Srta. Charming baixinho. — Nunca vi uma reviravolta como essa no enredo antes.

Charlotte ficou de pé em frente à porta, mas não conseguiu ouvir barulho nenhum. Talvez *fosse mesmo* uma reviravolta no enredo. Talvez o Sr. Wattlesbrook estivesse representando um papel, criando um conflito que precisaria ser resolvido antes de as duas semanas se passarem.

Uma criada entrou rapidamente com um pedaço de pano e começou a limpar o vinho do porto derramado.

Mas o mundo de faz de conta da Sra. Wattlesbrook não seria tão cheio de confusões assim, pensou Charlotte.

Do lado de fora, o vento ficou mais forte e fez com que a chuva açoitasse a janela. As nuvens estavam densas e baixas, e parecia ser noite no salão matinal.

— Alguém quer jogar tênis? — perguntou Charlotte.

em casa, 29 anos antes

ERA A FESTA DE ANIVERSÁRIO de Charlotte. Seis garotinhas de pijama estavam deitadas sobre sacos de dormir no porão. O círculo estava bem arrumado e os rostos estavam virados para o centro.

O irmão dela, de 11 anos, apareceu na escada com as mãos no bolso. A presença do garoto as pegou de surpresa e provocou uma movimentação generalizada em busca da cobertura dos sacos de dormir.

— Querem brincar de pique-esconde? — perguntou ele com um sorriso sinistro no rosto. — Está comigo.

As amigas de Charlotte gritaram de alegria com a ideia. Porque foi Tommy quem propôs. E Tommy era uma gracinha e era mais velho e era um garoto, e, portanto, era *legal*. Charlotte não discutiu, apesar de ele estar boicotando a festa dela. As amigas queriam brincar, e então, como boa amiga e anfitriã, ela devia concordar.

Todas se esconderam.

E, então, as luzes foram apagadas e a gritaria começou.

O que Charlotte descobriu depois foi que Tommy esperou para propor o jogo quando a mãe tinha ido até a casa do vizinho por um momento e não havia nenhum adulto na casa.

Enquanto ele contava, Sam, o amigo dele, foi até o porão e desligou o disjuntor. Depois, eles colocaram máscaras de gorila e saíram à procura das meninas.

Charlotte foi quem mais gritou. A despensa foi um lugar muito, muito ruim para ela se esconder. Um ser com cara de gorila surgiu da escuridão, e não havia saída, só infinitas caixas de macarrão com queijo derrubadas pelos braços dela em movimento e que caíram no chão fazendo um barulho parecido com o de tiros. Quando ela conseguiu se libertar, havia um outro maluco de cara assustadora bloqueando o corredor. Alô, terapia.

A mãe de Charlotte ouviu os gritos de lá do vizinho. Ela desmascarou os vilões, acendeu as luzes e mandou Sam para casa e Tommy para o quarto. Tommy gargalhou o percurso todo.

Na escola, na segunda-feira, as amigas resumiram o evento.

— Foi *tão* divertido. Morri de medo. Tommy é *tão* legal! — Com o medo esquecido, as garotas caíram nos braços de uma paixonite sublime.

E Charlotte pensou: Por que as garotas são tão bobas?

Charlotte não respondeu à pergunta e não esqueceu. Ela nunca vai esquecer.

austenlândia, dia 5, continuação

O JANTAR REUNIU OS SUSPEITOS de sempre, sem sinal do Sr. Wattlesbrook. A Sra. Wattlesbrook segurava a faca e o garfo com um pouco de força demais e levava sustos com sons como o de talheres batendo ou com os trovões ao longe.

Ela está esperando que ele volte a qualquer momento, pensou Charlotte.

Mas ele não voltou, e os cavalheiros disfarçaram o clima pesado com muita conversa.

Como era de costume após a ceia, as mulheres foram para a sala de estar enquanto os homens ficaram na de jantar, para beber e fumar longe das damas. Aquela noite, eles ficaram lá um pouco mais do que o habitual, e, quando se juntaram às mulheres (primeiro o coronel Andrews, depois o Sr. Mallery, seguido alguns minutos depois por Eddie), só o coronel estava com cheiro de fumo, e nenhum estava com hálito de álcool, embora o Sr. Mallery e o coronel Andrews costumassem gostar de um vinho do Porto pós-prandial. Ela reparou que Eddie sempre dispensava bebidas alcoólicas, assim como a Srta. Gardenside.

A Srta. Gardenside pareceu mais animada do que o normal, sentada ereta e até se levantando para caminhar. Ela se sentou ao piano e começou a tocar, extraindo uma melodia suave das teclas, mas parou abruptamente e foi até a janela. Relâmpagos deixaram a noite prateada por um breve instante, e um trovão ribombou não muito depois.

— Leia um pouco do livro, por favor, coronel Andrews — pediu Charlotte.

— Muito bem, Sra. Cordial — disse ele enquanto tirava o livrinho do bolso da camisa. — Excelente sugestão. Há tanto para descobrirmos sobre Mary Francis, acredito eu, e esse clima cria o ambiente perfeito. Agora, vejamos, onde estávamos?

Ouço sons no quarto da menina Mary à noite, pois meu quarto fica ao lado do dela. De alguém andando ou arranhando algo. É irritante, mas, sempre que penso em perguntar sobre o assunto de manhã, ela está com a aparência tão cansada e triste que eu me controlo. A menina Betsy, que dormia no mesmo quarto que ela, fugiu certa noite e nunca mais voltou para pegar seu salário. A cozinheira me diz que sente um vento frio ao redor da menina Mary e que devo me livrar dela. Mesmo que...

O coronel Andrews parou de ler quando as lâmpadas elétricas da sala estalaram e piscaram, depois apagaram. Só a luminosidade das velas e dos poucos lampiões de querosene permaneceu, com as chamas tremeluzentes criando áreas de luz errantes. Charlotte se levantou do sofá e foi instintivamente para perto de Eddie. Ele colocou a mão nas costas dela.

— Estamos sem energia, Mallery? — perguntou ele.

O Sr. Mallery verificou as lâmpadas elétricas, ligando e desligando os interruptores, sem resultado. Ele saiu e ficou fora por alguns minutos. Devia estar verificando o disjuntor, pensou Charlotte com uma sensação estranha de déjà vu. Ele voltou com uma vela na mão e balançou a cabeça. Pelo menos, não tinha colocado uma máscara de gorila.

— A tempestade está forte — disse ele. — Ela nos tirou tudo esta noite, exceto a luz de velas, acho.

Charlotte deu vários passos para se aproximar do Sr. Mallery e da vela dele. A chuva açoitava a janela como se tentasse achar um jeito de entrar. A tempestade noturna parecia tão mais perto agora que as lâmpadas elétricas não iluminavam mais o ambiente. Ninguém falou nada por algum tempo. Parecia improvável que alguém estivesse pronto para dormir. O estado de espírito de Charlotte estava fazendo sua pulsação disparar.

— O que será que podemos fazer no escuro para passar o tempo? — disse o coronel Andrews com sua voz aveludada.

A Srta. Charming deu uma risadinha.

— De fato — disse a Sra. Wattlesbrook bufando.

— Já sei! — A voz do coronel estava mais animada. — Vamos brincar de Assassinato Sangrento.

— Ai, só o nome já é de dar arrepios — disse a Srta. Gardenside.

— Assassinato Sangrento — disse a Sra. Wattlesbrook. — Com certeza não é algo do meu agrado.

— Ah, senhora... — o coronel Andrews começou a dizer.

— Vou me recolher — interrompeu ela. — Não deixe o "assassino" se esconder no meu quarto e mantenha tudo sob controle, senhor, para que vocês, jovens, possam de fato se divertir. Boa noite.

Charlotte viu a Sra. Wattlesbrook sair com uma vela na mão e desejou poder ir também. O que foi ridículo da sua parte. Ela era uma mulher adulta, e, por mais ameaçador que o jogo parecesse, era só um jogo.

— Como se joga Assassinato Sangrento? — perguntou Charlotte como quem não quer nada.

O coronel Andrews sorriu.

— Aprecio seu afã, Sra. Cordial! E não vou prolongar o suspense. Primeiro, apagamos todas as luzes da casa.

O coronel Andrews pegou um apagador de metal e cobriu três velas sobre a lareira, depois apagou os lampiões de querosene. Ele assentiu para Eddie, que lambeu as pontas dos dedos e apagou as velas no aparador.

O aposento pareceu vestir um xale contra o frio da noite. A Srta. Charming deu um gritinho prazeroso de terror.

— Um de nós será o assassino — disse o coronel Andrews, erguendo a última vela acesa e aproximando-a do rosto, o que deslocou as sombras para cima. — O assassino se esconde em alguma parte da casa — prosseguiu ele. — Depois de uma contagem até cinquenta, nós o procuramos, mas cada um por si. O primeiro a encontrar o assassino, onde quer que ele esteja escondido, grita "assassinato sangrento!", e todos os outros correm para a sala de estar. Com o grito, o assassino é libertado de seu esconderijo e pode perseguir quem quiser.

— E o que acontece se ele nos pegar? — perguntou a Srta. Gardenside, com tom brincalhão.

— Se o assassino encostar na senhorita, a senhorita morre e cai onde estiver. O assassino tenta encostar em todos antes que consigam voltar para a segurança da sala de estar. O último a ser tocado será o próximo assassino.

Charlotte sentiu a mão de alguém no ombro e deu um grito. Era Eddie.

— Palavra de honra, Charlotte — disse seu irmão —, você está fornecendo a trilha sonora perfeita para esse jogo.

O consolo de Charlotte foi o fato de que ninguém conseguiria vê-la enrubescer sob a luz fraca. Só o rosto do coronel Andrews era visível por todos, embora estivesse tremeluzindo sob a luz da chama.

— Não entendi direito — disse Charlotte timidamente. — Se houvesse um assassino escondido em algum lugar da casa, por que nos separaríamos para procurá-lo? Não iríamos querer ficar longe dele? Ou pelo menos juntos uns dos outros?

O coronel Andrews estalou a língua.

— A senhora é deliciosamente prática, Sra. Cordial. Nós o procuramos pela glória de descobrir o culpado!

— E porque é divertido — disse a Srta. Gardenside.

Teoricamente, pensou Charlotte.

Houve rangido no escuro. Eddie entrou no círculo de luz de vela com seis fósforos na mão.

— Quem tirar o menor palito é o assassino — disse ele.

Charlotte tirou primeiro e ficou aliviada por seu fósforo ser grande. Ficar sozinha era o que ela mais temia, andar na casa escura e esperar sem companhia. Ela seria uma péssima assassina, com mais medo das vítimas do que as vítimas dela, como uma aranha fraca tremendo na teia. Fiquem longe daqui, mosquitos! Por favor, não se aproximem!

As outras duas damas tiraram fósforos compridos também. O coronel ofereceu o punho para o Sr. Mallery, que hesitou antes de retirá-lo da mão do coronel. Seu fósforo tinha a metade do tamanho dos outros.

— O Sr. Mallery é o assassino! — gritou a Srta. Gardenside.

Mais tarde, Charlotte se perguntou se interpretou errado a expressão dele, porque o rosto do cavalheiro pareceu momentaneamente alarmado, um pouco assustado até. Seria possível que ele também odiasse o escuro, ficar sozinho, a espera? Ela quase ficou com pena dele e se ofereceu para ser sua parceira. Mas ele se recuperou tão rapidamente que ela não confiou na própria percepção.

— Muito bem, então — disse o Sr. Mallery. — Sugiro que todos se preparem para uma morte rápida.

A Srta. Gardenside deu uma risadinha. Charlotte tremeu como se dedos gelados estivessem lhe fazendo cócegas.

— Estou sentindo um certo medinho — disse a Srta. Charming animadamente.

— Vou avisar aos criados que fiquem em seus quartos ou na cozinha — disse o coronel Andrews. — Vamos limitar nossa brincadeira a aposentos que estejam com as portas abertas, certo?

Ele saiu e levou a única vela.

— Coronel, a vela... — começou o Sr. Mallery, mas Andrews já tinha saído e os deixado na escuridão. — Que palerma.

Todos permaneceram em silêncio. A sala ficou completamente escura depois da saída da única fonte de luz. Charlotte não ousou se mover por medo de tocar nas pessoas sem querer, e talvez em partes do corpo imprevistas, o que não seria muito apropriado para o período da Regência.

— Devemos nos sentar? — sussurrou a Srta. Gardenside.

— Tenho medo de acabar me sentando na senhorita em vez de no sofá — sussurrou Eddie.

— Por que estamos sussurrando? — sussurrou a Srta. Charming.

— Bem, nós *estamos* em uma sala escura com um assassino — disse Charlotte. — Não há necessidade de alertá-lo para a nossa presença.

— Hã, hum, pobre de mim — disse o Sr. Mallery em algum ponto à esquerda dela. — Um assassino, completamente sozinho, e ninguém para assassinar. Se ao menos uma vítima em potencial abrisse a boca para me alertar para a sua presença.

A Srta. Gardenside deu uma risadinha.

— Peguei! — disse Eddie de repente, e segurou o braço da moça.

A Srta. Gardenside gritou. Charlotte também. Irmãos imbecis.

— O quê? Esperem! Não comecem sem mim — disse o coronel Andrews, correndo de volta, a chama da vela tremendo. Ele colocou a vela em um suporte sobre a lareira. — Estamos em segurança. Os criados se recolheram e a casa é nossa. Vá, Mallery. Vamos contar até cinquenta.

Charlotte ficou perto da vela e viu o assassino sair da sala com uma expressão dissimulada. Ela passou o braço pelo da Srta. Charming.

— Quer ser minha companheira de esconderijo? — sussurrou ela.

— Não seja boba — sussurrou a Srta. Charming. — Se estivermos juntas, fica bem mais difícil encurralar um cavalheiro e beijá-lo na boca acidentalmente.

— Ah. Certo, claro...

O coronel Andrews cuidou da contagem. O cinquenta chegou rápido. Charlotte pôde ver as silhuetas indistintas da Srta. Charming e da Srta. Gardenside vibrando de animação quando se aventuraram pela casa escura. O coronel e Eddie estavam de paletó escuro, e a negritude os engoliu instantaneamente.

Pare, Charlotte. É só uma brincadeira de criança. E você não é criança. Está tudo bem.

Seu coração batia como o de um coelho assustado, mas ela saiu da segurança da sala de estar e de sua única fonte de luz. Ela ouvia o ranger de passos e respirações apressadas dos outros e tentou ir atrás dos sons, torcendo para encontrar alguma companhia. Ela pensou estar na trilha do coronel Andrews, mas, quando achou que o havia alcançado, só encontrou o reflexo do próprio rosto em um espelho na entrada da sala de jantar.

— Olá? — sussurrou Charlotte na escuridão. — Olá? Tem alguém aí?

Um movimento no canto. Seria o Sr. Mallery? Ele não era assassino de verdade, claro. Não havia nada a temer. E, se fosse o Sr. Mallery, ela podia gritar "assassinato sangrento" e acabar logo com a brincadeira.

Ela esticou a mão e tateou pelo tecido. Parou de respirar. Seria o paletó? Não, parecia veludo. A cortina.

O som de pés correndo no andar de cima a fez se virar e preparar-se para o perigo. A sala de estar e a segurança da vela pareciam longe demais. Ela começou a correr e bateu a perna em uma cadeira. Um grito escapou de seus lábios, e ela poderia ter caído, mas mãos a seguraram. Não conseguiu gritar, já estava sem fôlego. As mãos eram quentes e ajeitaram sua postura, uma segurando sua mão e a outra apoiando as costas.

— A senhorita está machucada? — sussurrou o Sr. Mallery. Ela conseguiu identificar o tom de voz distinto dele naquele sussurro, mesmo não conseguindo ver-lhe o rosto. — Seu coração está pulando como uma fera enjaulada.

Charlotte não ficou surpresa por ele conseguir sentir os batimentos dela pelas costas. Ela mesma conseguia senti-los nas unhas e até nos cílios.

— O senhor me assustou — disse Charlotte.

— Não é esse o propósito da brincadeira? — perguntou o Sr. Mallery — Sério, não tenho certeza, então talvez a senhora possa esclarecer isso para mim.

— Estou tão no escuro quanto o senhor — disse ela, e riu.

Ele não riu, mas sua mão se deslocou pelas costas dela na tentativa de reconfortá-la. Foi um gesto tão pequeno, mas foi como fogo na pele dela, e, em vez de acalmar, o disparo em seu peito aumentou. Um homem a estava segurando no escuro. Ela suspirou ao pensar no coração patético que tinha.

— Acredito que a senhora tenha que gritar "assassinato sangrento" — disse ele.

— Mas não quero.

Ela queria ficar parada. Pelo mais breve momento, a escuridão pareceu um lugar bom para se estar.

— Sra. Cordial... — As mãos dele se afastaram.

Ela respirou fundo e gritou:

— Assassinato sangrento! — E caiu no chão.

O Sr. Mallery saiu correndo.

Com o ouvido no tapete da sala de jantar, ela escutou os gritos e as gargalhadas, os passos e berros de aviso. Quando os sons pararam, ela pôs-se de pé e se deslocou cuidadosamente pela sala de jantar, sabendo que o Sr. Mallery tinha saído minutos antes, mas sentindo como se ainda estivesse ali, observando-a. Não foi uma sensação agradável, não foi como quando ele a segurou.

Todos os participantes já tinham voltado para a sala de estar e estavam contando com excitação e falta de ar sobre seus esconderijos variados e sobre os momentos de terror.

— Aqui está nossa assassina! — disse o coronel Andrews, sorrindo para Charlotte.

— O quê? Fui a única em quem ele tocou? — perguntou ela.

— Não consegui pegar mais ninguém — disse o Sr. Mallery. — Fui desastrado.

A Srta. Charming riu.

— Isso mesmo! O rapaz quase quebrou a escada com a cabeça.

O coronel Andrews sorria para Charlotte, embora, sob a traidora luz da vela, o sorriso parecesse cheio de malícia.

— Muito bem, então, Sra. Cordial. A senhora tem até chegarmos a cinquenta.

— Mas...

— Um, dois, três... — começou a Srta. Gardenside.

Números cantarolados expulsaram Charlotte da sala, e, antes que perdesse a coragem, ela correu no escuro.

Ela pretendia se esconder em algum lugar perto da sala de estar para acabar logo com isso, mas, assim que ficou sozinha, continuou a correr e passou por dezenas de esconderijos: a sala de jantar com as volumosas cortinas e um vasto território sob a mesa; o salão matinal com as poltronas e divãs, as janelas protegidas por cortinas dos relâmpagos ocasionais; o salão de baile, grande como a lua e tão ecoante como uma concha.

Ela subiu a escada e foi contando em pensamento (trinta e um, trinta e dois, trinta e três), passou pelo corredor e pelos quadros apavorantes retratando pessoas. Charlotte não sabia que tinha um plano até estar na escada em espiral que levava aos aposentos dos criados, que ela encontrou no escuro com a ajuda da memória. O segundo andar.

A janela mais distante era como um cintilar de água prateada no fundo de um poço. Charlotte conseguia ouvir baques distantes, pés correndo. A contagem tinha terminado. Eles a estavam procurando. Ela pressionou as costas contra a parede e foi andando encostada nela, passando as mãos pelos painéis de madeira, com olhos atentos para movimentos no escuro, formas que podiam ser de uma pessoa observando.

Sua respiração soou ofegante em seus ouvidos. Ela odiava isso. Queria estar envolta em cortinas de veludo como o Sr. Mallery, não de pé nua como um esqueleto no meio do corredor. Esconda-se, esconda-se, esconda-se...

Ela ouviu um estalo à sua direita. A expiração saiu num sobressalto. Ela apertou as costas contra a parede com mais força, continuou em movimento e com as mãos deslizando pelos lambris.

Ela sentiu um calombo. Seus dedos investigaram. E, de repente, a parede atrás dela não estava mais lá. Ela ofegou e caiu para trás de bunda no chão. Algo se fechou com um estalido.

Charlotte pôs-se de pé, e seus ombros bateram em uma parede. Onde estava? Será que havia entrado em um dos quartos do segundo andar? Mas ela não tinha girado nenhuma maçaneta.

Havia uma janela sem cortina, e o aposento estava tomado por uma luz cinzenta obscura, densa como aveia. Definitivamente, não era o corredor. Ela apertou as mãos no peito palpitante e olhou ao redor. Devia haver uma porta. É claro que tinha que haver uma porta. De que outra forma ela teria entrado ali?

Ela não conseguia andar sem esbarrar em coisas. Aquele aposento estava cheio de objetos. Seria um depósito? Charlotte esticou as mãos e tateou para encontrar o caminho e tentar chegar à janela e à luz pálida. De lá, poderia encontrar as outras paredes e procurar uma porta.

Seus dedos passaram por madeira poeirenta, caixotes, caixas de papelão, vasos de cristal, almofadas com franjas. Em seguida, uma coisa fria e carnuda. Ela fez uma pausa.

Não foi essa a sensação, ela disse para si mesma.

É claro que não. Que ideia ridícula! Ela daria uma olhada melhor e riria de si própria e de sua imaginação fértil. Ela afastou para o lado o que parecia ser uma cortina de veludo pesada em cima de um sofá e olhou à meia-luz para o que havia embaixo.

Um relâmpago iluminou a janela e encheu o aposento de um brilho de raios X. E ela viu. Parecia ser... não podia ser, mas parecia... uma mão. Uma mão fria e morta. E, pela sua experiência, mãos costumavam vir acompanhadas de corpos.

Ela viu só por uma fração de segundo. O aposento ficou escuro no pós-relâmpago, mas Charlotte continuou a olhar. Ficou olhando até chegar a três na contagem, esperando que sua mente oferecesse um pensamento alternativo.

O que não aconteceu.

Charlotte gritou. Ela gritou como se sua voz pudesse estilhaçar janelas. Gritou enquanto se jogava de volta no caminho pelo qual pensava ter seguido, tateando a parede, procurando uma saída, uma escapatória. Alguma coisa fez um clique, e um pedaço da parede se abriu como se empurrado por molas. Charlotte foi lançada para trás. Rastejou pela abertura e continuou a gritar.

O grito prosseguiu enquanto ela descia pela escada em espiral, pela escadaria principal e corria para a sala de estar, embora, àquela altura, o grito já estivesse ofegante e instável, um grito que não permanecia na garganta, mas ficava descendo para a barriga ou escapando impotente em uma expiração.

A luz da vela era uma névoa cor de bronze na sala, sólida e real. Os outros cinco olhavam fixamente para ela. O coronel Andrews e o Sr. Mallery pareciam um pouco cansados, como se tivessem acabado de entrar correndo na sala.

— Não ouvi ninguém gritar "assassinato sangrento" — disse a Srta. Gardenside.

— Quem encontrou a senhora? — perguntou o coronel Andrews. — A senhora tocou em alguém?

— Eu... não — disse Charlotte.

Exceto em uma mão morta. Mas ela se sentiu incrivelmente ridícula agora que estava de volta entre os vivos e na segurança da luz da vela. Sim, ela achou que tinha encontrado um corpo no segundo andar, mas por que não conseguia lidar de forma direta com isso? Simplesmente gritar: "Ei, pessoal! Tem um cadáver aqui. Venham ver e alguém chame o legista." Mas não. Graças ao irmão dela e sua máscara, ela era uma bola trêmula de pavor feminino.

— Você sabe que estava gritando? — Eddie se aproximou dela com a vela na mão. — Parece meio desvairada. Mas acho que esse é o objetivo do jogo, não é, Andrews?

— Havia uma coisa, eu toquei em uma coisa... — Charlotte olhou para o Sr. Mallery ao falar.

Os olhos dele estavam encobertos sob a luz fraca, os braços fortes pouco à vontade naquele ambiente. Eram braços feitos para *agir*, não para brincadeiras de criança. A postura ameaçadora dele fez com que ela confiasse nele agora. Um corpo no segundo andar era uma coisa com a qual o Sr. Mallery conseguiria lidar.

— A senhora está com medo — disse ele.

Charlotte assentiu.

— Acho que tinha um cadáver...

A Srta. Charming reprimiu um grito. A Srta. Gardenside riu de nervoso.

O Sr. Mallery não falou nada por alguns instantes. Em seguida, ofereceu o braço e disse:

— Sra. Cordial, a senhora pode nos mostrar o que encontrou?

Charlotte pegou o braço dele e se sentiu imediatamente segura. O que quer que houvesse à espreita lá em cima, não podia ser mais perigoso do que o homem a seu lado.

Eu gostaria que o Sr. Mallery me salvasse, pensou Charlotte de repente.

É um pensamento estranho, disseram seus Pensamentos Profundos. Você nunca me pegaria pensando coisas bobas como essa.

Charlotte não retrucou porque era mesmo um pensamento idiota. Ela não precisava ser salva. E por que uma mulher teria como fantasia ser salva?

Com o Sr. Mallery ao lado e uma vela acesa na mão, Charlotte guiou o caminho escadaria acima, pelo corredor até a escada em espiral e até o misterioso segundo andar. Ela pegou a vela da mão do coronel Andrews e examinou o corredor.

— Havia uma porta aqui. Eu me lembro de ter passado pela mesa... — Ela empurrou o ombro contra a parede. Nada.

Uma porta do outro lado se abriu. Mary espiou, a pele e o cabelo pálidos absorvendo a escuridão do ambiente, o que emprestou a ela um azul fantasmagórico.

— Mary, este é seu quarto? — perguntou o Sr. Mallery.

Mary assentiu. Os olhos grandes que não piscavam não desviaram do rosto dele.

— Que bom. A Sra. Cordial está um pouco perturbada. Você sabe nos dizer se tem um aposento neste andar que é...

Ele olhou para Charlotte em busca de mais informações.

— É cheio de móveis — disse Charlotte. — E caixas e outras coisas.

Mary apontou para as outras portas.

— Aquele é o quarto de Kitty e de Tillie, e aquele é de Edgar e Hamilton...

— Não é um quarto — disse Charlotte. — Parece mais um depósito.

Mary fez que não com a cabeça. Ela não tirava os olhos do Sr. Mallery.

— Obrigado, Mary — disse ele.

Mary abriu um sorriso breve e esperançoso e fechou a porta lentamente.

O coronel Andrews bocejou.

— Bem, bela peça a que nos pregou, Sra. Cordial. Acho que nosso jogo me deixou fatigado. Vou descansar os olhos. Podem continuar sem mim.

— Não! — disse Charlotte, alto demais. Ela se controlou. — Quer dizer, também estou cansada.

— Eu também — disse o Sr. Mallery.

Todos concordaram em descer, Charlotte e o Sr. Mallery acabaram indo um pouco mais devagar que os outros.

— Perdão — disse ela. — Não sei o que eu estava... não sei.

— Sra. Cordial, não quero ouvir um pedido de desculpas seu. A senhora é que foi coagida a andar no escuro em uma casa desconhecida. Na sala de jantar, eu devia ter percebido que a senhora estava realmente agitada. Devia ter acabado com a brincadeira antes que tivesse ido longe demais.

Ele acha que sou louca, pensou Charlotte. Acha que fiquei tão apavorada com a brincadeira que imaginei um cadáver em um aposento que não existe.

E, de fato, era possível que fosse isso mesmo.

O Sr. Mallery parou e colocou a mão de leve no ombro dela.

— A senhora está bem?

— Me sinto uma boba, mas estou bem.

— Durma um pouco. Prometo um dia mais tranquilo amanhã.

O Sr. Mallery pegou o braço de Charlotte, levou-a até a porta do quarto, fez uma reverência e saiu.

O coronel Andrews ficou na porta do quarto da Srta. Charming, sussurrando, e beijou a mão dela antes de seguir para o próprio quarto. A Srta. Charming pousou a mão no peito e suspirou.

— Boa noite, Sra. Cordial.

— Boa noite.

Charlotte ficou onde estava. Fora do círculo da luz da sua vela, a casa estava excessivamente escura e, açoitada pelo vento, rangia como um navio. Charlotte imaginou a noite como um oceano e que estava à deriva sozinha naquela vastidão. Perdida no mar no meio de uma tempestade.

A Srta. Charming colocou a cabeça para o lado de fora do quarto.

— Ei, Charlotte?

— Hum? — Charlotte deu alguns passos para se aproximar, feliz por ficar mais tempo na presença de outro ser humano.

— Você acha que eu estou muito pálida? Meio doente, como se estivesse meio engasgada, talvez?

— Não... por quê?

— Porque você está assim, e eu fiquei me perguntando se todo mundo tem essa aparência à luz de velas.

Charlotte riu.

— Eu me assustei de verdade hoje.

A Srta. Charming fez um gesto para que Charlotte a seguisse.

— Venha aqui, cabritinha. Tem espaço para duas na minha cama. Sem segundas intenções, não jogo no outro time. É que você parece um cãozinho triste hoje.

— Você não se importa?

Charlotte correu até o próprio quarto, tremendo ao entrar na escuridão como se tivesse passado por um véu frio e molhado. Pegou a camisola em um gancho no banheiro e voltou para o quarto da Srta. Charming em um piscar de olhos.

— Meus filhos... — Charlotte parou, pois sabia que não devia falar do mundo real. Escolheu as palavras com cuidado, para que parecesse que ela podia estar falando como a Sra. Cordial. — Minhas crianças são mais fortes do que eu. Quando pequena, minha menina adorava tempestades, e eu fingia gostar também para não deixá-la com medo. Mas às vezes eu desejava que ela sentisse, sim, um pouco de medo, para ir se aconchegar na cama comigo à noite.

A Srta. Charming protestou.

— Não estou convidando você para se aconchegar na cama comigo.

Charlotte sorriu.

— Aceito mesmo assim.

— Você dorme do lado esquerdo ou direito?

James costumava dormir do lado direito, e Charlotte ficava encolhida no esquerdo, com medo de se mexer e perturbar o sono leve dele.

— É só você mostrar o lado que quer que eu ocupe, e durmo lá a noite toda sem roncar nem me mexer.

A Srta. Charming colocou as mãos nos quadris.

— É mesmo?

— Se tenho um superpoder, Srta. Charming, é o sono silencioso e imóvel. Você poderia até pensar que estou morta.

— Bem, se vamos dormir juntas, Sra. Cordial, é melhor você me chamar de "Lizzy".

Elas se revezaram ajudando a outra a tirar o vestido e o espartilho, depois foram para a cama. Charlotte puxou as cobertas até o queixo. Uma risadinha se originou em sua barriga e subiu até a garganta.

— Qual é a graça? — perguntou a Srta. Charming, também rindo, como se não fosse possível se controlar.

— Não tenho uma experiência como essa, de dormir no mesmo quarto com uma amiga, há... sei lá, quase 30 anos. — Será que a festa de aniversário em que o irmão botou a máscara fora a última? Pensando retrospectivamente, pareceu mesmo que seria a última vez.

— Eu também. Ou, pelo menos, há 10 anos. Já que só tenho 28.

— Ah — disse Charlotte.

Ela não tinha percebido que podiam alterar a idade, assim como o nome. A idade parecia uma coisa tão incontestável, uma coisa marcada na ruga entre os olhos. Se estava em um lugar em que uma mulher de 50 anos podia dizer "tenho 28 anos", o que mais era possível?

Elas disseram boa noite, e a Srta. Charming apagou a vela. Charlotte deitou de lado, e a sensação boa que a risadinha havia gerado se dissolveu na escuridão das pálpebras fechadas. Ela viu de novo a imagem que parecia uma mão surgindo sob a claridade do raio. Uma mão cinza envolta na luz do luar, misteriosa, nem feminina, nem masculina. Uma mão que era sem dúvida humana.

Será que tinha se enganado? Não. Impossível. Mas, por outro lado, onde foi parar aquele depósito? A incerteza provocou nela uma vontade de andar de um lado para o outro. Ela abraçou o cobertor junto ao peito.

Durante a noite toda, cada vez que seus pensamentos vagavam, ela via a mão de novo, sentia-a na memória e abria os olhos, certa de que veria uma figura fantasmagórica no quarto, observando-a. Às vezes, a figura usava um hábito de monge, como no quadro do segundo andar. Às vezes, não tinha uma das mãos.

É muito difícil conseguir dormir direito quando você fica vendo se há no quarto uma presença ameaçadora a cada 20 ou 30 minutos. Também é difícil dormir ao lado da Srta. Charming virada de costas. A janela tremia, mas Charlotte não sabia se era o vento ou o ronco da Srta. Charming. Depois, enquanto tentava pintar a escuridão com uma alegre luz solar e do arco-íris, Charlotte ouviu um baque do lado de fora. Ela saiu devagarzinho da cama e andou na ponta dos pés até a janela.

A chuva tinha parado, mas a noite estava úmida e nublada, sem luar para iluminar as poças e folhas balançando. Charlotte ficou olhando para tentar determinar a fonte do barulho. Não foi um barulho alto, como uma telha caindo. Não foi seco, como uma porta batendo. Foi um baque, como uma coisa pesada, mas não quebrável, caindo no caminho abaixo. Mas ela não conseguiu identificar nada no escuro, desistiu e voltou agitada para a cama da Srta. Charming.

Por volta das 5h, uma luz cinzenta substituiu a escuridão, e Charlotte acabou conseguindo manter os olhos fechados e dormir.

Eu não sabia que tinha tanto medo do escuro, pensou ela enquanto pegava no sono. Eu não sabia que ainda acreditava em monstros.

em casa, dez meses antes

CHARLOTTE ESTAVA SENTADA EM UM sofá de dois lugares na sala de estar com a correspondência espalhada à sua volta e olhou para o convite de casamento. A amante/futura esposa de James se chamava Justice. O cartão marfim cintilante e as letras cursivas em alto-relevo davam tanta dignidade ao nome que pareciam debochar dele.

Deixando as reações passionais de lado, vamos tomar o cuidado de não difamar Justice. Não é porque ela teve um caso prolongado com o marido de outra mulher que deveria ser considerada um poço de podridão. Ela era uma mulher que doava para o Exército de Salvação todas as roupas que não queria mais. Na verdade, até guardava os potes de plástico velhos e manchados e caixas vazias de ovos para o caso de alguns estudantes precisarem deles para projetos de arte. Ela tricotava cachecóis. Dirigia devagar por trechos da estrada em que os patos costumavam atravessar a rua. Fazia jejum no Yom Kippur, apesar de tecnicamente não ser judia.

De maneira geral, Charlotte amava os outros seres humanos. Assim, em um gesto de aceitação, Charlotte prendeu o convite no quadro de cortiça. Em seguida, prendeu um folheto do estúdio de ioga por cima. Ainda bem que ainda estava entorpecida.

Justice...

austenlândia, dia 6

SE HAVIA UM CORPO, ENTÃO de quem era?

Charlotte ficou sentada em frente à penteadeira enquanto Mary arrumava seu cabelo. Os movimentos de Mary eram apressados, mas os olhos dela estavam bem abertos, observando ao redor. Ela perderia pouca coisa do que acontecesse por ali.

— Todos os hóspedes vão descer para o café da manhã hoje?

— Acredito que sim, senhora. — Mary tinha uma voz aguda. Parecia arranhar o teto.

— E os criados...

— Senhora? — A expressão dela era plácida, mas a voz permaneceu estranhamente aguda.

— É que parece que está faltando alguém. Por algum motivo. Alguém... deixou a casa recentemente? — Ou foi morto e enfiado em um quarto escondido?

— Não que eu saiba, senhora.

Mary viu Charlotte olhando para ela pelo espelho e desviou o olhar.

Depois de vestida e arrumada, Charlotte começou a descer a escada para se juntar aos outros no café da manhã. Mas, olhando para trás para ter certeza de que não havia ninguém vendo, ela correu para a escada em espiral.

A verdade raramente é mais assustadora do que a imaginação, ela disse para si mesma.

Mas, então, ela começou a imaginar cenários em que a realidade era mesmo mais assustadora. É um ciclo de pensamento que nunca termina bem.

O corredor do segundo andar parecia mais estreito à luz do dia. Foi a escuridão em si que o fez parecer amplo, cheio de medos provocados por seu cérebro hiperativo.

Acalme-se, cérebro, ordenou Charlotte. A culpa pelo seu comportamento são os livros de suspense.

Quando saiu da segurança da escada, seus braços ficaram arrepiados. Ela deu passos silenciosos e cautelosos pelo corredor e passou pela mesa com o vaso vazio. A entrada do quarto ficava entre a mesa e o quarto seguinte. Os lambris compunham painéis da altura de uma porta. Ela empurrou um painel, depois outro, o seguinte...

— Voltando à cena do crime?

Charlotte se virou. Eddie estava subindo a escada. Até o sorriso mais contido formava aquelas covinhas. Ele tinha um rosto tão inofensivo.

— Eddie — sussurrou ela. — Não faça isso.

— Você parece uma criminosa, Charlotte. Está escondendo doces? Desenhou nas paredes ou derramou suco no tapete?

Charlotte relaxou os ombros.

— Se tivesse feito isso, levaria umas palmadas?

Eddie ergueu uma única sobrancelha.

— Opa! — disse Charlotte, sentindo-se corar. — Não foi isso que eu quis dizer. Só estava tentando me ater ao tema da criança levada, e não introduzir nenhum tipo de malícia. Me desculpe, irmão querido.

Ela riu e cobriu a boca, sem saber se devia parecer mais penitente.

Eddie semicerrou os olhos.

— O que você está tramando?

Ela olhou para o corredor. A janela distante pareceu ficar ainda mais longe, a luz mal percorrendo o caminho de volta.

— Venha comigo. Prefiro não fazer isso sozinha.

Ele se aproximou lentamente, os passos relutantes.

— Não sei se devo encorajar essa sua fantasia.

— Já está encorajada. Está além do encorajamento. Só me ajude a resolver, por gentileza.

Ela continuou a empurrar a parede enquanto andava, procurando um ponto em que cedesse.

— Não devia ser uma porta normal. Deve haver uma porta disfarçada aqui em algum lugar.

— Uma porta *secreta*? Charlotte...

— Sei que vocês todos pensaram que eu estava louca, e eu estava pronta para acreditar em vocês. Mas, na luz do dia, não me sinto tomada pela loucura. Tem que ter... ahá! Aqui, empurre — disse ela, pegando as mãos dele e colocando em um painel da parede. — Está vendo como parece meio... solto? Um pouquinho?

Ela ficou com as costas na parede e deslizou, como na noite anterior, procurando uma alavanca ou interruptor. Ele riu.

— Eu queria você aqui para que pudesse me *ajudar*.

— Na verdade, acho que você queria que eu protegesse você do Fantasma de Pembrook.

— Talvez.

Ela tentou soar atrevida, mas, na verdade, não gostava de ouvi-lo dizer palavras como "fantasma" com ela em um corredor escuro procurando uma passagem secreta. Os arrepios dela já estavam tendo arrepios.

De repente, ela sentiu o que procurava: uma espécie de maçaneta escondida nos lambris. Ela mexeu com o dedo. A parede atrás dela se abriu.

Ela quase caiu de novo, mas Eddie segurou seu braço e a puxou. Ele arregalou os olhos e observou o aposento atrás dela.

— Está vendo? Está vendo? Não sou completamente maluca.

— Não completamente — sussurrou ele, e entrou, as mãos unidas como se estivesse entrando em um santuário sagrado, ou talvez na Fantástica Fábrica de Chocolate de Willy Wonka. Charlotte o seguiu. A porta se fechou atrás deles e fez os dois pularem.

— Ela faz isso — disse Charlotte. — Mas não gosto. Na verdade, queria que não fizesse. Queria mesmo que...

Ela calou a boca porque se deu conta de que estava tagarelando, e percebeu que estava tagarelando porque o quarto secreto existia de verdade. O que também queria dizer...

Charlotte olhou nos olhos do sofá. Isto é, se o sofá tivesse olhos, ela teria olhado nos dele. Na verdade, só teve a sensação apavorante de que o sofá *sabia* que ela estava olhando para ele. O que, é claro, ele não sabia. Era apenas um sofá, afinal. Um sofá que parecia ter olhos, e, se tivesse olhos, estaria com uma expressão de raiva, com uma certa arrogância. Uma expressão de raiva arrogante.

Ela ainda estava tagarelando, mesmo em pensamento.

Cale a boca, Charlotte, disse para si mesma.

Ela apontou para o sofá.

— Estava ali.

Eddie não falou nada. Talvez, se tivesse falado, também tivesse tagarelado. Mas ele só se aproximou do sofá com cautela (quase como se o sofá tivesse olhos, e Eddie não gostava da forma arrogante como ele fazia aquela expressão de raiva) e ergueu a manta de veludo.

Ninguém. Nenhum corpo. Nem mesmo uma mão cortada.

O alívio de Charlotte foi substituído por um disparo agressivo de decepção e confusão.

— Mas... tinha... eu juro...

Eddie olhou ao redor.

— Não sei se devíamos estar aqui. É meio que parte dos bastidores, não é?

— Mas é real, Eddie. Todo mundo pensou que eu estava maluca, mas o aposento é *real*.

Ele assentiu e olhou para as pilhas de cadeiras e sofás velhos com estofamentos rasgados. Ajoelhou-se em frente a uma caixa e tirou um florete de esgrima com a ponta coberta.

— Ah — disse ele.

Charlotte examinou a manta de veludo e o que não havia embaixo. Fechou os olhos e viu a mão de novo, iluminada pelo relâmpago. Era real, assim como o quarto. Certo? Não havia nada no sofá agora além da manta, e a franja na barra não imitava cinco dedos e a palma de uma mão.

— Tenho certeza de que vi... Eu toquei nela. — Seu estômago roncou. — Ops. Desculpe.

Eddie guardou o florete.

— Venha, Charlotte querida, vou acompanhá-la até o café da manhã. O desjejum sempre deveria vir antes das investigações. — Ele foi até a porta... ou o que era um contorno de porta. Não havia maçaneta. — Como exatamente saímos da barriga do animal?

— Não sei direito. — Ela observou a parede. — Estava escuro. E acho que eu estava, bem, me debatendo.

Os lambris tinham entalhes. Ela apertou até encontrar um pedaço arredondado que cedeu sob sua mão, e então a porta se abriu.

— Cuidado... — disse Eddie.

A porta fechou com um clique atrás deles. Eles tinham dado um passo em direção à escada quando uma porta não secreta se abriu e Mary espiou. Ela os viu e seu rosto ficou muito vermelho.

— Oi, Mary — disse Charlotte.

— Eu estou... Eu estou no meu quarto — disse ela, e fechou a porta.

— Ela é sempre assustada assim — sussurrou Charlotte.

— Vamos manter o quarto secreto em segredo, certo, Charlotte? — disse Eddie, pegando o braço dela e seguindo para a escada. — A Sra. Wattlesbrook não gosta que os hóspedes vejam coisas sujas e desarrumadas.

— Mas... nós devíamos chamar a polícia. O quarto secreto existe! Isso deve querer dizer que o corpo também existe.

Eddie segurou a mão de Charlotte e a olhou com preocupação.

Ele tem olhos castanhos, pensou ela. Meu irmão de verdade também. Mas os de Eddie são mais puxados para o mel.

— Tem certeza, Charlotte? Tem certeza absoluta de que encontrou um ser humano assassinado ontem à noite?

Sim! Tinha certeza! Eles estavam brincando de Assassinato Sangrento em uma casa velha escura e assustadora, e ela foi parar em um quarto secreto e, naturalmente, havia um cadáver. Bem, ela só viu a mão. Pensando melhor, a mão parecia estranha. Não que ela já tivesse encontrado um cadáver de verdade, mas será que todos pareciam... de borracha? Pareceu estar presa a alguma coisa, e ela supusera que era um corpo, e mais uma vez supusera que a pessoa morta tinha sido assassinada e escondida. Uau, ela *supusera* muita coisa. Mas, se não era real, então por que tinha sumido? Por que alguém colocaria um cadáver de mentira em um sofá em um quarto secreto para depois retirá-lo de lá entre a meia-noite e o amanhecer?

— Eu... acho que sim.

— A Sra. Wattlesbrook é sensível. Se você chamar a polícia e vierem revistar a casa e não acharem nada, bem, vai ser muito ruim para ela. Só quero que você tenha certeza.

— Vou pensar bem — disse ela. — Talvez devêssemos falar com ela primeiro.

Eddie assentiu e, ao ver que Charlotte pretendia agir imediatamente, foi para o café da manhã sozinho.

Charlotte encontrou a Sra. Wattlesbrook trabalhando na escrivaninha do salão matinal.

— Sra. Wattlesbrook, a senhora tem um minuto? — perguntou ela.

A mulher indicou uma cadeira e exibiu uma expressão de paciência. Uma expressão de paciência meio impaciente, como uma expressão de impaciência fantasiada de paciente para o Halloween. Charlotte decidiu falar rápido.

— Ontem à noite, quando estávamos... hã, brincando... de Assassinato Sangrento... — Charlotte quase sussurrou as duas últimas palavras. Por algum motivo, elas a enchiam de vergonha. — Bem, eu estava sozinha e fui parar em um quarto sem uma porta de verdade no segundo andar, e eu só queria saber se a senhora sabe da existência dele.

— É claro que sei. Esta casa é da família do meu marido há várias gerações. Os Wattlesbrook sempre foram excêntricos. Algum ancestral deve ter mandado disfarçar o quarto como brincadeira. Eu o uso como depósito. — Ela bufou. — Garanto que o resto da casa é bem cuidado e peço desculpas por você ter sido exposta ao nosso lado nada elegante.

— Não, não tem problema, de verdade. Não sou obcecada por gavetas arrumadinhas. — Ela tentou sorrir demonstrando solidariedade, mas a mulher não se mostrou simpática a ela. — Ah, eu estava falando de gavetas em sentido amplo. Porque eu adoro manter tudo meu limpinho e arrumadinho! — É sério, Charlotte?, pensou ela. Mesmo? Essa é uma declaração que você quer que defina você? Charlotte limpou a garganta e olhou para baixo, implorando a si mesma que calasse a boca. Essa coisa da mão fantasma a deixou muito abalada. — A senhora esteve lá recentemente?

— Não há pelo menos um mês, eu acho. Por quê?

— É que, quando o Sr. Grey e eu fomos lá hoje de manhã...

— Você não deveria ficar sozinha com um cavalheiro em um aposento fechado.

— Mas ele é meu irmão.

A Sra. Wattlesbrook retrucou.

— Não exatamente.

— Então... quando estávamos lá, percebi que faltava uma coisa.

O que ela poderia dizer? Eu gostaria de saber, Sra. Wattlesbrook, se a senhora deu falta de um cadáver esta manhã? A senhora sabe se alguém foi assassinado recentemente e guardado em seu depósito? Talvez a senhora pudesse contar as cabeças e verificar a pulsação dos criados para ver se por acaso alguém está morto?

Ela olhou nos olhos da Sra. Wattlesbrook, tomou coragem e disse:

— Não tenho certeza, mas é possível que eu tenha visto um cadáver lá ontem à noite.

O olhar da Sra. Wattlesbrook foi de fúria. Charlotte se encolheu. Para piorar, a Sra. Wattlesbrook tentou sorrir em meio à ira. Foi como ver um jacaré fazer biquinho de beijo.

— Eu deixo o coronel Andrews fazer a brincadeira porque meus hóspedes parecem achar divertido — disse ela lentamente. — Mas vou ser franca: prefiro não participar.

Nada de preocupação sobre a implicação de um assassinato na casa dela? A mulher costumava ser severa, mas, naquela manhã, parecia pior. Como Beckett diria: "Quem mijou no cereal dela?"

— Sra. Wattlesbrook, a senhora está bem?

A Sra. Wattlesbrook franziu a testa, mas olhou para os papéis.

— Estou. — Ela começou a escrever.

Charlotte se sentiu invisível. Sussurrou alguma coisa que poderia ser "obrigada" ou "vou embora agora" ou quem sabe "O rato roeu a roupa do rei de Roma". Fez uma reverência ao sair, embora ninguém tenha visto.

Os cavalheiros e as damas estavam à mesa, conversando enquanto tomavam café da manhã. O Sr. Mallery a viu entrar com expressão indecifrável. Charlotte sorriu e correu até o bufê, procurando alguma coisa sem gordura. Seu estômago não aguentaria hoje.

— A senhora nos deu um tremendo susto ontem — disse o coronel Andrews. — Com seu cadáver e gritos que acordariam até mesmo o defunto. Acho que deu um toque especial a Assassinato Sangrento. Parabéns.

Charlotte sorriu educadamente. Ele olhou ao redor, como se para confirmar que ninguém o estava observando, e piscou para Charlotte. Piscou como se eles estivessem envolvidos na mesma piada, e ainda fez um aceno conspiratório para completar.

Charlotte se sentou quando de repente se deu conta do que havia acontecido. É claro. Como podia ser tão idiota? Era parte do mistério de Mary Francis! A Sra. Wattlesbrook disse que era uma brincadeira do coronel da qual não queria participar. O coronel Andrews havia comentado sobre pistas no segundo andar. Ela havia descoberto o quarto. Devia haver pistas dentro. A mão de borracha era parte de um cadáver de mentira, e ele o retirou antes que ela pudesse examiná-lo à luz do dia e ver o quanto era falso.

Mas era um corpo carnudo, não um esqueleto, então o coronel Andrews não pretendia que ela acreditasse que fosse o cadáver de Mary Francis séculos depois. Era um mistério completamente novo, talvez.

Era para ser o corpo de quem?

De nenhum dos presentes, claro. Mallery, Andrews, Eddie, a Srta. Charming e a Srta. Gardenside estavam na sala quando ela subiu. E a Sra. Wattlesbrook foi vista naquela manhã.

— O Sr. Wattlesbrook ainda está aqui? — perguntou Charlotte.

Alguém do outro lado da mesa arranhou o talher no prato. Charlotte olhou, mas não conseguiu perceber se foi o Sr. Mallery, o Sr. Grey ou a Srta. Gardenside.

— Não — disse o coronel, franzindo a testa. — Eu não o vi. Você viu, Grey?

— Não desde ontem — disse Eddie com certa rigidez. — Talvez tenha ido para a cidade.

— Não há nada que o prenda aqui. — O Sr. Mallery estava ocupado comendo seu pão com manteiga. — Era tão inútil para a sociedade na sala de estar quanto no campo para caçar.

— Ao contrário de você, meu velho, certo? — disse Eddie. — O verdadeiro *príncipe* da sala de estar, com conversas para estontear e deleitar.

— Lydia, você parece bem — disse Charlotte.

— Obrigada. Estou me sentindo melhor.

— Talvez sua enfermeira, a Sra. Hatchet, deva ser elogiada? — perguntou Charlotte com malícia. — Não a vejo desde ontem de manhã.

O silêncio pairou sobre a mesa, mais forte do que o aroma de linguiças recém-preparadas ainda fumegando no bufê.

A Srta. Gardenside não ergueu o olhar ao dizer:

— A Sra. Hatchet não está mais conosco.

Charlotte quase engasgou.

— O quê?

Agora, todos os olhos estavam em Charlotte. Talvez ela tivesse expressado o choque de forma um tanto dramática.

— Eu a mandei para casa — disse a Srta. Gardenside. — Porque estava me sentindo melhor.

— Ah. Certo.

Depois do desjejum, eles colocaram botas e saíram pela grama lamacenta lá fora e pelo caminho molhado, respirando o ar úmido. No fim das contas, o céu *ficava mesmo* azul na Inglaterra de tempos em tempos. O ar com cheiro de chuva, o brilho do sol, o Sr. Mallery ao seu lado... havia um prazer naquele momento que ela quase conseguia apreciar.

— Consigo ver suas sardas — disse o Sr. Mallery, olhando diretamente para a frente.

— Não consegue — disse ela.

— A senhora me provoca constantemente com elas. — Ele arrancou um botão de rosa. — Venha cavalgar comigo hoje. Só nós dois.

— Hum... — Perigo, perigo! Ela não podia ficar sozinha com aquele homem. Teria que se soltar e descobrir o que sentir e pensar, e não havia alguma coisa que ela precisava fazer? — Tem uma coisa que preciso fazer.

Quando o grupo estava atravessando o jardim de rosas, Charlotte foi até Eddie.

— O quarto escondido é parte do mistério do coronel Andrews — disse ela.

— É?

— É... é a pista dele no segundo andar. O corpo era falso, e eu não me surpreenderia se esse segundo mistério se relacionasse de alguma forma com a história de Mary Francis. Ele contou para você quem deveria ser a nova vítima de assassinato?

— Eu não contaria a você se ele tivesse me falado — disse Eddie. — Estragaria a diversão.

— Acho que é a Sra. Hatchet ou o Sr. Wattlesbrook. O coronel Andrews escolheria alguém óbvio. Preciso descobrir se eles foram embora mesmo ou se desapareceram sob circunstâncias misteriosas, esse tipo de coisa.

— Você anda lendo romances góticos, Charlotte? Sabe o que mamãe diria. Mulheres não devem ler fantasia macabra. Atrapalha o funcionamento do útero.

Charlotte riu com deboche e tossiu na mesma hora de tão surpresa que ficou.

— O funcionamento do *útero*?

Eddie estava se esforçando muito para não rir.

— Exatamente.

— Não tenha medo, proteger meu útero de romances góticos é minha maior prioridade.

— Fico muito aliviado.

— Então como você acha que devemos descobrir se foi a Sra. Hatchet ou o Sr. Wattlesbrook a pessoa assassinada?

— Você é mórbida. Eu nunca soube. Bem, os olhos de Pembrook Park pertencem ao mordomo Neville.

Charlotte deu um sorriso conspiratório para Eddie e voltou para casa. O olhar do Sr. Mallery a seguiu, e ela quase se arrependeu da partida rápida, mas o coronel Andrews ficaria tão impressionado quando ela solucionasse o mistério!

Ela encontrou Neville na sala de jantar, arrumando a mesa principal para o jantar. Espiou pelos dois centímetros de porta aberta e observou o cuidado com que ele ajeitava os pratos e talheres, medindo a distância entre cada garfo. Com o mesmo cuidado de alguém construindo uma bomba.

— Com licença — disse ela ao entrar.

— Ah! Há algum problema com a Sra. Wattlesbrook? — perguntou ele.

— Não... hã... não que eu saiba. Não foi ela que me enviou aqui. Eu só queria perguntar uma coisa.

Ele se empertigou, as mãos nas costas enquanto esperava que ela falasse. Toda a atenção dele pareceu direcionada a ela, mas um movimento leve a fez se perguntar se ele não estava morrendo de vontade de voltar para a arrumação da mesa. Talvez ele vivesse para deixar os locais arrumadinhos, considerou ela. Talvez, se ela se esforçasse para sempre deixar a mesa arrumada assim, sua vida ficasse completa.

— Eu soube que a Sra. Hatchet foi embora de Pembrook. — Charlotte hesitou antes de continuar a falar, mas lembrou a si mesma que mentir aqui não era exatamente mentir. — Emprestei meu lenço para ela um dia, mas ela não devolveu. Nem deve ter percebido que era da minha avó e tem valor sentimental. Você sabe se ela levou todas as coisas dela?

— Acredito que sim, senhora.

— Ah. — Charlotte mexeu em um garfo no lugar mais próximo da mesa antes de conseguir se controlar. Neville bufou quase imperceptivelmente. Ele teria que medir a distância daquele de novo agora.

— Perdão, eu não pretendia bagunçar seu trabalho.

— A senhora pode fazer o que quiser.

— Bem, acho que vou dar uma olhada no quarto dela, para o caso de ela o ter deixado para mim.

— Vou mandar Mary procurar para a senhora.

— Não precisa. Eu posso ir. Onde ela estava hospedada? — perguntou Charlotte com inocência.

— A oeste do quarto da Srta. Gardenside — disse ele com certa relutância.

— Obrigada. E obrigada por tornar minha estada tão agradável. É uma casa linda, e vocês todos cuidam dela tão bem.

— É um prazer para mim — disse Neville, parecendo estar falando sério.

Ela fez uma pausa na porta e perguntou, como se fosse mais uma coisa que lhe ocorreu na hora.

— Você está esperando que o Sr. Wattlesbrook volte?

Nesse momento, o exterior calmo de Neville rachou. Uma leve emoção tomou conta do rosto dele, mas qualquer ação mais intensa do que uma caminhada lenta já fazia o corpo magro dele parecer o de uma marionete louca.

Ele se recompôs, mas Charlotte compreendeu sua opinião sobre o Sr. Wattlesbrook.

— Nunca espero que ele volte, Sra. Cordial — disse ele. — Mas ele sempre volta.

Ah.

— Você o viu ir embora? — perguntou Charlotte.

— Não.

— Então não sabe a que horas ele foi embora ontem nem se passou a noite aqui?

— Acredito que não tenha passado a noite. Quando o Sr. Wattlesbrook está em casa, isso não costuma passar despercebido.

A voz de Neville estava ficando tensa. Ele acabaria explodindo. Charlotte decidiu recorrer a uma confidência.

— Eu só estava querendo saber porque... bem, ele me deixa desconfortável.

Nisso Neville conseguiu acreditar com facilidade.

— A Sra. Wattlesbrook quereria saber sobre qualquer desconforto que a senhora tenha durante sua estada, senhora.

— Eu sei, mas não quero reclamar. Me preocupo de ela ter coisas demais para resolver ao mesmo tempo.

— A Sra. Wattlesbrook é uma mulher muito capaz.

Ahá! O rosto dele se iluminou, as mãos se uniram com sinceridade na frente do corpo. Ah, sim, Neville sentia o oposto pela Sra. Wattlesbrook.

— Ela é demais — disse Charlotte, jogando o anzol.

— Fico feliz que a senhora a veja como realmente é.

Ela sorriu para o mordomo e fez que ia sair de novo, mas perguntou enquanto andava:

— Ah, aliás, como o Sr. Wattlesbrook chegou aqui?

— Ele costuma vir no próprio... veículo.

É claro que ele tinha um carro. Não era um homem que se preocupava em manter as aparências da Regência.

— E esse "veículo" ainda está por aqui? Só não quero vê-lo, se é que você me entende. Estou tentando me manter imersa! — acrescentou ela, em tom jocoso.

— Reparei que não está mais aqui, senhora. É por isso que tenho certeza de que o cavalheiro também não está.

Charlotte agradeceu e subiu para investigar o quarto da Sra. Hatchet. As gavetas e o armário estavam vazios, mas havia um baú de aparência sinistra no pé da cama.

Um cadáver caberia facilmente ali, pensou ela.

Mas também estava vazio. Charlotte desejou que o coronel Andrews fosse mais óbvio com seu mistério. Ela saiu do aposento na hora em que a Srta. Gardenside estava entrando no dela.

— Charlotte! O que você está fazendo no quarto da minha... no quarto da Sra. Hatchet?

— Estava procurando pistas do mistério do coronel Andrews.

— Do caso Mary Francis? No quarto da Sra. Hatchet?

— É. Bem, a Sra. Hatchet desapareceu, e achei que talvez fosse apenas uma farsa.

O rosto da Srta. Gardenside exibiu total perplexidade.

— Ela foi para casa — disse a Srta. Gardenside.

— Certo. Acho que me empolguei demais. — Charlotte deu um sorriso sem graça.

— Por que você acharia que minha mãe estaria envolvida?
— Mãe?
— Eu disse "mãe"? Que estranho, não sei o que eu quis dizer.

A Srta. Gardenside fez um movimento gracioso de ombros e entrou pela porta do quarto.

Charlotte se lembrava de ela ter dito que a mãe tinha cicatrizes nos dedos causadas por réguas de freiras, o que devia querer dizer que estudou em uma escola católica. E, uma vez, ela viu a Sra. Hatchet fazer o sinal da cruz, um gesto inconsciente, o reflexo de uma católica da vida toda. A Sra. Hatchet era pálida e loira, mas a Srta. Gardenside podia ter um pai de pele morena ou ser adotada. Portanto, a Sra. Hatchet era mãe dela. E ela a mandou embora. Talvez.

Na segurança do próprio quarto, Charlotte começou a se vestir para o jantar, mas a agitação do mistério a deixou inquieta demais para conseguir prender o espartilho, e ela não queria chamar Mary. Mary... ela tinha o mesmo nome de Mary Francis. Será que era uma pista?

Pare, Charlotte! Ela se deitou na cama e tentou tirar da cabeça a abadia em ruínas e o carro do Sr. Wattlesbrook. Obviamente, estava ficando muito mais envolvida em tudo isso do que a Srta. Gardenside e a Srta. Charming.

Você está fazendo o que faz sempre que deveria relaxar, disse para si mesma. Procurar um problema antigo qualquer para poder solucionar.

É, você faz mesmo isso, acrescentaram os Pensamentos Profundos. Então por que você não percebeu as mil pistas apontando para o caso extraconjugal de James? Como pode ser tão observadora e ao mesmo tempo tão burra?

Os Pensamentos Profundos dela eram cruéis às vezes. Charlotte colocou o braço sobre os olhos. Chega de resolver problemas só para fugir do lazer. Ela expirou lentamente e tirou o mistério gótico da mente. Pronto.

Outros pensamentos surgiram na mesma hora para ocupar o lugar.

Lu: "Não quero mais falar com você."

Justice: "Beckett me chamou de 'mãe'!"

Charlotte abriu os olhos e resolveu abraçar por inteiro o mistério que ocupava seu cérebro. Não era uma preocupação tão ruim em comparação com o resto.

em casa, onze meses antes

— Estou preocupada com o efeito disso nas crianças — confessou Charlotte para James quando ele passou em casa a fim de pegar Lu e Beckett para passar o fim de semana. Ela espiou da cozinha. As crianças estavam na sala vendo TV. Ela baixou a voz. — Beckett não anda dormindo bem. Está ansioso... por sua causa. Por nossa causa.

Era estranho falar com James sobre as crianças depois de tudo que eles passaram. Haviam conversado durante milhares de horas como companheiros no passado, mas agora... bem, era como tentar comer uma comida de plástico com aparência incrivelmente realista. Mas com quem mais ela poderia conversar?

— Não sei — disse James. — Eles me parecem bem. E divórcio não é uma coisa incomum. Mais de 50% dos casamentos terminam em divórcio. Tenho certeza de que existem muitas crianças assim na escola.

Será que a estatística podia mesmo ser verdadeira? Dentre os conhecidos de Charlotte, cerca de 10% dos casados haviam se divorciado. Antes de James sair de casa, o divórcio parecia distante e improvável. Além do mais, as estatísticas pareciam tão irrelevantes quanto um cobertor de lã no vácuo do espaço.

Vamos pensar em uma mãe em um quarto de hospital, com um médico dizendo para ela que o filho morreu de uma doença rara. Seria consolo para ela ouvir que só 1 em 5 milhões de crianças contrai a doença?

Algumas estatísticas pós-divórcio:

- James via as crianças 75% menos do que antes.
- Perdia 85% das angústias delas de depois da aula.
- Estava ausente em 99% dos jantares de família.

Danem-se as estatísticas. Cem por cento do casamento de Charlotte terminou em divórcio, e, para ela, esse era o único número que tinha algum significado.

austenlândia, dia 6, continuação

CHARLOTTE ESTICOU A MÃO ATÉ as costas e tentou fechar 27 botões. Que mundo louco. Foi tudo muito real para Austen, para os personagens dela. As roupas, os modos, os casamentos, tudo era questão de sobrevivência absoluta. Mas, para Charlotte, no século XXI, era como comer o cogumelo da Alice e encolher uns dois séculos.

Ela estava brincando de fantasias, brincando de faz de conta, brincando de esconde-esconde e pique-pega e pique-beijo. Brincar é atividade exclusiva de crianças? Como se faz para ser adulto em um mundo de crianças? Bem, para começar, ela usaria a seda cor-de-rosa. O cabelo ainda estava com uma aparência decente, então ela prendeu alguns grampos de pérolas e ficou satisfeita. Levantou-se e seguiu corredor afora, mas viu o Sr. Mallery contornando a escada e correu de volta para o quarto.

Por que só de pensar naquele homem a deixava ciente de cada célula do corpo? E o estado do batom. Charlotte não sentia orgulho disso, mas, quando o Sr. Mallery estava por perto, ela ficava cada vez mais preocupada com a aparência dos próprios lábios.

Houve uma batida na porta, e Mary entrou com algumas toalhas. Fez uma reverência quando viu Charlotte no banheiro passando batom de novo e seguiu para fazer o que tinha de fazer. Charlotte sentiu falta de um aviso de "Não perturbe" para colocar na porta. Esqueceu os lábios e foi em direção à escada.

Uma criada passou por ela no corredor e fez uma pausa para uma reverência. Outra criada estava tirando o pó do salão matinal. Será que não havia um lugar naquela casa onde ela pudesse ficar sozinha? Até os olhares dos quadros pareciam segui-la.

Ela chegou cedo à sala de estar. Vazia, ela parecia tão solene e proibida quanto uma exibição de museu isolada com corda.

Do lado de fora, com a tarde de verão ainda iluminada, o sol emitia todo o brilho que conseguia antes de a chuva inglesa voltar. Um vento violento camuflava o céu azul, emaranhando seu cabelo e suas saias, avisando das mudanças vindouras. Ela queria só ficar no alto dos degraus para apreciar o vento e produzir um pouco de vitamina D, mas o cérebro estava a todo vapor com todo aquele mistério e pulou da mãe desaparecida da Srta. Gardenside para o veículo do Sr. Wattlesbrook. Onde ele o estacionou na noite anterior? Ela teria reparado em um carro na frente da casa.

O vento a empurrou, impaciente e agitado, e ela foi contagiada pela energia dele. Desceu dos degraus e contornou a lateral da casa, procurando uma provável garagem. Havia construções externas (estábulos, um alojamento de criados separado), mas nenhuma tinha uma porta grande pela qual um carro pudesse entrar. Será que ele o tinha deixado a céu aberto? Talvez na lateral.

Ali! Uma marca de pneu. A roda devia ter afundado na lama por baixo do cascalho, agora secando ao sol. À frente, havia outra marca. Por que ele dirigiu por ali? Ele não pareceu preocupado em esconder as roupas modernas quando entrou de repente, então parecia improvável que fosse estacionar o carro tão longe da entrada da casa só para mantê-lo fora do campo de visão dos hóspedes. Ela sabia por causa do passeio de faetonte com o Sr. Mallery que não havia saída por aquele lado da propriedade, só caminhos de terra que seriam perigosos para um carro durante uma chuva forte. Ele teria que sair pelo portão principal, mas não havia sinais de que tinha dirigido na direção oposta.

Ela viu outra marca de pneu e foi atrás, encorajada pelo vento a entrar no bosque perto do estábulo e do lago.

A vida no campo era feita sob medida para o vento. O hotel no qual ela havia se hospedado em Londres dava vista para uma praça de pedra. Quando estava sentada na sacada, ela reparou que o único sinal de que o vento estava soprando era lixo voando à solta pelo chão; a cidade em si estava parada, intocada pela tempestade. O campo, por outro lado, estava repleto de superfícies perfeitas para a ação da brisa: grama e arbustos, árvores e o lago, tudo ficava agitado e perturbado pelo vento. Os enormes carvalhos pareciam ferver por causa dele, balançando a copa e curvando os galhos para não quebrarem. As águas do lago se debatiam em branco, contrariando a ideia de que a água é transparente. O vento tornava tudo opaco; o vento fazia tudo se mover.

Charlotte também se moveu, agitada como o lago. Aproximou-se com cautela, pois as margens estavam escorregadias de lama. Aquilo ali parecia outra marca de pneus? Ela foi na ponta dos pés até perto da margem, pisando em trechos de grama e montinhos de lama seca.

Sim, bem na beirada do lago, quase como se um carro tivesse saído da água. Eram muitas marcas de pneu. Mas paravam de repente, como se apagadas. Parecia um detalhe estranho para ter sido criado pelo coronel Andrews, mas, por outro lado, talvez ela estivesse seguindo pistas erradas e isso não tivesse nada a ver com o mistério. Ela deu outro passo, prendeu a ponta do pé na saia e pisou com força.

— Não... — Ela ergueu a bainha. Lama cinza encharcava seu vestido de seda.

Charlotte se xingou durante todo o caminho de volta para casa e escada acima, a caminho do quarto para se trocar. Passou rapidamente pela sala de estar, antes que os cavalheiros reunidos pudessem reparar seu vestido.

Mary estava saindo do quarto de Charlotte naquela hora. Ela manteve o rosto baixo depois de ver Charlotte. Será que estava constrangida, ou será que a Mary branca como osso tinha começado a usar blush? Se sim, tinha aplicado como principiante, das maçãs do rosto até o maxilar.

— Eu estava lá fora — disse Charlotte — e sujei meu vestido. Você acha que dá para salvar?

Mary se abaixou e examinou a mancha.

— Vou tentar, senhora, mas a lama daquele lago é muito difícil de ser removida do tecido.

Hum.

— *É mesmo* lama do lago. Como você sabia?

Mary ficou de pé, assustada.

— Eu... já vi essa lama antes em roupas.

Outros hóspedes deviam ter escorregado na lama no passado, pensou Charlotte, e Mary pode ter tido que tirar as marcas de alguns tecidos em outra ocasião. Mas, se era uma ocorrência tão regular, por que ela parecia agitada com a pergunta?

Mary a ajudou a colocar um novo vestido, e Charlotte correu escada abaixo, a última a chegar para o jantar.

— Aí está nossa mais deliciosa brisa de verão! — disse o coronel Andrews quando ela entrou.

A Sra. Wattlesbrook se levantou imediatamente e organizou todos por ordem de importância para a comitiva pelo corredor até a sala de jantar. O Sr. Mallery foi de braço dado com a anfitriã, e eles foram seguidos pela Srta. Charming com o coronel Andrews. Charlotte não sabia se era completamente apropriado para a Regência, mas Eddie deu os braços à Srta. Gardenside e a Charlotte, para nenhuma delas ter que andar sozinha.

— Se o Sr. Wattlesbrook estivesse aqui, ele acompanharia a esposa? — perguntou ela.

— Acredito que sim — disse Eddie.

— Então todos teriam acompanhantes.

— Vocês não se importam de compartilhar, não é, senhoras? Há Grey suficiente para todas, eu garanto.

Ainda assim, parecia de certa forma uma imperfeição, que uma mulher como a Sra. Wattlesbrook devia detestar. Se o marido dela estivesse presente e se comportasse, ele acertaria os pares.

E Charlotte estaria de braço dado com o Sr. Mallery...

Ah, minha nossa! É isso que está incomodando você, acusaram seus Pensamentos Profundos. Você está apaixonada pelo Sr. Mallery e quer a atenção dele constantemente!

Não quero, não, pensou ela em resposta. Isso é bobagem. Ele é só um ator.

Aham, e com que frequência você assiste a um filme e fica apaixonada por um ator? Tipo, o tempo todo?

Charlotte ponderou por um momento sobre o motivo de seus Pensamentos Profundos terem a tendência de fazer com que ela parecesse uma adolescente.

Tudo bem, é verdade, pensou ela, mas eu nunca espero que um ator de cinema se apaixone por mim.

Esse é seu problema, não é, Charlotte? Você nunca espera nada! Está pagando uma nota para atores fazerem você se sentir tonta e romântica, mas ainda assim não *espera* nada. Para uma garota "legal", você é totalmente pessimista.

Não sou! Sou otimista em vários momentos, como quando... quando...

— É... Charlotte? Você está bem? — perguntou Eddie.

— Hã?

Ela ergueu o olhar do prato vazio. O de todo mundo estava cheio de comida, e a atenção de todos estava dirigida para ela. Até os Pensamentos Profundos se retraíram.

— Certo! Certo. Parece delicioso — disse ela enquanto se servia de salada. — Fico pensando no seu mistério, coronel Andrews. Será que o senhor pode nos dar mais pistas hoje?

Ele bateu com alegria na mesa.

— Sem dúvida, Sra. Cordial, sem dúvida. Eu sabia que a senhora era das minhas, sabia mesmo, e tenho partes novas do livro para acrescentar à história. Elas vão causar arrepios na sua espinha e vão fazê-la gritar de pavor chamando a mamãe.

— Ou pelo menos o Sr. Mallery — disse Eddie baixinho, levando o copo à boca.

Charlotte deu um chutinho nele por debaixo da mesa, mas ele apenas sorriu.

Está vendo, até Eddie reparou, disseram seus Pensamentos Profundos.

Depois do jantar, na sala de estar, o coronel Andrews não esperou outro convite. Pegou o livrinho e começou a ler mais partes do relato da criada.

> Mary e eu estávamos descascando vagens hoje de manhã no jardim. Ela está aqui há três meses e ainda não parece confortável. Deixa qualquer um em alerta. Perguntei a ela da maneira mais delicada possível sobre as mortes na abadia. Ela balançou a cabeça. É melhor você me contar o que sabe para poder botar para fora, eu digo. E Mary afirma que há coisas sobre as quais se pode falar e outras sobre as quais ninguém deveria. E isso é tudo que ela diz. O silêncio dela não ajuda muito. Ela fez uma amiga aqui, a menina Greta, que é alemã e não deve entender muito, de qualquer modo. Mas a maioria não gosta de Mary. Vejo como o pessoal da cozinha olha para ela e esbarra nela ao passar. Estão ficando mais grosseiros. Mary não responde. E, aos domingos, ela fica de joelhos, olha para o céu e reza. Acho que talvez pela alma dela, não sei. Acho que talvez ela tenha feito alguma coisa horrível. É de se perguntar.

— Foi ela? — perguntou a Srta. Gardenside. — Mary Francis matou aquelas pobres freiras?

— A senhorita quer saber o fim antes da hora? — perguntou o coronel Andrews, e fechou o livro.

— Se eu puder! Sempre leio primeiro a última página do livro.

— Lê? — disse Charlotte. — Como pode?

— Como você consegue aguentar o suspense? — disse a Srta. Gardenside. — Você me conhece faz tempo, Charlotte querida. Paciência não é o meu forte. Finais tristes me fazem sofrer, e, se a história não vai terminar bem, então por que eu deveria perder meu tempo?

— Mas como você sabe se o final é realmente bom para os personagens se não viajar com eles por todas as páginas?

— Ah, é bem simples: felicidade, casamento, prosperidade — disse a Srta. Gardenside. — É assim que todas as histórias deveriam terminar. Senão, não servem para mim.

— E você, Eddie? — perguntou Charlotte. — Espia a última página?

— Nunca. Cubro a página da direita enquanto leio a da esquerda, para não ler adiantado sem querer. Sou escravo de histórias. Desde que o livro não esteja tentando ser útil e nem me catequizar, sou servo voluntário dele.

— E o senhor, Sr. Mallery?

— Não desperdiço tempo com romances, na verdade — disse ele.

— Antes, eu também não — disse Charlotte. — Não muito. Mas descobri uma autora recentemente e acho os livros... maravilhosamente, não sei, rejuvenescedores.

— Todas as histórias? — perguntou a Srta. Gardenside. — Ou só as felizes?

— Quanto mais felizes, melhor. Estou curiosa para saber como a história de Mary Francis termina.

— Vamos descobrir juntos! — disse o coronel. — Enquanto a Srta. Gardenside torce pela felicidade, vou ser o advogado do diabo e torcer por um horror de deixar os cabelos em pé.

— Srta. Gardenside, toque uma música para nós — disse Eddie. — A senhorita se revelou uma pianista outro dia, então não ouse alegar vergonha nem inexperiência.

— Não fico à vontade tocando para outras pessoas — disse ela.

Charlotte acreditava em Lydia Gardenside. Mas, sem dúvida, Alisha amava um palco. Qual das duas era real?

— Vamos lá — disse Eddie. — Não vou aceitar que a senhorita vá para o quarto hoje e escreva no diário: "Ninguém aprecia a importância do meu talento. Sou uma rosa à sombra do baobá."

A Srta. Charming engasgou com a taça de xerez. Ela se inclinou para Charlotte.

— Que diabos é um baobá? Parece safadeza.

— Acho que é uma árvore bem grande — sussurrou Charlotte.

— Ah, certo — sussurrou a Srta. Charming. — Faz sentido. Eu acho.

— Sr. Grey, o senhor é um intrometido! — disse a Srta. Gardenside. — O senhor sabe que prefiro ficar quieta e observar, mas me provoca para me fazer sair da concha.

— O que quer dizer com "concha"? — sussurrou a Srta. Charming.

— É só... uma concha, como as que as lesmas carregam nas costas — sussurrou Charlotte em resposta.

— Foi o que pensei, mas às vezes acho que estou perdendo alguma coisa.

A Srta. Gardenside se sentou ao piano e começou uma melodia agradável e compatível com o ambiente. Depois de alguns momentos, começou a cantar.

A Srta. Gardenside não tinha uma voz grandiosa; era menos ópera e mais casa noturna, mas ágil e com tom perfeito. Parecia um pouco rouca, talvez da doença, mas isso só somava à personagem. Charlotte duvidava de que a garota já tivesse feito apresentação melhor.

Charlotte raramente se sentava para ouvir e apreciar o momento. O clima era místico. Ela cruzou as mãos no colo e mandou que ficassem satisfeitas em não fazerem nada. Com a imobilidade delas, sua mente começou a girar em busca de uma ocupação produtiva. Primeiro, preocupou-se com os filhos.

Pare com isso, eles estão bem, disse para si mesma.

Assim, as rodas giraram em direção ao mistério.

Agora não, deixe para lá, disse ela para seus pensamentos em tom de advertência.

Ela sentiu o olhar do Sr. Mallery e se virou a fim de olhar para ele, contemplando-o em retribuição. Não era uma competição de olhares nem flerte descarado. A música simplesmente destruía o constrangimento social tradicional de olhar para outro adulto. Era fácil no momento, assim como era fácil olhar para uma criança pequena ou um cachorro. Não que o Sr. Mallery fosse um cachorro. Bem o contrário.

Meu Deus, como o espartilho estava apertado!

Depois de um tempo, a Srta. Gardenside parou de cantar e só continuou tocando piano, aliviando a atmosfera na sala, fazendo tudo parecer leve e aconchegante.

Charlotte andou até o piano e sussurrou para a Srta. Gardenside:

— Acho que nunca apreciei tanto uma apresentação. Você é maravilhosa.

A Srta. Gardenside corou.

Os hóspedes e atores decidiram não jogar cartas e se entretiveram com conversas em grupos pequenos e totalmente à vontade. Em pouco tempo, Charlotte se viu com o coronel Andrews em um divã. Charlotte nunca tinha usado aquela palavra antes, "divã". Mas, na Austenlândia, divãs eram comuns. Parecia haver uma horda deles na casa, se reproduzindo como coelhos.

— O senhor é uma pedra preciosa — disse ela. — Deixa as pessoas à vontade, e seus jogos de mistério são esplêndidos.

— Ora, obrigado, Sra. Cordial. — Ele pareceu tocado.

— O senhor... vem com frequência a Pembrook Park?

— Quase todos os verões. Adoro a propriedade. Eu visitava outras casas da região, mas...

— Como Bertram Hall?

— A senhora já ouviu falar? Sim, os Wattlesbrook tinham outras casas além de Pembrook Park: a tristemente destruída Pembrook Cottage, claro, mas Windy Nook e Bertram Hall também. Porém os tempos estão difíceis. — O coronel Andrews piscou, como se ajustando os pensamentos ao período apropriado. — As Guerras Napoleônicas. A guerra tira homens de casa, muito dinheiro é gasto. Bertram Hall foi vendida, Windy Nook foi alugada, e Pembrook Cottage...

Ela assentiu.

— Pelo menos ainda temos a beleza de Park para nos consolar.

Ele indicou a grandiosidade da sala de estar. Era um aposento lindo, com amplas portas duplas, candelabros pendurados, móveis agrupados de forma a criar vários espaços no cômodo. O próprio teto valia uma observação, com cenas de Cupido com um arco, laços de flechas entalhados no gesso. Ela se sentia como uma rainha só de ficar sentada ali, embora não conseguisse se imaginar morando na casa. Que tipo de pessoa desejaria isso em tempo integral?

A Sra. Wattlesbrook devia desejar, apesar de o marido não, ao que parecia. A Srta. Charming desejava. E Charlotte não conseguia imaginar o Sr. Mallery fora desse mundo.

Conseguia imaginar Eddie de roupas comuns, talvez com um suéter cinza ou uma jaqueta de marinheiro, calça jeans, barba por fazer. Por que não? E o coronel Andrews também, embora o imaginasse com roupas mais coloridas. Uma camisa verde-limão veio à mente.

Mas o Sr. Mallery de calça jeans? A imaginação dela não foi capaz disso. Ele parecia feito para aquela época, moldado para aquele tipo de calça e jaqueta de montaria. Nem ficava ridículo de cartola.

A Srta. Charming e a Srta. Gardenside estavam sentadas juntas a um canto, cada uma o oposto visual da outra, as duas rindo ao ler um livro. O banco do piano estava vazio, e o Sr. Mallery se sentou e começou a tocar. Charlotte demorou alguns instantes para absorver a melodia e perceber que era bonita. Ele tocava delicadamente, de um jeito discreto, com uma gentileza que a surpreendeu.

Normalmente, as mulheres de Austen tocavam piano. Os homens estavam ocupados demais sendo homens, recebendo dinheiro de fazendeiros que moravam nas terras deles, caçando aves e visitando amigos, e ficavam sentados em salas de estar sem tocar piano.

Mas o Sr. Mallery parecia *fazer* coisas. Ela queria saber o que ele fazia quando estava longe dali. O músico nele parecia ser apenas um vislumbre.

Ela se sentou ao lado dele.

— Em que a senhora estava pensando enquanto a Srta. Gardenside tocava? Quando olhou para mim? — perguntou ele, os olhos nas mãos sobre as teclas.

Ele era direto, não? Na Austenlândia, os homens e mulheres costumavam ser brincalhões e provocativos em conversas. A franqueza ocorria em explosões raras que separavam ou uniam casais. Eram eventos infrequentes e perigosos, mas aparentemente o Sr. Mallery não seguia as regras.

— Eu estava pensando que o senhor é um homem bonito — disse ela.

Ele não reagiu.

— E estava me perguntando se o senhor ainda me deixaria nervosa se não o fosse. O quanto do seu efeito sobre mim tem a ver com a sua aparência e o quanto é apenas sua presença, sua atitude?

Ele continuou a tocar.

— E a que conclusão chegou?

— Não sei como separar as partes do senhor. Não sei muitas coisas.

Ele parou de tocar e olhou para a mão dela, apoiada na beirada do piano. E falou baixinho, apenas para que ela ouvisse.

— Às vezes, amaldiçoo os limites da decência. Às vezes, apenas desejo esticar os braços e abraçar a senhora.

Charlotte abriu a boca, seu peito estufou com uma respiração profunda, e ela sentiu como se o coração estivesse tentando fugir daquela jaula. Nenhuma parte dela, sequer, permaneceu adormecida.

— Charlotte! — disse a Srta. Charming. — Charlotte, venha ver as ilustrações deste livro antigo. Não conseguimos entender se é para ser um cachorro ou um rato.

Atordoada, Charlotte foi até a Srta. Charming e a Srta. Gardenside, disse que achava que era um rato, se virou e viu que o Sr. Mallery tinha desaparecido.

Ela foi para o quarto naquela noite com a esperança de que ele batesse na porta. Mas ele não bateu.

em casa, antes

A ADOLESCÊNCIA DE CHARLOTTE PARECEU demorar uma vida inteira. O eu verdadeiro dela, o eu indefeso e envidraçado, dava avisos silenciosos com movimentos labiais enquanto a Charlotte adolescente seguia em frente desajeitada, cometendo erro após erro (por exemplo, Robbie, Howie, o cara da loja de peixe frito, o Pep Club, calça legging que prendia embaixo do pé...).

Cada ano que passava era uma vitória, mas, aos 20 anos, ela não se sentia livre da imaturidade. A confiança não estava presente, e o caminho da mente até a boca ainda era muito perigoso.

Encontrar James foi um alívio tão grande! Ele era equilibrado, um bom partido e tinha uma presença tranquilizadora que a ajudava a se sentir menos burra. Ela se casou impacientemente aos 23 anos e teve uma gravidez precoce como forma de finalmente se livrar da juventude. Qualquer mãe é madura. Qualquer mãe *precisa* ser madura. Agora que ela era adulta e estava casada, todos os problemas acabariam.

austenlândia, dia 7

Charlotte não desceu para o café na manhã seguinte. Provavelmente veria o Sr. Mallery e, depois da declaração dele na noite anterior no banco do piano, o que diria? E como se sentiria? As sensações induzidas por livros de Austen pareciam seguras. As sensações induzidas por Mallery, não. Ela as queria, mas não queria. Estava determinada a se permitir o amor de fingimento, mas ainda não. Era rápido demais! Assustador demais!

E agora? Ela estava de pé no corredor, olhando para o teto, quando Eddie subiu a escada.

— O que essa expressão determinada no seu rosto quer dizer? — perguntou ele.

— Eu estava tentando me convencer a voltar ao quarto secreto.

— Entendo. Você sempre foi tão teimosa?

— Não.

— Então, irmãzinha, estou honrado em testemunhar esse crescimento inesperado. Mas acho que eu devia estar com você quando se envolver em investigações diabólicas. Você pode precisar da minha proteção contra fantasmas e assassinos.

O quarto secreto não era um lugar fácil de procurar pistas, pois estava lotado de mobília e caixas e pilhas de coisas. Ela verificou o sofá em busca de um fio de cabelo delator ou de um pedaço rasgado de tecido, de gotas de sangue ou adagas escondidas, talvez até uma carta de confissão do suposto assassino. Mas não havia nada óbvio. Por que o coronel Andrews dificultava tanto as coisas?

— Tem certeza de que Andrews queria que você investigasse este quarto? — perguntou Eddie, brincando com o florete de esgrima de novo por trás de uma torre de cadeiras. Ele pulou para a frente e para trás em posição de luta.

— Uau, você parece letal — disse Charlotte.

— É mesmo? — Ele deu um sorriso esperançoso.

Ela deu uma risada debochada. Eddie parecia mais um cachorro simpático do que um lobo faminto.

— Ria de mim, mas um dia serei o maior espadachim do mundo, e você virá até mim aos prantos. "Irmão querido, perdoe a insolência da minha juventude! Vejo agora que você é mesmo um homem mortal e impiedoso, e cometi um erro grave ao debochar."

— Aposto que você não mudou muito nos últimos vinte anos — disse ela.

— Então você perdoou e esqueceu minha juventude covarde e egoísta? Que notícia maravilhosa. Mas, falando sério, o que você espera encontrar aqui?

— Não sei. — Ela estava examinando vários objetos empoeirados em uma pequena mesa. Um vaso chinês preto com tampa parecia gritar EU GUARDO UMA PISTA!, mas, no fim das contas, estava vazio. — O coronel Andrews deu a dica do segundo andar, e, depois que descobri este quarto, confirmou que uma chave do mistério dele está aqui.

— Ele disse isso?

— Acho que sim. — Ela não conseguia se lembrar das palavras exatas dele, mas teve uma impressão forte disso. — Por que outro motivo ele me guiaria para cá?

Eddie deu de ombros e aplicou mais alguns golpes.

— Nunca dá para saber quando se trata do Andrews.

— Bem, ele escreveu, ou melhor, *descobriu*, um mistério detalhado sobre Mary Francis. Não o vejo como um sujeito descuidado.

— Ele realmente se veste com cuidado.

— É claro que o quarto secreto e o corpo são parte do mistério, e descobrir pistas de um vai ajudar a resolver o outro. Mas acho que ele está sendo muito discreto porque usou este quarto sem a permissão da Sra. Wattlesbrook e não quer perturbá-la. Mas — disse ela, indicando a confusão — ele podia ser só um pouco menos misterioso. Não consigo encontrar a agulha com tanta palha.

Ela pensou brevemente: bem, talvez o corpo *fosse* real. Mas riu do pensamento e tirou-o da cabeça. Cadáveres não aparecem e desaparecem; assassinatos não cruzam o caminho dela na vida real. É claro que isso era tudo parte do jogo, assim como a confissão amorosa do Sr. Mallery na noite anterior. Ela não se deixaria enganar dessa maneira. Não permitiria que sua fantasia corresse solta, imaginando assassinatos no escuro e atores bonitos realmente se apaixonando por ela. Ela nunca foi do tipo de criança que pulava do telhado da garagem acreditando que a capa da fantasia podia fazê-la voar.

— Talvez o cadáver falso fosse a única pista pretendida para este quarto, não? — disse Eddie, um pouco sem ar de tanto desviar dos golpes do oponente imaginário.

— Pode ser. Mas ele teve o trabalho de esconder o cadáver em um quarto secreto. Quando um quarto secreto entra em uma história de mistério, sempre volta a aparecer. Além disso, não sei mais onde procurar pistas.

Eddie apoiou a ponta do florete no chão.

— Por que isso é tão importante para você?

Ela deu de ombros e riu.

— Acabei me envolvendo com a história, eu acho, e, ironicamente, o mistério de mentira e a história de assassinato parecem mais seguros do que... o que deve acontecer entre mim e o Sr. Mallery, e muito mais interessante do que as notícias de casa.

— Seus filhos estão bem? — perguntou ele.

— Ah, sim. Eles parecem ótimos, na verdade. Agora que eu... — Ela se sentou no sofá sem cadáver. — Não importa.

— Ah, mas você nunca precisa me dizer para não me importar, Charlotte querida. Sempre pode me contar qualquer coisa.

Os olhos de Charlotte estavam apontados para o chão. Havia alguma coisa aparecendo embaixo do sofá? Ela ficou de joelhos, enfiou a mão e puxou uma luva amarela de borracha, do tipo que se usa para lavar louça. Ela balançou a cabeça.

— Encontrou o cadáver, foi? — perguntou Eddie.

Era isso que ela tinha visto? Não, primeiro porque a mão era cinza. Por outro lado, a noite e o relâmpago fariam o amarelo virar cinza. Mas ela não poderia ter confundido uma luva de borracha com uma mão carnuda de cadáver. Podia? Ah, ela estava bem assustada na hora.

— Eu desisto. — Ela largou a luva no chão.

— Ha-ha — disse Eddie, inclinando-se para a frente com o florete erguido. — Você se rende à minha habilidade com a espada e aos meus feitos heroicos. Muito bem, eu aceito.

Ele entregou o florete para ela pelo cabo. Era incrível o quanto ela se sentia confiante com uma arma na mão, até mesmo uma espada de brinquedo inútil de ponta cega. Eddie pegou o outro florete na caixa e eles duelaram até a hora do almoço.

M‍ESAS E UM TOLDO FORAM colocados no gramado, e as bebidas cintilavam em jarras de vidro sobre bandejas de prata. O dia estava radiante, o céu parecia berrar que era verão e que todos deviam reparar e agir de acordo. Todos estavam usando roupas coloridas como flores de jardim. O Sr. Mallery olhou para Charlotte, um convite para se aproximar e se apaixonar. Era uma cena tão idílica quanto uma que um artista ou um poeta poderia expressar. Mas os pensamentos de Charlotte caminhavam por uma viela escura.

A coisa da luva/mão a confundiu, e ela deixou isso de lado e se concentrou na questão do assassino. Neville, o mordomo, e Mary, a criada, pareciam suspeitos dos bons, mas ela nunca tinha visto a Srta. Gardenside nem a Srta. Charming conversarem com Neville, e Mary era a criada pessoal de Charlotte. É claro que o coronel Andrews planejaria um jogo não apenas para Charlotte, mas para todas as hóspedes, e, portanto, escolheria algum dos personagens centrais para ser o vilão.

É uma verdade universal que nada estraga tanto um jogo de croquet após o almoço quanto desconfiar de um assassinato cometido por um dos outros jogadores.

Naquela noite, na sala de estar, a Sra. Wattlesbrook estava com folhas grandes de papel e carvão. Eles diminuíram as luzes, deixando apenas um abajur apontado para a parede, e se revezaram para desenhar as silhuetas uns dos outros. Charlotte foi a melhor na atividade, e logo todos posaram para ela, com a música da Srta. Gardenside ao piano fornecendo a trilha sonora da noite.

Ela gostou de desenhar o volume do cabelo da Srta. Charming, a linha reta do nariz do coronel Andrews, a testa corajosa da Srta. Gardenside, aquele queixo maravilhoso que Eddie ostentava tão bem. Havia uma intimidade no processo, e ela mexeu as mãos com agitação quando desenhou os lábios do Sr. Mallery.

— O que falei ontem à noite... Deixei a senhora desconfortável — sussurrou ele.

— Não fale — disse ela. — O senhor se move quando fala. Precisa ficar parado.

Ela não queria que ele dissesse nada que deixasse seu coração desesperado de novo. Tudo isso era muito mais intenso pessoalmente do que no livro, mesmo sendo brincadeira. Ela passou o carvão pela sombra do lábio inferior, mais carnudo que o de cima, e se viu contemplando como seria mordiscá-lo.

— Rá — disse ela.

— O quê? — perguntou ele.

— Nada, eu só estava pensando no senhor.

Era um exercício estranho. Enquanto ela desenhava, ele tinha liberdade para observá-la, mas ela só podia observar a sombra dele. Ela supunha que isso era sempre verdade: ele a via, a verdadeira Charlotte, enquanto ela só conhecia dele uma sombra da pessoa que era, o personagem que ele fazia. O pensamento provocou nela um arrepio.

Ela traçou o maxilar e o pescoço e pensou: ele não é uma pessoa fácil. Parece apreciar mais as próprias opiniões do que as de qualquer outra pessoa e às vezes não é gentil. Lembra-se dos turistas com a câmera?

Mas, por outro lado, talvez a gentileza não fosse algo tão imprescindível assim. Além do mais, ela não estava se envolvendo com o Sr. Mallery de verdade. Só estava brincando, e é claro que não esperava nada de real disso tudo. Certo? Então, para que tanto medo?

Depois de preencher o contorno com preto, ela mostrou o resultado para todos.

— Eu digo, Mallery — disse Eddie —, que você não é um sujeito de aparência tão ruim quando está sentado parado assim, em vez de atacando as pessoas com o olhar.

Charlotte limpou as mãos e olhou para o trabalho. A sombra do Sr. Mallery parecia a que tinha mais vida de todas as que ela desenhou. Será que isso falava mais sobre ele ou sobre ela? Charlotte prendeu o desenho na parede ao lado dos outros, seis perfis expostos como pôsteres de "Procurados".

É uma comparação estranha de se fazer, acusaram seus Pensamentos Profundos.

Charlotte não dormiu bem naquela noite. Pode ter sido o prenúncio de tempestade lá fora e os estrondos periódicos de trovões sem chuva. Ou talvez tenha sido a tempestade elétrica em seu cérebro, com as sinapses vibrantes usando a noite para juntar as peças do mistério do coronel.

Parecia mesmo estranho que o coronel Andrews a levasse a um corpo e depois não oferecesse nenhuma outra pista, exceto talvez aquela luva de cozinha, que na verdade não dizia nada. E, sinceramente, como um assassinato recente poderia ter ligação com a história antiga de freiras mortas? E se... (pare, Charlotte)... mas e se realmente... (você vai fazer papel de idiota)... realmente foi... (ah, vá em frente, é mais seguro pensar no escuro, onde estamos livres para explorar a imaginação mais ridícula)... E se fosse real de fato? E se ela tivesse descoberto uma vítima de assassinato de verdade, e o assassino voltou à noite e escondeu o corpo? Nesse caso, o assassino era alguém em Pembrook Park, provavelmente alguém que estava brincando de Assassinato Sangrento e que sabia que Charlotte tinha descoberto a cena do crime: uma das hóspedes, um dos cavalheiros atores ou talvez Mary. Todas as outras pessoas estavam dormindo. Mas quem era a vítima? Será que ela deveria procurar a polícia com uma suspeita tão mal estruturada? Ali, depois da meia-noite, em seu quarto, Charlotte não conseguia acreditar que o cadáver que descobriu não passava de uma luva de borracha. Mas, sem um corpo, como ela podia provar?

Acontece que nem sempre é seguro refletir sozinha, mesmo à meia-noite.

Depois de transformar aquele medo insistente em pensamento, Charlotte teve que se levantar algumas (ou doze) vezes para espiar do lado de fora da porta e ter certeza de que não havia um assassino à espreita no corredor, se preparando para entrar e matá-la enquanto ela dormia. Nenhum assassino a encontraria dormindo, de jeito nenhum! Se um assassino a quisesse morta, ele ou ela teria que encará-la como homem ou mulher e matá-la a sangue frio! Porque é uma forma muito mais legal de morrer. Acordada e ciente, para poder vivenciar o total horror nauseante da situação.

Ah, volte para a cama, Charlotte.

em casa, antes

MAIS DO QUE QUALQUER COISA, Charlotte não queria ocupar espaço. Desejava se sentar em um canto do mundo, despercebida, sendo inofensiva e agradável. Alegre. As pessoas podiam ir até ela quando precisassem de uma ajuda ou de uma amiga ou de um empréstimo, mas sem tropeçar nela ao passar. A Charlotte boa. A Charlotte inteligente. A Charlotte distante.

austenlândia, dias 8 e 9

CHARLOTTE FICOU ENROLANDO COM O café da manhã no prato, pensando nos muitos venenos que os assassinos de Agatha Christie usavam. Poderia haver arsênico nos ovos, estricnina na linguiça ou cianeto na cidra. (Na verdade, havia suco de laranja no copo, mas "cidra" gerava uma aliteração.) Por que ela não conseguia esquecer isso? Seria por *querer* que houvesse um assassino? O cérebro dela não tinha nada melhor para fazer, como contemplar o lábio inferior do Sr. Mallery de novo?

Ela olhou para as pessoas ao redor da mesa. Quem é assassino? Quem tinha tirado o palito mais curto?

Depois do café da manhã, ela andou pelo corredor do andar de cima, pensando em luvas de borracha e corpos de verdade, na polícia britânica e nos medos que tomaram conta dela à noite.

Foi nessa hora que ela viu o quadro de uma garota em um corredor escuro segurando uma vela, abrindo uma porta, com os olhos arregalados de medo. A plaquinha com o título, presa na moldura, dizia: "Catherine Morland."

Ela demorou um instante para reconhecer o nome; Catherine Morland é a heroína de *A Abadia de Northanger*, de Austen, que fica tão envolvida nos prazeres horríveis de romances góticos que imagina um assassinato onde não há nenhum.

— Eu sou Catherine Morland — sussurrou Charlotte.

Charlotte olhou para si mesma na janela do corredor e riu. Quando a risada morreu, desviou o olhar. O reflexo era de uma estranha. Essa não era a mulher que descobriu uma ruga na testa no espelho do banheiro de casa. Era uma mulher de estatura perfeita. A altura dela, que algumas vezes na vida se mostrou um problema, agora parecia feita para aqueles vestidos longos. Prender o cabelo no alto mudava seu rosto. Seus olhos azuis pareciam mais claros; os lábios, mais carnudos. Ela se sentia descendente de amazonas, de deusas gregas. Estava praticamente um espetáculo.

Por trás da vidraça, um ponto no céu tinha se aberto em um azul enevoado. O Sr. Mallery atravessou o gramado sozinho em direção ao estábulo. Charlotte colocou uma roupa de montaria e botas e foi se encontrar com ele. Estava respirando aceleradamente quando o alcançou.

— Eu gostaria de cavalgar com o senhor agora, se o senhor não se importar.

O Sr. Mallery sorriu.

Ela não seria a pessoa assombrada dessa história. Seguraria o romance de mentira pelos chifres e lutaria com ele até que se rendesse. Ela seria notada.

— A senhora anda ausente ultimamente — disse o Sr. Mallery, passando por baixo de um galho molhado enquanto eles seguiam a cavalo para o meio das árvores. — Mesmo quando está aqui, não está por inteiro.

— O senhor está certo. Eu estava me envolvendo demais com o que não era real para fugir do que era real, ou que, tecnicamente, não era realmente real, mas era *mais* real. Isso não faz sentido. De qualquer modo, estou determinada a viver a história. Agora não estou mais morta. Ou estou viva. Ou de volta, pelo menos.

Por que ela não podia falar com esse homem como um ser humano normal? Era mais fácil quando não estava olhando para ele. O olhar dele a fazia se sentir nua.

O Sr. Mallery parou o cavalo de repente.

— Olhe — disse ele, apontando.

Uma raposa vermelha estava sentada em uma árvore caída. Ela olhou para eles, balançou o rabo uma vez, se virou e saiu correndo.

— O senhor as caça? — perguntou Charlotte.

— É um esporte de cavalheiros. Se deixadas em paz, as raposas procriam como coelhos e dão cabo das galinhas.

— Mas elas parecem tão inteligentes. Como o senhor pode matar uma coisa que parece reconhecê-lo e saber o que o senhor quer fazer?

— Minha consciência está tranquila. Livrar o campo das raposas é uma bênção para os fazendeiros das propriedades dos Wattlesbrook.

Ele provavelmente não matava raposas de verdade. Devia só estar falando como o Sr. Mallery, o personagem. Ela disse isso para si mesma, mas não acreditou, porque não conseguia imaginar que o Sr. Mallery fosse qualquer outra pessoa além de quem parecia ser.

— A senhora me enfeitiça quando fica em silêncio, Sra. Cordial — disse ele.

Mesmo quando ele dizia coisas assim? E olhava para ela assim?

— Estou exagerando? Sou direto demais por desejar intimidade com seus pensamentos? — disse ele. — Eu gostaria que a senhora falasse, e, movido por ciúmes, gostaria que só falasse comigo.

— Não acho meus pensamentos interessantes o bastante para serem repetidos.

Ele ergueu o canto da boca.

— Duvido.

— Bem, eu estava me perguntando quem o senhor é de verdade.

— Sou como a senhora me vê. Não sou um homem dado a artifícios. Sou Thomas Mallery.

— Sobrinho dos Wattlesbrook.

Ele inclinou a cabeça.

— Apesar de minha propriedade ficar em Sussex, esta região é uma segunda casa para mim. Passei muitas férias aqui explorando o terreno, a casa. Conheço Pembrook Park melhor que qualquer pessoa, acredito. Não importa que meu avô tenha perdido a propriedade para o irmão. De formas que a lei não consegue compreender, a casa pertence a mim.

Havia tanta convicção na voz dele que Charlotte se perguntou se ele sentia aquilo com sinceridade, mas em relação a Windy Nook. Pelas fotos que ela viu na pensão, ele esteve naquele elenco durante dez anos.

— Eu também me pergunto sobre a senhora, Sra. Cordial. Às vezes, à noite, não durmo de tanto me perguntar.

Por que isso a fazia corar? Como ela podia ter uma reação física verdadeira e incontrolável à fala de um ator? Ela riu de si mesma e dele também.

— Está claro que estamos pensando muito um no outro! Mas agora o senhor precisa me contar o que se pergunta.

Ele sustentou um pequeno sorriso nos lábios.

— Não ouso perguntar, senão a senhora não me chamaria mais de cavalheiro. Mas não me incomodo com o mistério. Vou gostar de descobri-la, camada por camada.

Mais uma vez, ela corou. Mesmo sabendo racionalmente que era Charlotte Constance Kinder brincando de ser um personagem, suas bochechas acreditaram completamente na conversa dele. Bochechas malvadas.

O Sr. Mallery olhou para a paisagem.

— Desça e venha se sentar comigo.

— Acho que prefiro continuar cavalgando.

Ele ergueu uma sobrancelha, como se curioso pelo motivo, mas bateu com os calcanhares no cavalo e seguiu em frente.

Por que ela ainda sentia medo? Vamos lá, Charlotte, ele não ia sequestrar nem ameaçar sua honra nesse bosque afastado e escuro, cheio de raposas. Ele era um ator, e havia regras de etiqueta da Regência a serem seguidas, milady!

Mas ela seguiu cavalgando. E imaginou brevemente o que poderia ter acontecido se eles tivessem parado. Brevemente.

Eles foram até a pensão, onde Charlotte desceu do cavalo.

— Tenho algumas coisas para fazer aqui. O senhor pode levar meu cavalo de volta, por favor?

Ela esticou a mão e entregou as rédeas a ele. Ele as pegou e segurou os dedos dela por um momento.

— Sou seu criado em todas as coisas.

Ela o viu sair cavalgando antes de suspirar e entrar. Charlotte pegou o celular e sentiu um frio na barriga. Tinha ligado para as crianças na casa de James no dia anterior, na hora marcada. Não houve resposta.

Mensagem nº 1: "Oi, pessoal, é a mamãe... hã, Charlotte. Eu só queria dar um oi, saber como vocês estão. Será que ainda estão dormindo? Não está chovendo agora, essa é minha maior novidade. Estou com saudade. Ligo mais tarde."

Tinha voltado algumas horas depois para tentar de novo.

Mensagem nº 2: "Oi, sou eu. Estou tão triste de cair na caixa postal. Beck e Lu, eu queria muito ouvir as vozes de vocês. Espero que esteja tudo bem. Estou morrendo de saudade. Ligo de novo amanhã."

Ela também mandou e-mails para os dois filhos, digitando perguntas rápidas e eu amo vocês pelo celular. Não havia mensagens deles, nem de voz nem eletrônicas. E se eles estivessem machucados ou hospitalizados com gripe suína, ou tivessem entrado em coma depois de um acidente aleatório de dirigível? E se James não tivesse sensores de vazamento de gás em casa e à noite eles tivessem sido mortos pelo assassino silencioso? Ou mortos de repente, como as freiras de Grey Cloaks? E se houvesse quatro corpos aconchegados nas camas?

A terceira ligação tocou sem parar. Ela achava que cavalgar com o Sr. Mallery a deixaria ansiosa. Mas não era nada em comparação ao buraco nas entranhas quando o telefone caiu na caixa postal de novo.

Mensagem nº 3: "James Kinder, vou voltar amanhã de manhã para verificar minhas mensagens, e gostaria de receber uma sua dizendo alguma coisa do tipo 'Não estamos mortos, só por acaso estamos todos na rua sempre que você liga'. E, se eu não receber nenhuma mensagem sua, vou ligar para a polícia e pedir para irem procurar os corpos na sua casa. Por favor, ligue."

Na manhã seguinte, havia uma mensagem.

James: "Não, não estamos mortos. Acho que deixamos os telefones sem recarregar tempo demais. Acabei de perceber que você ligou algumas vezes. Está tudo bem."

Deixaram os telefones sem recarregar? Se Charlotte tivesse o poder de visão a laser, raios vermelhos e quentes teriam saído dos olhos dela e queimado qualquer coisa para a qual ela olhasse. Na realidade, ela acabou só olhando inofensivamente para a planta no escritório da Sra. Wattlesbrook.

Por causa da diferença de fuso horário, era cedo demais para ligar, então Charlotte precisou se conformar com a esperança de os filhos não terem morrido nas poucas horas desde que James tinha deixado a mensagem.

No caminho de volta, Charlotte passou pelo coronel Andrews, que tinha uma expressão aborrecida.

O rosto dele não combinava bem com aborrecimento. Ela precisava lançar uma fagulha para acender a lenha.

— Coronel Andrews! Quero dizer para o senhor que estou completamente absorta pelo seu mistério.

Ele abriu um sorriso generoso.

— De fato! Achei que nenhum dos hóspedes tinha se interessado.

— Não consigo acreditar que Mary Francis matou todas as irmãs. Mas, se não foi ela, quem foi? E como? Eu gostaria que o senhor lesse mais hoje.

— Seu desejo é uma ordem, Sra. Cordial. Sou sua fada madrinha esta noite.

Andrews saiu andando com passos cheios de energia e os olhos brilhando.

Ela se virou e encontrou Eddie sozinho em um banco, contemplando-a.

— Ele ganhou o dia.

— Por minha causa? Espero que sim. Mas eu não estava sendo falsa. O mistério dele tem servido de combustível para mim aqui. Alguma coisa em que pensar além de... outras coisas.

Ele deu uma batidinha no banco ao lado dele para que Charlotte se aproximasse, e ela se juntou a ele, suspirando ao se sentar.

— Como estão seus filhos, Charlotte?

— Eu estava mesmo pensando neles.

— Foi o que pensei. Está preocupada?

— Eles... não são muito comunicativos. E não consigo desligar a mente. Fico imaginando...

— Todas as diversas formas que eles podem ter sido mortos?

— Como você sabe?

— Eu *sou* seu irmão — disse ele com arrogância. — E, como minha irmã, é claro que você sabe que também tenho filhos. A mãe de Julia já morreu tem 14 anos. Os avós a criam, e vou a Londres o máximo de vezes que posso. Mas, quando fico longe por muito tempo e nenhuma carta chega, também fico assim. — Ele fez uma cara feia de preocupação fingida, revelando uma ruga no meio da testa. — Mas me conte sobre os seus. Parece uma... *eternidade* que não os vejo.

Ela sorriu.

— Beckett está com 11 anos e é muito inteligente. Ele não fala muito comigo, mas, você sabe... Lucinda tem 14 anos e, bem, me odeia...

Foi nessa hora que Charlotte começou a chorar. A palavra "odeia" despertou uma reação hormonal que exigia um jorro de lágrimas, e não havia como fazê-las parar.

— Não ligue para mim — disse ela. Colocando a mão sobre os olhos. — Sou tão idiota. Simplesmente me ignore.

Ela sentiu um braço ao redor do ombro, e Eddie a puxou para perto. Ela apoiou a cabeça no peito dele enquanto cobria os olhos com as mãos.

Talvez você devesse pedir a ele que buscasse leite quente e biscoitos amanteigados, disseram os Pensamentos Profundos.

Dane-se, disse Charlotte.

— A culpa é minha. Não dou espaço para Lu. Não demonstro minha confiança nela porque acho que não confio mesmo. Porque ela é minha filha, e eu cometi erros, mas não quero que ela cometa nenhum, e sei que não faz sentido, mas não consigo evitar. Ah, cala a boca, Charlotte, você está de férias, não fazendo terapia de grupo.

Eddie não a soltou. Apenas pousou a mão em seu braço.

— Julia tem 15 anos — disse ele.

— Com que frequência você a vê?

— Algumas vezes por ano.

Charlotte franziu a testa.

— Umas três, quatro? Que patético, Eddie. Uma filha precisa do pai. Já li um monte de coisas sobre isso.

— Os avós dela não me aprovam. Acho que permiti que me afastassem.

— Você? Rá! Eu vi você em um quarto secreto de uma possível casa assombrada usando um florete de treino de modo extremamente ameaçador. Acho que é capaz de lutar pelos seus direitos.

Ele trincou os dentes, firmou o maxilar e assentiu.

— Você está certa. Eu devia ver Julia com mais frequência. Juro por Deus, Charlotte, devia mesmo. Vou lutar pelos meus direitos. Eu juro.

— Eu não devia ser tão dura com Lu. Preciso confiar nela e deixar que ela cometa erros.

— Não faz mal um pai ou mãe melhorar um pouco. O que você acha, Charlotte? Vamos mostrar para essas garotas a pura glória de nosso talento paternal e maternal.

— Eddie, estou tão feliz por você ser meu irmão.

Ela sentiu-o beijar o alto de sua cabeça. Fechou os olhos e expirou lentamente, permitindo-se ser abraçada naquele momento. Era gostoso. Era tudo de que precisava. Decidiu não analisar a situação, perguntando-se se o Sr. Edmund Grey tinha uma filha de 15 anos ou se o ator é que tinha, nem o quanto ele sabia sobre ela e James (o que havia no arquivo da Sra. Wattlesbrook?), nem se devia ficar constrangida por sair do personagem assim. Só se permitiria o abraço por um momento. Os homens eram gentis. Ela gostava de homens gentis.

O que Jane Austen faria agora?

Charlotte se empertigou.

— Vamos escrever cartas para elas. Não escrevo cartas para os meus filhos há... nem sei quanto tempo. O que é estranho, claro, pois estamos em 1816 e escrever cartas é praticamente uma ocupação diária das mulheres.

— Além de desmaiar, se abanar e comer língua de vaca fria — acrescentou Eddie.

— Ainda não fiz nenhuma dessas coisas hoje. Estou atrasada.

Ela entrou no salão matinal, encontrou papel e tinta na escrivaninha e penas de verdade.

— Olhe, dá para escrever de verdade com penas!

Ela e Eddie se sentaram lado a lado, mergulharam as penas em tinta e começaram a escrever. O fluxo de tinta mudou a caligrafia dela, tornou-a elegante e inesperada, com linhas grossas e finas, manchas, gotas e traços de tinta. Ela adorou. Até que a ponta ficou cega e ela não fazia ideia do que fazer. Eddie também estava tendo dificuldades.

— Sr. Mallery — chamou Charlotte quando ele passou pela sala. — O senhor poderia ser nosso herói? Já que é tão versado na arte das penas?

O Sr. Mallery se apoiou na moldura.

— É claro que vou ajudar a dama. Se você quiser minha ajuda também, Grey, sugiro que coloque saia e chapéu.

Eddie, sem saia e sem chapéu, espiou por cima do ombro de Charlotte para aprender a aula básica do Sr. Mallery sobre pena e tinta. As coisas correram tranquilamente depois disso.

Charlotte não mencionou James e Justice, o fato de ter seguido o namorado de Lu nem as baterias descarregadas dos telefones. Apenas falou aos filhos, compartilhou lembranças favoritas, mencionou características que admirava, contou sobre o mistério do coronel Andrews e o quanto ficou com medo ao brincar de Assassinato Sangrento (deixando de fora a menção do cadáver que estava e não estava lá).

O Sr. Mallery ficou sentado no sofá e a observou escrever. Ela estava se acostumando com isso. Nem ergueu o olhar.

A carta de Eddie tinha três páginas. Fosse Julia real ou não, ela receberia uma carta e tanto.

Charlotte fechou as cartas, endereçou-as e pediu ao Sr. Mallery que as levasse para que a Sra. Wattlesbrook as enviasse naquele dia.

— Existe alguma coisa do tipo "correio de emergência"? — perguntou Charlotte. — Porque é isso que eu quero. Correio de emergência, por favor!

O Sr. Mallery fez uma reverência.

— Farei qualquer coisa que a senhora pedir, Sra. Cordial, mas espero que da próxima vez seu favor não exija que eu me afaste da sua presença.

Assim que ele saiu, um soluço de pânico escapou da garganta de Charlotte.

— Em que você está pensando? — perguntou Eddie, apoiando a lateral da cabeça de leve na mão ao observá-la.

— Ele é tão diferente do que... eu deixei para trás. E sei que devo ficar encantada e tudo. Foi assim que a Sra. Wattlesbrook planejou isso. Mas tenho medo. Não quero desapontá-lo.

— Ainda preocupada com Mallery? Por favor, Charlotte, você precisa se divertir mais. Existe algum momento em que se permite isso? Você não tem muitos hobbies, tem?

— Eu trabalho, cuido dos meus filhos... — Ela deu de ombros.

— Bem, em nosso mundo, você precisa no mínimo aprender a dançar. Minha... — Ele parou de falar. — Nossa mãe, como você pode lembrar, era instrutora de dança, e, naturalmente, como único filho homem, eu costumava servir de parceiro de demonstração. É estranho que você tenha escapado das aulas de dança.

— Sim, é estranho.

Eles sorriram um para o outro.

— Você aprendeu as danças com a Sra. Wattlesbrook? — perguntou ele, pegando a mão dela e puxando-a para que ficasse de pé.

— Não me lembro delas muito bem, e o baile é em quatro dias.

— Os passos são repetitivos, e você é esperta. Vai se sair bem.

Ele foi até uma caixa de madeira entalhada no canto, girou uma chave várias vezes e levantou a tampa. Um som agudo saiu.

— Há uma dança nova que está sendo admitida na sociedade civilizada neste ano de nosso Senhor de 1816: a valsa.

Ele a tomou nos braços e começou a se mover: um, dois, três, um, dois, três. Sua mão segurava as costas dela com força, e as barrigas estavam quase se tocando. Ela se sentia leve como uma pena e um pouco tonta.

— Você tem talento natural — disse ele. — Está no sangue dos Grey, eu não devia me impressionar.

Será que ela estava sendo frívola? Não devia estar fazendo alguma coisa produtiva, como... há... Ela desejou brevemente que o assassinato tivesse sido real, para que pudesse voltar a investigar. Essas férias estavam se mostrando um estresse mental.

Você é tão idiota, disseram seus Pensamentos Profundos. Não consegue relaxar?

Ela olhou para Eddie. Era mais fácil relaxar com Eddie ali.

— Divertindo-se? — perguntou ele.

Ela assentiu, e seus pés deram um pulinho, acrescentando movimento ao passo.

— Aah, coisinha ousada — disse ele. — Da próxima vez, vou ensinar polca.

— Foram de correio de emergência mesmo. — O Sr. Mallery estava encostado na moldura.

Charlotte parou e se sentiu culpada. A confiança dele parecia preencher a sala e não deixar espaço para a dela.

O Sr. Mallery se aproximou e fez uma reverência.

— Importa-se de eu intervir?

Eddie fez uma reverência e os deixou.

Foi diferente dançar com o Sr. Mallery. As mãos dele a seguraram nos mesmos lugares, mas o toque parecia mais quente, mais íntimo. Ela teve que se perguntar, será que as pessoas dançavam mesmo valsa em 1816? Era quase escandaloso! Ela não sabia se a estava ajudando a mergulhar na Austenlândia, mas dançar valsa com o Sr. Mallery era maravilhoso e parecia uma atitude meio ousada.

Durante o resto do dia, a Sra. Cordial deixou que o Sr. Mallery a cortejasse. Eles foram caminhar no jardim, pularam pedras no lago, conversaram sobre nuvens e história e outros assuntos neutros.

Ele manteve uma distância cavalheiresca, mas nunca hesitou em oferecer o braço ou segurar a mão dela quando caminhavam por terreno incerto. Quando o sol estava descendo no horizonte, eles pararam para olhar as nuvens ficarem amarelas e laranja, cores luminosas e quentes como uma casa em chamas.

— Odeio a ideia de ficar dentro de casa esta noite — disse ele. — O tédio da sala de estar, todas aquelas pessoas. Eu preferiria ouvir você falando.

— É mesmo? Acho que não falei nada muito interessante.

— *A senhora* é interessante.

— Sra. Cordial! — O coronel Andrews os viu pela porta aberta. — Aí está a senhora. A Sra. Wattlesbrook está ansiosa para o jantar, assim como eu, se a senhora quer saber. Tenho um trecho muito interessante para ler para vocês esta noite, e a senhora precisa ouvir, senão ficarei bastante chateado.

Ele fez beicinho e foi embora.

O Sr. Mallery beijou a mão de Charlotte e inspirou subitamente, como se apreciando o cheiro dela. Uau. Se não tomasse cuidado, esse homem a comeria viva. Hum, talvez ela não devesse tomar cuidado *demais*.

— Nós... devíamos entrar — disse ela.

Durante todo o jantar, o coronel Andrews ficou especialmente ansioso, com a boca mais cheia de sorrisos secretos do que de comida. Ele bebeu com energia e riu sozinho algumas vezes.

— O senhor está tramando alguma coisa, meu lindo bolinho de creme — disse a Srta. Charming.

— Só estou encantado com a sua companhia e ansioso para nossa diversão esta noite. A história de Mary Francis continua, de fato.

Depois da sobremesa e do vinho Madeira, o fim de tarde virou noite. Os jogadores se reuniram na sala nos vários divãs, e o coronel leu um trecho do livrinho com capa de couro. Ele tinha começado a usar um sotaque do leste londrino para a governanta, o que exigia que Charlotte se concentrasse em cada palavra dele.

Os garotos da cozinha provocam Mary, percebo isso. Qualquer pessoa percebe. Já mandei pararem de implicar, mas não posso ser responsável pela menina, não com ela se recusando a falar sobre a abadia. As pessoas estão curiosas e também com medo, assim como eu. Mas eu não podia antecipar o que aconteceu. Estávamos na cozinha arrumando, e Mary estava quieta sentada no banco dela, e estávamos dando duro, mas talvez alguns estivessem implicando com ela de novo. Eles começaram a cantarolar uma musiquinha sussurrada: O que a Mary nunca contou? Vinte e uma freiras ela enterrou!

Estávamos trabalhando e ouvimos um uivo que faz a cozinheira largar uma tigela. Olhamos pra fora e vemos uma coisa na horta. Eu digo que é um fantasma, pois é branco e transparente e se move como se estivesse flutuando, e uiva e diz com um grito horrível e uma voz estranha: Deixem a inocente Mary em paz! O fantasma diz que as freiras não conseguem descansar com as pessoas difamam o nome de Mary com mentiras. Todos ficamos brancos como o fantasma, fechamos a porta e cobrimos os ouvidos. Todos, exceto Mary. Ela não pareceu com medo. Preocupada, sim, mas não com medo. Continuou a lavar as panelas e franziu a testa.

Estou escrevendo isto à luz de velas, que não devo desperdiçar, mas não consigo dormir, então escrevo e vou orar de novo. E vou fazer aqueles rapazes se comportarem, porque não quero ver outro fantasma na vida, não mesmo.

O coronel Andrews fechou o livro.

— Uau — disse a Srta. Charming. — Um fantasma de verdade. E a estava protegendo. Talvez ela não seja culpada.

— Ou talvez seja — disse a Srta. Gardenside —, e os feitos escusos geraram amizades profanas com demônios.

O grupo ficou em silêncio. Charlotte ouviu um uivo distante.

Que coincidência, pensou ela. Tem um animal uivando lá fora logo depois de ouvirmos sobre um fantasma que uiva.

Ela ouviu de novo.

— O que é isso? — A Srta. Gardenside ficou de pé.

O coronel Andrews correu até a janela e olhou ao redor agitado:

— Nossa, acho que tem alguma coisa no jardim!

— Não consigo ver nadica de nada — disse a Srta. Charming, espiando ao lado dele.

O coronel Andrews desligou as lâmpadas elétricas e soprou algumas velas, deixando o aposento mais escuro.

— Ali. Nos arbustos.

A Srta. Charming deu um gritinho. Charlotte correu para a janela junto com os outros.

O céu estava negro, com estrelas e uma lua baixa emprestando alguma cor às formas pálidas: a fonte, o caminho de pedras cinza e a figura se movendo no jardim. Ela olhou melhor... sim, Charlotte viu uma pessoa lá, não caminhando como uma criatura com dois pés, mas, bem... flutuando. Deslizando de uma maneira pesarosa. Ela não conseguia ver um rosto, só vestes brancas e um véu na cabeça.

— É Mary Francis — sussurrou a Srta. Gardenside.

O coronel Andrews abriu a janela, e um grito alto e rouco surgiu no ar noturno.

— Talvez ela deseje se comunicar — disse o coronel.

A figura parou, e o rosto sem olhos se virou para a janela com um dedo erguido.

Charlotte deu um pulo para longe da janela. Sentiu como se Mary Francis estivesse apontando diretamente para ela.

— Vamos atrás dela — disse a Srta. Gardenside, apressando-se para sair da sala.

— Espere! — disse o coronel Andrews.

Os dois saíram correndo. A Srta. Charming e Charlotte hesitaram antes de se juntarem à caçada.

A Srta. Gardenside, seguida de perto pelo coronel Andrews, estava correndo pelo caminho de cascalho em direção ao jardim. O fantasma ainda estava deslizando, embora não houvesse nada de assombrado nos gestos dele agora. Na verdade, eles refletiam a emoção muito humana do pânico.

— Cuidado! — gritou o coronel. — Não tão rápido, Srta. Gardenside. O espírito pode ser perigoso.

— Não temos medo de você! — gritou a Srta. Gardenside.

O fantasma se inclinou para pegar alguma coisa e saiu correndo como se fosse salvar a própria vida, isso se já não estivesse morto. O véu fluido prendeu em um arbusto, e o fantasma o puxou.

— Espere! — gritou a Srta. Gardenside. — Quais são os mistérios da morte? Quem realmente matou aquelas freiras? Como é o céu?

Perto do estábulo, o fantasma desapareceu.

— Para onde ele foi? — perguntou a Srta. Gardenside, sem fôlego.

— Se dissolveu... no espaço... voltou para o local de onde vêm todos os espíritos — disse o coronel Andrews, apoiando as mãos nos joelhos enquanto recuperava o fôlego.

Charlotte e a Srta. Charming chegaram ao ponto no qual o fantasma apareceu inicialmente.

— Venham ver — disse Charlotte. — Há marcas no chão. Estão vendo? Marcas prolongadas, quase como se alguma coisa sobre rodas tivesse rolado por aqui.

Um skate, supôs Charlotte silenciosamente. Nosso fantasma estava aqui, extrapolando seus limites.

— Eu não sabia que fantasmas tinham inventado a roda — disse Eddie, saindo da casa com o Sr. Mallery. — Eles parecem tão da Idade da Pedra, você não diria?

— "Há mais coisas no céu e na Terra, Horácio, do que pode sonhar tua filosofia" — citou o Sr. Mallery.

Eddie fingiu parecer preocupado.

— Mallery, sou eu, Edmund Grey. Olhe só, Andrews, aí está Mallery me chamando de Horácio de novo. Talvez ele precise de uma dose de conhaque. Ou seria esse o problema?

— O que essas marcas podem significar, coronel? — perguntou Charlotte quando ela e a Srta. Gardenside se juntaram a eles.

O coronel Andrews levantou as mãos.

— No geral, as pessoas não correm atrás de espíritos. No geral, as pessoas ficam em segurança em salas de estar e observam de longe e fazem ruídos assustados e podem, por exemplo, se esconder atrás das cortinas e implorar para que os corajosos cavalheiros as protejam dos pavores da noite. No geral.

— Perdão — disse a Srta. Gardenside.

— De fato, Srta. Gardenside — disse Eddie, fazendo uma pose com o pé apoiado no banco. — Se a senhorita não tivesse saído correndo no meio da noite de modo tão corajoso, em busca de aventura e questionando um fantasma vindo do além, eu poderia ter ficado entre a senhorita e a janela enquanto a senhorita tremia de medo. Eu deveria ter dito: Não tema, nobre donzela! E deveria ter fechado a janela sem hesitar. Depois, deveria ter servido biscoitos para a senhorita e deixado que a senhorita vencesse no uíste, mesmo se eu tivesse recebido cartas dignas de um deus!

— O senhor é realmente o melhor dos homens — disse a Srta. Gardenside, pegando o braço dele.

— Aha! E nem precisei dar a deixa. Que espontânea e sincera essa frase soou saindo dos seus lábios.

— Foi sincero — disse ela.

Ele colocou a mão sobre a dela.

— E a senhorita, Srta. Gardenside, é a mais corajosa e a melhor das mulheres.

Eles sorriram. E, uau, o carinho que tinham um pelo outro pareceu real. Charlotte desviou o olhar. A Srta. Charming estava ao lado do coronel Andrews, dando tapinhas nas costas dele de uma forma consoladora enquanto fazia caretas para fazê-lo sorrir. O Sr. Mallery ficou afastado, as mãos nos bolsos do paletó. Devia estar olhando para ela, embora Charlotte não conseguisse ter certeza naquela escuridão. Será que a Srta. Gardenside observava Charlotte e Mallery e pensava: Uau, a afeição deles parece tão sincera!

A noite estava quente, e os casais deram os braços e andaram pelo jardim, chamando o fantasma para aparecer e conceder-lhes desejos.

— Iu-hu! — gritou a Srta. Charming. — Volte e me transforme na moça mais linda de todo o baile!

— Não sei se esse espectro em particular era da categoria fada madrinha — disse Eddie.

— Ah, nunca saberemos se não tentarmos — disse ela.

— Pelo pai de Hamlet — disse o coronel Andrews com surpresa fingida. — O desejo já foi concedido. A senhorita está deslumbrante!

O Sr. Mallery estava cantarolando uma canção baixinho.

— O senhor parece satisfeito esta noite — disse Charlotte.

— Quer saber, acho que estou mesmo.

— O senhor se alegra aqui, onde caminham fantasmas?

— É um lugar intrigante para se habitar. — Ele colocou a mão em cima da dela, que estava apoiada no braço dele. A mão dele estava fria. — Ou talvez eu esteja apenas satisfeito de estar com a senhora.

Ela suspirou. E decidiu que não tinha problema deixar o coração saltitar e a respiração ficar presa no peito como o véu do fantasma no arbusto. Não tinha problema se apaixonar dentro de livros e histórias, e onde ela estava se não dentro de uma história? E não foi para isso que ela foi até lá, afinal? Charlotte tinha certeza de que conseguiria sair ilesa quando chegasse a hora. Tinha certeza de que não estava correndo um perigo muito grande.

em casa, nos dois anos anteriores

CERCA DE UM ANO ANTES do divórcio, James comentou com Charlotte que eles deveriam colocar as várias contas bancárias, os investimentos e o negócio de Charlotte nos nomes dos dois.

— Por causa dos impostos — disse ele.

— É mesmo? Como declaramos tudo em conjunto, achei que não faria diferença.

James franziu a testa.

— É quase como se você não confiasse em mim. É quase como se estivesse tentando se manter separada de mim.

No dia seguinte, Charlotte acrescentou o nome dele a tudo que era dela, exceto a empresa. Isso seria um pouco mais complicado, e ela adiou para depois da reformulação do site. Mas, àquela altura, James já havia revelado o caso extraconjugal e pedido o divórcio. Não haveria pensão, pois Charlotte era quem realmente sustentava a casa, e a infidelidade de James impedia que ele requisitasse esse recurso. Apesar do conselho do advogado, Charlotte não quis criar caso e concordou com divisão meio a meio de tudo o que eles tinham juntos. O que agora incluía as contas bancárias e os investimentos dela. Tudo, exceto a empresa.

Apesar do golpe financeiro, nos meses seguintes a renda dela disparou. Quanto mais ela trabalhava, mais fácil ficava não sentir.

austenlândia, dias 10 e 11

NA MANHÃ SEGUINTE, CHARLOTTE ARRASTOU a Srta. Gardenside e a Srta. Charming para o segundo andar.

Na noite anterior, no jardim, o coronel contou para elas:

— Prezadas damas, ainda há uma pista no segundo andar. E estou falando do corredor. Não é preciso abrir portas nem perturbar as criadas em seus respectivos quartos.

Mas e o quarto secreto?, pensou Charlotte. Tinha certeza de que o coronel Andrews colocaria o quarto na história em algum momento, e ela finalmente entenderia o que viu na noite do Assassinato Sangrento. Mas, aparentemente, ainda não era hora.

— Preciso de um novo olhar, moças — disse Charlotte. — O que estamos deixando passar?

A Srta. Charming se agachou e examinou o tapete.

— É bem vazio, não é? — disse a Srta. Gardenside. — Não tem nada no corredor além daquela mesa, do vaso e do quadro de São Francisco.

Charlotte se virou.

— Você disse "São Francisco"?

— Sim, aquele quadro ali. Ele mostra a história de São Francisco falando com o lobo.

— "Francisco", que lembra *Mary Francis*? — disse Charlotte.

— Ah, entendi! — A Srta. Gardenside bateu as mãos. — Descobrimos a pista! Mas o que quer dizer?

Charlotte tirou o quadro da parede. A parte de trás estava coberta de papel pardo todo grampeado, mas alguma coisa se moveu na parte de dentro.

— Rasgue — disse a Srta. Gardenside.

Charlotte hesitou. A Sra. Wattlesbrook não ficaria feliz se ela rasgasse a parte de trás de uma obra de arte de valor inestimável.

— Ande — disse a Srta. Charming. — Não é de verdade.

— Como você sabe?

— Sou ótima para detectar coisas falsas. — Ela balançou o peito de leve. — É um dom genético. Eles cresceram naturalmente, e como cresceram, e, como bônus, tenho o dom de detectar fraudes de qualquer tipo.

Por mais que Charlotte quisesse acreditar que os seios grandes — anormais — e verdadeiros da Srta. Charming dessem a ela o superpoder de detectar quadros falsos, tudo parecia um pouco exagerado.

A Srta. Charming virou o quadro.

— Está vendo a textura regular? É uma daquelas duplicatas feitas em série com spray. E nem é uma boa duplicata. Pode rasgar, querida.

Charlotte rasgou a ponta do papel pardo. Um pergaminho dobrado em três partes caiu de dentro.

Elas o abriram, a respiração em suspenso. O papel estava em branco.

— Isso é uma piada? — perguntou Charlotte.

— Não, é só coisa de Andrews — disse a Srta. Charming com um sorriso carinhoso. — Ele ama prolongar o clímax.

Ela examinou o papel com os braços esticados e semicerrando os olhos e saiu correndo escada abaixo.

— Venham!

A Srta. Gardenside e Charlotte foram atrás.

Elas ficaram de pé nos degraus da frente, segurando o papel na direção do sol. Charlotte achou que conseguia detectar leves marcas.

— Suco de limão! — disse ela. — Uma vez meu filho usou suco de limão como tinta para um projeto de ciências da escola. Precisamos de calor.

Elas correram para dentro, rindo e brincando e parecendo um bando de gansos agitados. Após acenderem uma vela, ergueram o papel perto da chama e viram as marcas pintadas com suco de limão escurecerem.

Dentre tomos poeirentos, há
O trabalho do santo em questão
E a confissão de uma garota
Elaborada sem restrição

— Outra pista. Ele gosta mesmo de brincar — disse a Srta. Gardenside.

A Srta. Charming riu.

— Ah, você não sabe da missa a metade.

Charlotte foi com as mulheres até a biblioteca. Nas prateleiras de não ficção havia *Francisco de Assis: santo patrono dos animais*.

A Srta. Gardenside e a Srta. Charming se aproximaram enquanto ela folheava o livro. As páginas finais estavam ocupadas por um texto manuscrito, feito com os traços inconfundíveis de uma pena.

— Eu, Mary Francis, escrevo isto de próprio punho— Charlotte começou a ler.

— Aah! — gritaram as três.

— Encontramos! — gritou Charlotte enquanto elas corriam pela casa. — Encontramos, encontramos!

Eddie, o Sr. Mallery e o coronel Andrews vieram de direções diferentes e se reuniram no saguão de entrada. A Srta. Charming saltitava, os seios pulando quase a ponto de bater na própria testa.

— Encontramos a pista, coronel Andrews! Encontramos as palavras de Mary!

O coronel Andrews uniu as mãos e seu rosto se iluminou. Charlotte ficou tão eufórica pela felicidade dele que teve vontade de lhe apertar as bochechas.

O grupo correu para o salão matinal e se reuniu ao redor de Charlotte. Ela abriu o livro, mas achou que a Srta. Gardenside poderia gostar mais daquilo do que ela e o entregou para a amiga ler. A Srta. Gardenside sorriu e limpou a garganta.

Eu, Mary Francis, escrevo isto de próprio punho. Acabei de ouvir sobre o falecimento da bondosa madre, e agora minha língua está livre para falar. Deus é quem julgará a madre, pois não farei isso e me recusei a comentar o assunto enquanto ela estava viva. A verdade é uma espada, e, apesar de ser boa, ela fere. Não ferirei ninguém se puder evitar. Já vi muitas mortes. Meus pais, de febre. Meu irmão, nos campos. E na abadia...

Sei que os moradores do vilarejo pensam que matei as freiras, minhas irmãs, e, se eles pudessem provar, teriam me enforcado na mesma hora. Mas Deus sabe que minhas mãos estão limpas. E mais ninguém acreditou em mim, exceto Greta, a boa ajudante de cozinheira da casa grande. Ela não gostava do modo como os outros me tratavam. Conseguia ver o quanto eu me sentia torturada, que não conseguia dormir por causa dos pesadelos, que andava de um lado para o outro no quarto à noite para não gritar. Greta tinha boas intenções, mas não achei bom da parte dela fingir ser um Espírito de Vingança para tentar afastá-los. Apesar de ela ter sido inteligente por vestir musselina e se equilibrar naquela placa de manteiga para parecer flutuar, e de os outros me deixarem em paz depois disso. Mas tenho medo da mentira, e pedi a Greta que parasse.

    Agora vou escrever a verdade sobre aquela noite, e rezo para que Deus me leve para casa logo, a fim de que eu possa descansar. Havia algum tempo que a madre estava mal. As mãos dela tremiam e os pensamentos se enevoavam. Naquela noite, ela fez chá para o jantar e, desejando animar as irmãs, colocou mais mel para que ficasse bem doce. O esforço a cansou, e ela foi repousar. Pobre madre. Ela era como uma mãe para mim, a mulher mais gentil do mundo, uma santa. Eu temia pela saúde dela e decidi fazer jejum naquela noite, em uma oração sincera para que ela ficasse boa.

    As irmãs se sentaram para comer. Eu, em jejum, as servi e levei o chá depois da refeição.

    Quando o chá terminou, fomos para a capela orar. Mas, antes de começarmos, algumas irmãs começaram a gemer e segurar a barriga. Uma caiu no chão, depois outra. Eu corri de um lado para o outro, desesperada, tentando ajudar, mas os rostos entraram em horríveis convulsões. Algumas gritaram. Em minutos, todas estavam mortas. Confusa, temi que Satanás e seu exército estivessem atacando e me escondi debaixo de um banco, rezando para o Todo-Poderoso com todas as minhas forças. Em pouco tempo, a madre entrou e viu as mortes. Ela desmaiou, e eu a carreguei para a cama.

Não havia nada a ser feito. Arrumei os corpos das minhas irmãs e os cobri com cobertores. De manhã, eu iria para o vilarejo pedir ajuda para o enterro das mortas. Enquanto isso, lavei a louça do jantar, pensando ser o único serviço que eu podia oferecer às minhas pobres irmãs. Quando esvaziei o caldeirão de chá, descobri uma coisa estranha. A madre não havia fervido as ervas secas habituais que plantamos no jardim. Primeiro, pensei que tivesse fervido agulhas de pinheiro, como fazíamos às vezes no inverno, mas o cheiro não batia. E, então, eu percebi: a madre, em sua confusão, pegou por engano folhas de teixo no lugar de folhas de pinheiro. Já vi teixo matar um cavalo. Minhas queridas irmãs beberam chá de teixo, bastante adoçado.

Meu consolo é que a madre jamais saberá, e rezo para que Deus a perdoe, pois o coração dela era puro.

A Srta. Gardenside fechou o livro e olhou ao redor.

— Eu gostaria de ter Mary Francis me defendendo no juízo final.

— Amém — disse Eddie.

Charlotte ficou em silêncio, imaginando Mary andando de um lado para o outro no quarto todas as noites, assombrada pelos rostos das irmãs morrendo.

O coronel Andrews começou a rir. Balançou-se para a frente e para trás, segurando os joelhos.

— Muito bem! Muito bem mesmo. Que forma esplêndida de terminar tudo. Portanto, declaro agora o mistério resolvido!

A Srta. Charming e a Srta. Gardenside gritaram vivas e bateram palmas.

— Resolvido? — disse Charlotte. — Mas e o resto?

— Que resto? — perguntou o coronel.

Ela se sentou ao lado dele e falou em voz baixa para que os outros não ouvissem.

— O cadáver falso no segundo andar. Ou era só uma mão? Havia mais do que uma luva de borracha? Já adivinhei que era para ser o Sr. Wattlesbrook ou a Sra. Hatchet.

O coronel Andrews arregalou os olhos. Impressionado, sem dúvida! Ele não havia percebido que Charlotte tinha ido tão longe no mistério sozinha.

— Eles foram os únicos personagens principais que desapareceram — explicou ela. — E de forma misteriosa. Ninguém parece ter testemunhado a partida do Sr. Wattlesbrook, e a Srta. Gardenside disse que dispensou a enfermeira. Foi na última noite de tempestade, e fui investigar no dia seguinte. Foi quando encontrei as marcas do...

Carro. Ela estava prestes a dizer "carro". Não era uma palavra da Regência. Era uma palavra proibida.

Ah, não. Minha nossa. Tinha entendido tudo errado. O coronel Andrews jamais envolveria um carro no mistério regencial. Ele era purista. O que ela estava dizendo? Isso não tinha nada a ver com Mary Francis.

— Deixa para lá. Eu só... esqueça. Estava pensando em outro enredo. — Ela se afastou e se juntou aos outros, que estavam reunidos ao redor do carrinho de chá.

Eddie cheirou a xícara.

— Esse chá está meio com um cheiro de teixo?

Naquela noite, Charlotte ficou deitada na cama olhando para o teto. Às vezes, o instinto não é fantasia. Às vezes, quando você pensa que tocou na mão de um cadáver, você tocou mesmo, e às vezes, quando suspeita de que tem um assassino à espreita em uma casa grande e estranha, ele realmente está lá, e você precisa descobrir quem é antes que ele vá pegar você.

Ela tentou dormir, mas o barulho de seus medos ressoava em sua cabeça, altos como um alarme, e seria o mesmo que tentar dormir em cima de um carro de bombeiros com a sirene ligada. Ela cochilava quando conseguia, esperando o alvorecer. Não ousava se aventurar a sair no escuro.

O que você acha que vai acontecer?, perguntaram seus Pensamentos Profundos. O bicho-papão vai te pegar?

Basicamente, estou com medo de um assassinato terrível, respondeu Charlotte.

Dã, pessoas são mortas ao meio-dia com a mesma frequência que à meia-noite, responderam seus Pensamentos Profundos.

Não está ajudando, pensou Charlotte enfaticamente.

Bem depois da meia-noite e entre arroubos de pensamentos inconscientes, Charlotte começou a achar que a própria casa era o verdadeiro assassino. Ela resmungava e suspirava como se tivesse voz e algo a dizer. Talvez alguém tivesse irritado a casa, e ela agarrou essa ameaça em suas entranhas e a consumiu completamente. Charlotte descobriu o corpo da vítima no meio da digestão, por isso havia apenas a mão. De manhã, a casa já havia ingerido o resto.

— Casa boazinha — disse ela, dando tapinhas na parede. — Casa boazinha. Charlotte é amiga.

Não custava nada.

Assim que a claridade surgiu no céu, Charlotte colocou um robe, abriu a porta e foi na ponta dos pés até o quarto secreto do segundo andar. Ela não acreditava realmente que a casa tivesse matado uma pessoa e engolido o corpo. Pelo menos não agora que tinha amanhecido.

Charlotte ergueu a tampa do vaso de porcelana preto de novo, só porque parecia um bom recipiente para uma pista. Mas ainda estava vazio. Sob a luz crescente do amanhecer, a pilha de cadeiras quebradas parecia um dragão, mas isso não produziu nenhum efeito. Mesmo no estado desvairado da sonolência, Charlotte não acreditava em dragões.

Charlotte se sentou em um divã abandonado, o corpo dobrado na ausência do espartilho. Houvera um corpo estendido bem naquele sofá. Ela não conseguia mais se convencer do contrário. Não havia como ter confundido uma luva com uma mão carnuda e morta.

Para manter a calma, ela tentou racionalizar de forma lógica.

1. O assassino abordou a vítima. Atraiu-a para este quarto? Com intenção de matar? Improvável. Deve ter sido crime não premeditado ou o criminoso era muito burro. O andar de cima de uma casa ocupada não era o local ideal para um assassinato.

2. A vítima foi morta no quarto secreto e o corpo foi abandonado no sofá. Até que fosse mais seguro voltar para resgatá-lo? O assassino colocou a colcha de veludo parcialmente sobre o corpo. Possível sinal de arrependimento? Também de desconsideração pelo valor de uma colcha de veludo.

3. Charlotte encontrou o corpo no quarto. A mão estava fria, mas ela não se lembrava de fedor nenhum, então o ca-

dáver devia estar fresco. (Eca, que adjetivo horrível para se usar para falar de um cadáver, como se fosse carne, o que era mesmo, de certa forma, ela supunha). Morto recentemente? Na mesma semana? No mesmo dia?

4. Charlotte anunciou a descoberta para os cavalheiros e para as duas damas, mas todos alegaram não saber sobre o quarto secreto. E Mary, a criada, saiu do quarto e também soube da descoberta de Charlotte. Outros criados devem ter ouvido sobre o assunto depois, possivelmente por meio de Mary. Mas estava muito tarde. Era improvável que outros criados além dos que ficavam no segundo andar tivessem ouvido naquela noite mesmo. E, fora Mary, os outros deviam estar dormindo.

5. Na manhã seguinte, o corpo havia desaparecido.

Espere! Um ponto a acrescentar, que podia ser o 4.1. Charlotte ouviu um baque lá fora durante a noite. Ela visualizou o local do quarto da Srta. Charming e, claro, ficava abaixo do quarto secreto. O assassino deve ter voltado à noite, jogado o corpo pela janela em vez de arrastá-lo por dois lances de escada, e o recuperou lá fora para se desfazer dele em algum lugar.

Charlotte foi até a janela. Era larga o bastante para passar um corpo. Não viu nenhum resto de tecido rasgado e nem de pele (tremor). Se ao menos ela tivesse provas para levar à polícia. Charlotte não tinha ouvido barulho de carro depois do baque. O assassino não devia ter cúmplice. Sozinho no meio da noite, ele ou ela deve ter descido a escada e saído pela porta principal, depois carregado/arrastado o corpo até algum veículo ali perto.

Como o carro do Sr. Wattlesbrook.

Charlotte desceu a escada, um fantasma de robe branco assombrando a escadaria em espiral. Era bom pensar nela mesma como um fantasma; conferia uma espécie de armadura para seu medo. Fantasmas não podem ser mortos de novo. Ela passou na ponta dos pés pelos olhos mortos de retratos nas paredes e por portas fechadas, sem ser vista por ninguém além da casa, sua companheira de investigação.

Peço desculpas por não ter gostado de você no começo, pensou ela para a casa. E peço desculpas por ter pensado por um minuto que você podia ser uma monstruosidade do mal. Vamos ser amigas?

Com Charlotte sonolenta e sozinha ao amanhecer, o pensamento não pareceu ridículo.

Ela abriu a porta do próprio quarto e ouviu um rangido atrás de si. Virou-se de repente. Nada.

— Tem alguém aí? — sussurrou ela.

Casas velhas rangem, disse ela para si mesma.

E, às vezes, disseram seus Pensamentos Profundos, as pessoas a fazem ranger ao se esgueirarem. Talvez com uma faca na mão...

Charlotte mandou os Pensamentos Profundos irem catar coquinho. Fechou a porta e desejou, não pela primeira vez, que tivesse tranca.

em casa, mais de um ano antes

HAVIA AS NOITES EM QUE James chegava tarde, as viagens inesperadas para outro estado. Havia as ligações de números particulares, com a pessoa que ligou desligando quando Charlotte atendia. Havia o jeito estranho como James encostava nela, ou simplesmente não encostava, a rispidez no tom de voz, sem explicação do que ela havia feito de errado. As coisas foram piorando, como costuma acontecer: uma vizinha dizendo que encontrou com James no centro quando ele deveria estar em Nova York a trabalho; um hotel próximo ligando para dizer que James esqueceu o carregador do celular; o dia em que ela encontrou a lingerie embrulhada para presente no armário dele e supôs que ele se esquecera de lhe dar no aniversário de casamento, além de ter esquecido qual era o tamanho dela.

É bem mais fácil solucionar o mistério de outra pessoa do que recuar um passo e observar o que assombra sua própria casa. Charlotte sofreu a amargura de ser pega de surpresa pela confissão de James. Talvez, ela pensou depois, não fosse tão inteligente. Talvez tivesse o hábito de ver só o que queria ver.

austenlândia, dia 11

Para todos os lados que olhava, Charlotte via sinais de assassinato. As expressões sinistras dos rostos nos quadros, o silêncio no corredor, o arranhar de talheres no prato na sala de jantar, o vazio no quarto da Sra. Hatchet.

Charlotte tomou banho e se vestiu após sua investigação ao amanhecer e estava prestes a descer a escada quando ouviu vozes. Espiou de soslaio. Eram a Sra. Hatchet e a Srta. Gardenside.

— Vim ver como você está — disse a mãe/enfermeira.

— Estou melhor — disse a Srta. Gardenside. — Muito melhor. Na verdade, nunca me senti tão bem.

— Que bom. Isso é ótimo. Você ainda tem mais três dias?

A Srta. Gardenside assentiu.

— Que bom. Isso é ótimo — repetiu a Sra. Hatchet. — Está precisando de alguma coisa?

— Não, estou bem. Estou ótima.

— Que bom.

As duas olharam pela janela.

— Você se arrumou toda — disse a Srta. Gardenside, indicando o vestido azul-marinho da Sra. Hatchet. — Vai ficar por aqui?

— Eu só queria ver como você está. Mas posso ficar se você não estiver lidando bem com tudo sozinha.

— Estou lidando com tudo muito bem.

— Ok. Vejo você na semana que vem. Comporte-se.

— Estou me comportando — disse a Srta. Gardenside entredentes.

A Sra. Hatchet assentiu e saiu. A Srta. Gardenside ficou sozinha, ainda olhando pela janela.

— Instigante — disse uma voz ao ouvido de Charlotte.

Ela levou um susto.

— Eddie. Você adora ser sorrateiro.

Ele olhou para a Srta. Gardenside, que suspirou e desceu a escada.

— Torço para que a Srta. Gardenside estivesse oferecendo distração melhor antes de eu interromper você, ou posso sugerir ideias mais interessantes de espionagem. Como pelo buraco da fechadura do Sr. Mallery. Eu mesmo não espiei lá, mas talvez a Srta. Charming possa dar um parecer. Ou o coronel Andrews.

— A Sra. Hatchet estava aqui — disse Charlotte, ignorando-o. Não queria falar com Eddie sobre o Sr. Mallery. — Essa é a parte interessante. Porque ela não está morta.

— Isso é um alívio, embora eu tenha desperdiçado uma tarde rascunhando um discurso fúnebre lindo. Espere... como foi mesmo que a Sra. Hatchet morreu?

— Na sala de música, assassinada pelo coronel Mostarda, com um machado — disse Charlotte, fingindo estar brincando de Detetive, também para não ter que voltar a falar de cadáveres. Afinal, qualquer um podia ser o assassino. Até Eddie.

Eddie ofereceu-lhe o braço.

— Chega de mistérios para você e seu útero, querida irmã. O café da manhã é melhor que isso tudo.

E, pensando bem, se o assassinato era real e não parte do jogo do coronel Andrews, a vítima poderia ser qualquer pessoa também. Mas, agora que ficou claro que a Sra. Hatchet ainda estava viva, o desaparecimento do Sr. Wattlesbrook no dia do Assassinato Sangrento o colocava no topo da lista de Charlotte de Prováveis Mortos.

— O que os cavalheiros fizeram com o Sr. Wattlesbrook no dia em que ele apareceu bêbado? — perguntou Charlotte a Eddie e ao coronel Andrews no café da manhã. O restante já tinha comido e partido.

— Fui a favor de jogá-lo pela porta principal — disse o coronel Andrews. — Mas dirigir... uma carruagem nas condições dele pareceu um tanto perigoso. Grey temia pela vida dele.

— Ou pela vida de outros — disse Eddie.

— Então decidimos trancá-lo até ele ficar sóbrio.

— No segundo andar? — perguntou Charlotte.

Eddie assentiu.

— Em um quarto vazio. Mas de manhã a porta estava destrancada e ele tinha sumido.

— Não leve para o lado pessoal, Grey — disse o coronel Andrews. — Talvez ele não tenha gostado muito do soco no queixo.

Eddie esfregou o rosto.

O coronel riu e disse:

— O coroa não calava a boca, ficava falando coisas ruins sobre a esposa. Seu irmão aqui decidiu que um soco na cara seria o melhor remédio.

— Algum dos senhores ficou com ele? — perguntou ela.

— Não — disse Eddie, olhando para ela com curiosidade. — Nós o trancamos e saímos. Havia uma cama no quarto e uma jarra de água...

— E um penico — acrescentou o coronel.

— Então como ele saiu do quarto?

O coronel Andrews deu de ombros.

— Imagino que a Sra. Wattlesbrook o tenha deixado sair. Por quê? A senhora viu o cavalheiro andando por aí?

— Não — disse ela enfaticamente. — Isso é estranho?

O coronel deu de ombros de novo, e Eddie não respondeu. Neville entrou e começou a tirar a mesa.

O mordomo tem uma quedinha pela madame, pensou Charlotte. Mas o suficiente para motivá-lo a matar o marido? Ele não *parecia* culpado.

Por outro lado, James também não.

Charlotte se juntou aos cavalheiros e às damas em uma caminhada pelos jardins e se perguntou quem mais poderia querer o Sr. Wattlesbrook morto. Ele vendeu Windy Nook e Bertram Hall e botou fogo em Pembrook Cottage. Talvez alguém temesse que Pembrook Park fosse ser a próxima.

— Que dia lindo! — declarou a Srta. Charming com o rosto tenso, como se desesperada para que fosse verdade.

Por que tão desesperada? Charlotte a observou durante toda a manhã. Entre os "alôs" e "ora ora", antes das risadinhas e depois dos suspiros profundos, Charlotte detectou medo.

Ela seguiu a Srta. Charming até o quarto antes do almoço e se sentou na cama, esperando que ela saísse do banheiro.

— Charlotte! Você me deu um susto!

— Lizzy, reparei que você parece estar... bem, com medo. De alguma coisa.

A Srta. Charming começou a piscar rapidamente. Olhou para trás, para a porta aberta, como se verificando se alguém podia ouvir.

— Está tudo bem, Lizzy — sussurrou Charlotte, batendo na cama ao seu lado, um convite. — Pode me contar.

A Srta. Charming se sentou, apertou bem os olhos e assentiu. E sussurrou ruidosamente:

— É meu Bobby.

— Me desculpe, o quê?

— Meu Bobby. E aquele palito de dente.

Charlotte não entendeu como um palito de dente estava envolvido. Como arma do crime?

A Srta. Charming começou a falar como um vulcão em erupção.

— Bobby e eu estamos juntos desde a escola. Fomos rei e rainha do baile! E então, trinta... bem... alguns anos depois, eu o pego em um colchão com aquela garota palito de dente. Vendíamos colchões, sabe. Milhares. Dezoito lojas na área dos três estados, as melhores ofertas ao leste do Mississippi. "A Cabana do Colchão tem a solução!" — cantarolou ela. — Eu criei o jingle. Eu era o cérebro, ele era o trabalho braçal, até que o encontrei naquele colchão com a vendedora assistente chamada Heather. Que tipo de nome é esse, "Heather"? Parece uma doença.

Isso não era o que Charlotte estava esperando.

— Então você ficou com medo? — continuou Charlotte.

— Aceitei a pensão e fugi para cruzeiros e resorts até encontrar Pembrook Park. E não quero nunca ir embora. Porque na minha cidade sou a garota gorda que Bobby Murdock largou, e nossas lojas não são mais minhas, e pelo menos aqui ninguém pode me abandonar de novo.

Um som borbulhante surgiu dentro da Srta. Charming e logo se transformou em choro.

— Você é hóspede em Pembrook Park há quanto tempo? — perguntou Charlotte.

— Bem... comecei no outono passado, mas fecharam em dezembro e janeiro, então fiz um cruzeiro no Mediterrâneo. A Grécia é uma elegância só, queridinha, e a comida na Itália é infinitamente melhor que a daqui, mas fiquei solitária. Voltei em março, e agora tudo está ótimo! — Ela deu um sorriso de grandes dentes brancos, com as bochechas tremendo um pouco para sustentá-lo.

— Como você pode ter dinheiro para ficar aqui, temporada atrás de temporada?

— Ah, tenho muita grana. — Ela assoou o nariz. — Acho que é a única coisa que tenho.

Charlotte massageou o braço da Srta. Charming. Ela sabia por experiência própria que um gesto pequeno assim podia aliviar a dor profunda no coração.

Portanto, acabou dizendo:

— Meu marido me largou por uma mulher chamada "Justice".

— É sério? "Justice"? É pior do que "Heather"! — A Srta. Charming abraçou Charlotte com bastante força, como se ela fosse seu ursinho de pelúcia favorito. — Estou tão feliz de você também ter sido largada.

Charlotte supôs que não era exatamente aquilo que a Srta. Charming queria dizer e abraçou-a também.

— Não devemos falar de nossas outras vidas — sussurrou a Srta. Charming.

— Não vou contar a ninguém. Você estava falando sério antes quando disse que consegue identificar coisas falsas?

— É um talento. Eu devia ter percebido a traição de Bobby a um quilômetro de distância, mas é difícil ver uma pessoa direito quando ela está respirando no seu ouvido.

— E eu não sei? O que você acha do resto do pessoal de Pembrook? São falsos ou verdadeiros?

— Vamos ver... o coronel Andrews é verdadeiro de certa forma, mas só porque a falsidade é *mesmo* parte dele. O Sr. Grey parece legítimo, mas não tenho certeza. A Srta. Gardenside é a mais falsa possível. O Sr. Mallery e a Sra. Wattlesbrook são tão reais quanto se pode ser real.

— E eu?

— Você é ouro sólido, pesado e cunhado. — A Srta. Charming deu um beijo molhado na bochecha de Charlotte, fungou e sorriu, apesar dos olhos vermelhos.

Charlotte saiu sentindo-se determinada. A Srta. Charming não era a assassina, mas alguém era. Charlotte queria cruzar um limite, cruzar o Rubicão, se comprometer a solucionar o mistério para poder deixar isso para trás e se preparar para se apaixonar pelo Sr. Mallery no baile. As férias estavam quase no fim, mas ela não tinha se engajado em muitas atividades de férias até então.

Ela desceu a escada e foi de cômodo em cômodo até encontrar Eddie na biblioteca. Ele tinha pedido que ela o incluísse nas investigações, afinal. E tinha mesmo um rosto muito inocente.

— Partindo para uma aventura? — perguntou ele.

— Sim. Você vem comigo?

César não estava sozinho quando entrou nas águas do Rubicão. Quando Charlotte desvendasse o mistério de um assassinato violento e chocante, seria bom ter um amigo do lado. Porque, quando pensava no que estava prestes a fazer, ela sentia uma vibração nos dedos indicando que as mãos provavelmente estavam tremendo. Ela segurou o braço de Eddie com mais força para tentar fazer com que ficassem paradas.

— E para onde vamos? — perguntou ele, colocando uma das mãos sobre as dela.

— Para o lago.

O LAGO JAZIA CINZENTO E sem graça entre as árvores, sem brisa para mover a superfície e provocar ondas. O céu estava tomado de nuvens, que impediam que a luz do sol se refletisse e piscasse com malícia na superfície do lago, como era de se esperar se as águas realmente escondessem um segredo. Mas o lago resistia a qualquer personificação, sem implorar para ser inspecionado nem avisar sobre os horrores que deveriam ser deixados em paz. Apenas estava ali, desinteressado.

E isso era muito irritante. Charlotte teria apreciado um movimento da água na margem do lago, ondas chamando como um dedo curvado, esse tipo de coisa. Mas não. Muito obrigada por coisa nenhuma, lago. Assim, Charlotte fez o melhor que pôde para fornecer à cena os exageros necessários para provocá-la a ponto de agir.

Está vendo ali como o reflexo daquela nuvem tem um formato de mão?

Nossa, mas não havia uma sombra escura nas profundezas da água?

Escute só, o pio dos pássaros nas árvores não parecia indicar que a vida selvagem estava agitada por alguma coisa horrível e não natural que aconteceu aqui, como, ah, não sei *um assassinato dos mais cruéis?!*

Eddie e Charlotte ficaram de pé à margem do lago. Olhando para ele. Com pelo menos um deles desejando que parecesse mais intrigante.

— Aqui estamos nós — disse Eddie. — No lago. Espero sinceramente que essa observação tediosa não se qualifique como aventura, senão posso tomar uma atitude agressiva para salvar você da chatice contínua da vida no campo.

— Não. Só estou me preparando para nadar.

Ela começou a tirar a roupa antes que ele pudesse responder.

— É... várias frases me vêm à mente — disse ele, segurando a cabeça como se estivesse doendo. — É difícil... escolher... entre todas elas.

— Como nós fazíamos em casa — disse ela.

Esse tipo de lógica costumava funcionar com Eddie. Além do mais, não havia vista da casa nem das outras construções daquele ponto do lago. Era improvável que o Sr. Mallery ou algum dos outros aparecesse. E o espartilho com a chemise e a calçola eram bem mais recatadas que as roupas de banho do século XXI, mesmo sendo consideradas roupas de baixo esquisitas.

— Se você prefere não ir, posso ir sozinha. É que... é... estou morrendo nesse sol quente.

Eddie olhou com desconfiança para o céu nublado.

— Certo. Quente. Você sempre foi impetuosa. Não foi?

— Sempre — confirmou ela.

Não era verdade, mas era legal imaginar um irmão que a via assim, a Charlotte selvagem, a Charlotte imprevisível, a Charlotte que mergulha em águas desconhecidas em busca de pistas. Ela podia ser isso, ao menos por um tempo.

— Sim, lembro bem. Pois então. Me parece que meu dever de irmão é montar guarda, porque não vou entrar nessa imundície.

— Estraga-prazeres — disse ela, e pulou.

Gelado. Ah, sim, definitivamente gelado. Mas ela nadou para aquecer os músculos, e o exercício foi ótimo, desde que evitasse as partes mais rasas e as plantas que se enrolavam em seus tornozelos. Um pensamento *muito* apavorante para um lago em que um assassino podia ter jogado um corpo.

Ela não queria que Eddie soubesse o que estava realmente fazendo. Porque, sinceramente, o quê, de fato, estava fazendo?

Charlotte ergueu os quadris e mergulhou, nadando com os olhos abertos. Era mais fundo do que ela pensara, e a água não estava clara como uma piscina de clube. Ela subiu para respirar.

— Fazendo a imitação de sereia? — gritou Eddie da margem.

— Venha, a água está ótima! — gritou ela.

— É o que a sereia canta antes de puxar o incauto marinheiro para o fundo do mar. Não sou nenhuma ninfa das águas. E não gosto de... peixes. — Ele tremeu.

— O quê, você está com medo de uns peixinhos de lago mordendo seus dedos dos pés?

Ele fez uma careta.

— Peixe! — gritou Charlotte, e mergulhou como se puxada por baixo.

— Charlotte! — gritou Eddie.

Ela voltou exibindo um sorriso. Ele olhou com raiva e jogou um punhado de grama nela.

Ela desviou e mergulhou de novo, nadando para o meio. Havia alguma coisa ali. Havia alguma coisa de verdade ali. O coração dela bateu com força, tornando difícil a tarefa de prender a respiração. Ela subiu e respirou fundo, flutuou de costas e olhou para o céu. Quando a respiração estava controlada, mergulhou direto para o fundo.

Direto para o teto de um carro. Apesar da água turva, não havia como confundir. Ela pôde ver o brilho de um emblema BMW no capô. Eram *mesmo* marcas de pneu na beirada do lago depois da tempestade. Alguém tinha dirigido um BMW para dentro do lago e pisado nas marcas na lama para tentar escondê-las. Se o Sr. Wattlesbrook, bêbado e idiota, tivesse dirigido o carro para dentro do lago, quem teria escondido as marcas?

Ela subiu e respirou rapidamente.

Não pense demais ainda, senão você vai surtar. Você é como Jacques Cousteau. Está investigando a vida selvagem submarina, como algas e peixes e BMWs. Só isso. Continue respirando.

Ela desceu de novo. Bateu as pernas com força até conseguir segurar a maçaneta da porta e espiar pela janela. Pouca luz entrava pela água suja e pelas janelas do carro, mas, se houvesse um corpo ao volante, ela teria visto. Pelo que conseguia ver, não havia chave na ignição. As janelas estavam meio abertas, como se para deixar a água entrar, e as portas estavam trancadas. Havia alguma coisa pendurada no teto dentro do carro. O movimento dela fez com que girasse lentamente. Era uma luva, com bolsas de ar nas pontas dos dedos suspendendo-a na água. Ela supôs que, sob a luz natural, a luva seria amarela.

Charlotte nadou até o porta-malas e tentou abrir com dedos frios e desajeitados. Trancado.

Tem um corpo aí dentro, pensou ela.

De repente, seus pulmões fizeram boas imitações de cachorros com raiva, rosnando e atacando-a. PRECISAMOS DE AR, eles disseram. Seus globos oculares doíam, e a pressão fria da água ficou insuportável. Ela soltou a respiração em uma série de bolhas e bateu os pés até a superfície.

Charlotte subiu trêmula e ofegante. Nadou devagar até a lateral e subiu na margem coberta de grama.

— Você está tremendo — disse Eddie, colocando o casaco ao redor dos ombros dela.

— Está mais frio do que eu pensava — disse ela, apesar de estar frio da forma como um lago inglês deve ficar no meio do verão.

Mas ela estava mesmo tremendo. Havia um BMW no fundo do lago. E é um elemento cenográfico pesado e caro para se jogar debaixo da água. Não havia motivo lógico para o coronel Andrews colocá-lo lá como parte do mistério. E isso significava que alguma outra pessoa o fizera por outros motivos. E o único motivo em que ela conseguia pensar era...

— Vou levar você para dentro — disse Eddie.

— Corpo — disse ela.

— O quê?

— Eu... sim, para dentro. Por favor.

O único motivo que alguém teria para jogar um carro em um lago seria para escondê-lo, pois o dono não o dirigiria de volta para casa. Porque o dono estava morto. E escondido no porta-malas. Não era possível que os guardas no portão, sob as ordens da Sra. Wattlesbrook, permitissem que qualquer carro passasse e perturbasse o ambiente regencial; pelo menos qualquer carro que não fosse o do dono. O carro dele só podia ser o único no local naquela noite, o único a deixar as marcas na lama. O Sr. Wattlesbrook estava no porta-malas do carro no fundo do lago, e o assassino devia ser alguém em Pembrook Park. Alguém que estava ali para matá-lo, deixar o corpo no quarto secreto, jogá-lo pela janela depois da brincadeira de

Assassinato Sangrento, levá-lo para o carro e dirigir até o lago para esconder o crime.

Ela nem percebeu que estava com o paletó preto de Eddie. Ele manteve o braço ao redor dela enquanto voltavam para a casa. Neville estava tirando o pó do gongo do jantar no saguão. Ele olhou para Charlotte, a chemise encharcada.

— A Sra. Cordial caiu do cavalo dentro da água — disse Eddie. — Pode acontecer, sabe.

— De fato, senhor — disse Neville. Ele olhou para o vestido seco de Charlotte no braço de Eddie, talvez perguntando-se por que Charlotte tinha se despido antes de cair na água.

Eddie piscou para ele e acompanhou Charlotte até o quarto.

— Você precisa de mais alguma ajuda? — perguntou Eddie.

— Obrigada, só vou tirar essas roupas e tomar um banho para tirar a nojeira do lago.

— Vai chamar sua criada?

— Não. Prefiro não ter que explicar por que estou encharcada.

— Posso ajudar com os cordões — disse ele.

Ela riu e balançou o dedo. Safado, tão mulherengo, mesmo eu sendo irmã dele... eca, isso não é bizarro?

Mas a expressão dele era séria.

— Bem... — disse ela, considerando a proposta. Um espartilho era algo bem difícil de tirar sem ajuda, talvez impossível quando molhado.

Ele entrou no quarto e fechou a porta, e o clique soou como um alarme.

Charlotte recuou, os dedos das mãos e dos pés formigando de adrenalina. Por que ele fechou a porta? Ele *sabia*. Sobre o Sr. Wattlesbrook. E o carro no lago. E a única forma de saber era se...

— Tímida, irmã querida? Prometo não olhar. — Ele continuou a se aproximar.

— Por que eu quis nadar naquele lago hoje? — perguntou ela.

— Porque você é meio doida? — disse ele com um sorriso, com as covinhas inocentes aparecendo.

— Você sabe por que, Eddie, não sabe? — Ela recuou até a janela e procurou a tranca com os dedos. Se gritasse, será que alguém ouviria?

Ele ergueu uma sobrancelha.

— Não consigo imaginar as complexidades dos seus pensamentos. Desisti faz tempo de compreender as mulheres. Charlotte, você é a única mulher que ouso tentar entender, e agora até você me deixou a ver navios.

— É mesmo?

— Vire-se para mim, para que eu possa soltar o espartilho. Não gosto da forma como você está tremendo.

Ela estava tremendo, com os braços ao redor do peito e a chemise grudando na pele. Mas será que ele estava ali para matá-la? Ela deixou suas intenções claras. O coronel Andrews disse que Eddie bateu na cara do Sr. Wattlesbrook. Isso mostrava uma inclinação à violência em relação ao sujeito. Será que eles tinham algum histórico? Se Eddie o matou e jogou o carro no lago, ele agora sabia que ela sabia, e que ela sabia que ele sabia que ela sabia. Os dois sabiam de muitas coisas. Mas por que não matá-la no lago e jogá-la lá também?

— Não... eu... eu mesma solto. Pode ir.

Eddie fez um som de exasperação e diminuiu o espaço entre eles. Será que devia gritar pedindo ajuda? Por que estava hesitando? Grite logo!

Ele a segurou pelos ombros e a virou. Ela apertou bem os olhos e inspirou fundo, mas o grito ficou congelado dentro do peito. Os dedos frios dele ergueram o cabelo molhado da nuca dela e o colocaram sobre o ombro. Ela contraiu o maxilar, prevendo que as mãos envolveriam seu pescoço, apertariam, prenderiam a respiração junto com o grito não gritado até tudo ficar escuro como a meia-noite.

Mas as mãos dele não permaneceram no pescoço dela. Charlotte sentiu um puxão de leve nas costas, e em instantes o espartilho estava frouxo sobre o peito, sustentado somente pelos braços. Ele baixou as mãos. Ela abriu os olhos.

— Foi rápido — disse ela, ainda sem se virar. Falou baixo, o coração tão disparado que a fazia tremer ao respirar. — Você deve ter prática.

— Um dos muitos deveres de um cavalheiro. Agora vou deixar você com seus mistérios femininos.

E saiu.

Ele não a matou. Poucos segundos antes, ela teve certeza de que ele faria exatamente isso. E submeteu os laços do espartilho a ele sem plano de fuga ou de ataque. Porque ele era Eddie. E ela era legal. Uau, isso era um tremendo alerta.

Como ainda estava viva e respirando, tomou um banho de banheira. Também não havia tranca na porta do banheiro.

Ela submergiu a cabeça na água quente e viu novamente o carro, afundado como um brinquedo de criança em um aquário. Se o Sr. Wattlesbrook, embriagado com xerez da melhor qualidade, tivesse dirigido pelo caminho errado no escuro até ter água entrando pelas janelas, teria se afogado lá dentro ou fugido. Não tiraria a chave e trancaria a porta.

Ela se vestiu para o jantar sem espartilho, pois só tinha um, que estava encharcado, e torceu para ninguém perceber. Será que um BMW afundado seria evidência suficiente para merecer uma ligação para a polícia? Talvez, mas ela ainda não fazia ideia de quem tinha feito aquilo, e essa era a grande questão do mistério, afinal. Além do mais, estava com vontade de descobrir isso, exatamente da forma como não descobriu sobre James. Ela precisava de uma direção para onde apontar o dedo, mas remexer nos objetos pessoais de todo mundo em busca de uma adaga manchada de sangue talvez não fosse uma atitude muito apropriada para a Regência.

Ela saiu do quarto na mesma hora em que a Srta. Gardenside saiu do dela.

— Boa noite, Charlotte — disse ela, sem traço de preocupação.

Como a Srta. Gardenside podia mergulhar tão completamente em um personagem tão diferente? E o que tinha acontecido com aquela terrível tuberculose?

Charlotte abriu um sorriso sem graça e se apressou para descer a escada sozinha. A Sra. Wattlesbrook estava subindo. Ela mal olhou para Charlotte. Os olhos estavam enevoados, como se ela não dormisse bem havia dias. Consumida pela culpa? Ela se lembrou do sorrisinho da mulher quando Charlotte alegou que o marido fictício havia sofrido uma morte dolorosa e trágica.

Charlotte desceu os últimos três degraus e entrou na sala de jantar. As criadas continuaram a arrumar a mesa, observando-a. Com desconfiança? Charlotte tentou não fazer contato visual. Neville se aproximou com os braços finos nas costas.

— Posso ajudar?

Ela estava assustada demais para tentar fazer uma pergunta casual.

— Neville, quantos criados trabalham aqui?

— Deixe-me pensar... cozinha, criadas, estábulos, jardineiros... dezessete no total.

Dezessete!

— Todos moram na propriedade? Alguém vem e vai diariamente?

— Todos vão para casa para visitar suas famílias. No entanto, os 17 permanecem aqui durante o período em que os hóspedes ficam.

Ela assentiu. Não sabia o que mais perguntar fora: "Ei, algum dos funcionários é um assassino em potencial?"

— Me perdoe pela observação, Sra. Cordial, mas a senhora é curiosa. Me faz lembrar do que aconteceu com o gato.

Charlotte engoliu em seco. Era um aviso de um homem tão apaixonado pela patroa que mataria por ela? Ou de um mordomo que desejava que ela saísse da sala de jantar arrumadinha?

Ela saiu depressa e fechou a porta.

Os seis de sempre estavam na sala de estar, e todos os rostos se viraram para ela quando entrou. Seu coração ficou preso no peito, com medo demais para bater. Alguém aqui provavelmente era um assassino. Será que desconfiava de que ela sabia? Ou todos estavam olhando por terem reparado que ela não estava de espartilho?

— Proponho um jogo — disse ela. — Fiquei inspirada pelo mistério do coronel. Vamos dizer... — Ela tossiu e começou a perder a coragem. — Vamos fingir que houve um assassinato na casa e um de nós é o culpado. A vítima poderia ser, ah...

o Sr. Wattlesbrook — disse ela como quem não quer nada —, já que ele não voltou.

A Sra. Wattlesbrook se engasgou. O Sr. Mallery ergueu o olhar rapidamente. Eddie balançou a cabeça. A Srta. Gardenside se mexeu na cadeira. A Srta. Charming ofegou com alegria. Charlotte sentiu o rosto ficar vermelho e quente, mas nem piscou.

— Esplêndido! — disse o coronel. — Um mistério em local fechado.

Encorajada, Charlotte prosseguiu.

— Vamos para cada quarto procurar armas, pistas que indiquem o motivo, esse tipo de coisa.

— Sim, sim! — A Srta. Charming bateu palmas. — Sangue em barras de vestidos e solas de sapatos, pistas em bolsos e bolsas, e vou fazer uma lista de tudo que todo mundo tem no quarto, e então, como detetives, vamos voltar aqui e decidir quem é mais culpado.

— Não acho apropriado — disse a Sra. Wattlesbrook.

— Ah, vamos lá, senhora — disse o coronel Andrews. — É só uma brincadeira.

— Não quero ofender a senhora — disse Charlotte. — Só pensei que poderíamos fingir, sabe? De qualquer modo, seria interessante que todos se envolvessem, até a senhora. Todos juntos nisso.

A Srta. Gardenside ficou de pé.

— Charlotte, eu sempre disse que você tem uma mente brilhante. Não tem, Sr. Grey? Uma mente brilhante. O senhor não concorda, Sr. Mallery?

— Muito brilhante — disse o Sr. Mallery.

— Isso mesmo, de fato — disse a Srta. Charming. — Só nos dê um minutinho para arrumarmos tudo primeiro.

Ao mesmo tempo, todos se levantaram e começaram a andar até a porta.

— Não, nós temos que ficar juntos! — disse Charlotte. — Se um de nós for o assassino, não podemos nos separar, lembram?

— Certo, certo, Sra. Cordial — disse o coronel Andrews. — Mas guarde essa ideia para as 22 horas e então começamos.

— Tem que ser espontâneo, senão as pessoas podem esconder as provas! — argumentou Charlotte.

— Vou deixar minhas armas à mão, mas ninguém vê minha nécessaire — disse a Srta. Charming, a primeira a chegar à porta da sala. — Ah, espero que eu seja a assassina!

— Encontro na sala de estar em dez minutos, pessoal! — disse o coronel Andrews.

E foi assim que Charlotte ficou ali sozinha. Sem outro barulho além do tiquetaquear de um relógio. O som parecia reprovador: *tsc, tsc, tsc*. Ela enfiou a mão dentro dele e segurou o pêndulo até que parasse. Ela sabia que tinha feito besteira; não precisava que um arrogante relógio de lareira a ficasse lembrando disso. Se o assassino fosse alguém que estava na sala de estar, ele ou ela deduziu que Charlotte sabia. As provas seriam escondidas. Como ela pegaria o assassino agora?

Seu plano estava arruinado, mas talvez ela ainda conseguisse coletar informações. Ela subiu, fechou a porta de seu quarto como se estivesse dentro e se escondeu atrás da cortina de uma janela grande do corredor. Os criados as fechavam à tarde para proteger os quadros do sol. Ela estava perfeitamente escondida, espiando com um olho pela barra de renda. E esperou.

Segundos depois, alguém surgiu no corredor. Pela renda, ela só conseguiu ver que era um homem. Ele fez uma pausa em frente à porta dela ao passar, mas prosseguiu até a escada em espiral.

Suas entranhas formigaram de curiosidade. O corredor estava vazio e as portas estavam todas fechadas. Ela saiu da segurança das cortinas e foi atrás.

Na noite do Assassinato Sangrento, Charlotte ficou confusa com as regras do jogo. Se um assassino estivesse escondido na casa, por que eles o procurariam? Não faria mais sentido os jogadores se esconderem do assassino? Mas aqui estava ela, na vida real, fazendo exatamente isso, procurando um assassino em vez de se esconder. Ela queria respostas e estava cansada de sentir medo.

Não havia ninguém na escada. Ela subiu pela espiral. Só conseguia ver alguns degraus de cada vez. Qualquer pessoa poderia estar à espreita. Talvez devesse esperar no pé da escada para ver quem desceria. Mas saber quem saiu do jogo a fim de ir lá para cima não era evidência de assassinato.

O segundo andar estava silencioso. Os criados deviam estar lá embaixo preparando o jantar. Será que devia verificar todos os quartos? Ela se aproximou do quarto de Mary e ouviu o rangido de um colchão de molas. Havia alguém lá dentro. Indo na direção da porta? Charlotte entrou em pânico e saiu correndo, abriu a porta secreta e entrou.

E quase colidiu com o Sr. Mallery.

em casa, anos antes

QUANDO ERAM PEQUENOS, BECKETT E Lu adoravam brincar de pique-pega. Charlotte entrava na cozinha e eles saíam correndo, gargalhando e até gritando.

Com o grito de "altos!", qualquer superfície sem carpete virava automaticamente um lugar seguro: uma cadeira, um banco, uma cama, um livro, um cobertor. Eles precisavam de um momento para saberem que estavam bem, mas nunca ficavam parados por muito tempo. Segundos depois, saíam correndo de novo, torcendo para a mãe estar atrás deles.

Qual era a graça de ficar em um lugar seguro?

austenlândia, dia 11, continuação

O SR. MALLERY ERGUEU O rosto ao ouvir o barulho da porta. Ele estava com a mão na tampa do vaso de porcelana preto que Charlotte inspecionou tantas vezes. Ele a afastou rapidamente.

— Sra. Cordial — disse ele com surpresa. — O que a senhora está fazendo aqui?

Charlotte sentiu uma dor no estômago. O que poderia fazer? Quando Beckett tinha dor de estômago, ela o mandava deitar, tomar refrigerante e comer cream crackers. Mas, por mais prático que o conselho fosse, não se aplicava àquele momento. Tirando a dor de estômago, o que ela podia fazer? Sair correndo? Não queria correr. Precisava ter provas para poder deixar o mistério de lado e ir ao baile com... espere! Na noite do Assassinato Sangrento, o Sr. Mallery agiu como se não soubesse sobre o quarto secreto. Será que tinha mentido?

— O que *o senhor* está fazendo aqui, Sr. Mallery? — perguntou ela.

Ele não respondeu. E não pareceu nada satisfeito.

— Ah, eu queria que não fosse o senhor — disse ela com um gemido.

Cala a boca, avisaram seus Pensamentos Profundos.

Charlotte não deu a menor atenção. Estava profundamente envolvida na história agora. Ler Jane Austen a fez se sentir segura, como sentar na cama de uma irmã mais velha e ouvir histórias sobre um mundo distante. Mas agora que estava realmente na Austenlândia, não havia garantias. A narradora Srta. Jane não entraria para garantir que tudo ficaria bem para a heroína. A vida real era perigosa. Pembrook Park era perigoso. O Sr. Mallery era perigoso. Charlotte sabia disso sem pensar em voz alta, mas, no momento, se viu reagindo como uma narradora, comentando sobre a ação em vez de agir. Ainda era uma história. Ainda não era real.

— O que a senhora queria, Sra. Cordial? Talvez esteja ao meu alcance realizar o seu desejo.

— Eu gostaria que o senhor não fosse o assassino, de verdade.

— A senhora me descobriu. — Ele fez uma reverência formal. — Agora, quem eu matei? Seu jogo tem uma vítima... o Sr. Wattlesbrook, não é?

— Sim, porque ele vendeu as outras propriedades e planejava se divorciar da Sra. Wattlesbrook e vender Pembrook Park também, e o senhor não conseguiu aceitar isso porque... porque... por quê? Por quê, Sr. Mallery? O senhor ama tanto este lugar? Quase consigo acreditar. O senhor parece mesmo *pertencer* à casa.

O Sr. Mallery semicerrou os olhos e inclinou a cabeça para o lado.

— Infelizmente, não estou entendendo.

— O senhor, Eddie e Andrews levaram o Sr. Wattlesbrook para um quarto e o trancaram. Alguém o deixou sair. Depois, encontrei um corpo aqui e... e como o senhor sabia sobre este quarto?

— Eu acreditei na senhora. Se a senhora disse que havia um quarto sem porta, devia estar certa. A senhora é uma mulher inteligente. Procurei por um tempo até descobrir, embora nunca tenha encontrado um cadáver.

— Mas... mas o que o senhor está fazendo aqui agora?

— Procurando provas para ajudar no seu jogo, apesar de achar que está ficando mais complicado a cada momento.

— Provas. O carro. Eu vi.

— Carro de quem? — perguntou o Sr. Mallery.

— Do Sr. Wattlesbrook. Eu o vi no lago.

— A senhora viu aquela coisa velha lá embaixo? — O Sr. Mallery sorriu. Ele tinha um sorriso tão lindo. Ela nunca tinha reparado. Ou era a primeira vez que ele o exibia? — A senhora é diligente, devo dizer. Como estava a aparência dele depois de todos esses anos?

— Anos?

— Hã? Sim, Wattlesbrook dirigiu o carro para dentro do lago uma noite, quando estava bêbado. Foi há dois... três anos? O veículo que ele comprou depois ainda deve estar em uma vala perto de York, onde ele o deixou. Ele troca de BMWs como se troca de lenço, mas acho que não devo falar disso. Não mencione para a Sra. Wattlesbrook, por favor. Ela sabe que eu acho o marido dela um imbecil, mas falar francamente sobre coisas modernas com os hóspedes é ultrapassar os limites dela.

Esse Sr. Mallery era diferente. Eddie e o coronel Andrews permitiam vislumbres de suas personalidades de não ator, assim como a Sra. Wattlesbrook e as damas. Mas o Sr. Mallery sempre foi solidamente o Sr. Mallery. Agora, ele mostrava fissuras. Por que o lado ator parecia menos verdadeiro do que o lado personagem?

— Não vamos mencionar o carro, certo? Vai aborrecer a Sra. Wattlesbrook. Mas estou com a senhora, minha cara. Vamos voltar, e farei o papel do seu assassino.

O carro. Ele *poderia* estar no lago havia anos. Por que isso não ocorreu a ela antes? Havia um motivo para ter tanta certeza de que o carro foi afundado recentemente, não havia? Ela olhou a raiva contida de sempre do Sr. Mallery e não conseguiu se lembrar de nada.

A porta estava atrás dela, o Sr. Mallery a alguns passos. Seu coração batia de uma forma desconfortável, e sua cabeça estava tonta, mas um pensamento surgiu na superfície: *Ainda sou uma idiota.* Essa era a verdade universal na qual ela sempre acreditou.

Charlotte deu um gritinho. Depois, uma gargalhada.

— Fiz isso de novo. Eu disse a mim mesma que não me envolveria na história, mas me envolvi, e realmente acreditei que um assassinato tinha acontecido e que o senhor era o assassino e... e...

Ela riu mais alto, e, com a gargalhada e a realidade vertiginosa, ela esqueceu a etiqueta da Regência e se apoiou no Sr. Mallery, com a cabeça e as mãos no peito dele, rindo com o rosto encostado na gravata. Conseguia sentir o coração dele batendo abaixo de sua cabeça em um ritmo galopante. Por que o coração dele estava disparado? Era a proximidade dela, assim como a proximidade dele fazia o coração dela disparar? E isso significava que ela estava apaixonada por ele? Ou ele por ela?

Pare, Charlotte, disseram os Pensamentos Profundos. Você é tão burra às vezes.

Mas espere. Um ator pode fingir se apaixonar, mas não pode *fazer* o coração bater mais rápido, pode? O pensamento fez o estômago dela congelar. Charlotte se afastou dele e começou a falar rápido.

— Não consigo acreditar que fui tão tola. É, é essa a palavra que vou usar, "tola". Pateta, burra, tonta, qualquer uma dessas palavras antigas que significam "idiota ingênua". Sou igual às garotas bobas das quais Austen achava graça, apesar de ter esperança de que ela poderia gostar de mim, como parecia gostar de Catherine Morland. O senhor já leu *A Abadia de Northanger*? Ela era hóspede em uma casa antiga e se convenceu de que um assassinato tinha acontecido, assim como eu. Quer dizer, lutei contra a ideia porque sabia que era ridícula, mas continuei convencendo a mim mesma de qualquer modo. Não sei qual é o meu problema.

O sorriso dele era de aprovação. A admiração dele, combinada com o constrangimento profundo dela, fez com que ela sentisse como se tivesse bebido uma garrafa de cerveja de uma vez. Ela lambeu os lábios, sentiu-se meio tonta e começou a falar mais rápido.

— Talvez seja por isso que o senhor tem a mente tão centrada, é tão autêntico. Talvez os romances realmente encham a cabeça de caraminholas, como os personagens de *A Abadia de Northanger*, que não leem, parecem acreditar. Ler demais faz uma casa parecer cheia de fantasmas quando é apenas o rangido da madeira; faz o trovão parecer uma metáfora em vez de apenas uma manifestação do clima; faz um romance romântico parecer possível, mesmo quando não é.

Ele deu um passo para mais perto dela, com o sorriso aprovador sugerindo alguma coisa ainda mais, uma coisa que a fez engolir em seco, afastar o olhar e falar mais rápido.

— Sei que estou me fazendo parecer mais idiota ainda — disse ela com uma gargalhada. — Mas acho que não consigo calar a boca.

— Por favor, não cale. A senhora é tão encantadora.

— Não, não sou. Não sou mesmo. — Ela torceu as mãos e perguntou baixinho: — Sou?

— A senhora é encantadora quando fala como um pardal matutino. A senhora é encantadora quando está em silêncio. — Ele segurou a mão dela com os dedos. — A senhora é encantadora até quando acha que sou um assassino.

Ela deu uma risadinha. Ele sorriu com carinho.

— A senhora me enfeitiçou. — Ele assentiu, como se surpreso por ter dito as palavras. — Enfeitiçou mesmo. Não sei se havia compreendido o quanto até este momento. Sra. Cordial... Charlotte...

Ele fez uma pausa, como se temesse falar mais, e levou os dedos dela aos próprios lábios para interromper seu fluxo de palavras. O coração de Charlotte estava disparado.

É uma brincadeira. É tudo brincadeira, ela disse para si mesma.

O mistério do assassinato não era real, nem a afeição do Sr. Mallery. Mas isso importava? Um homem estava olhando para ela daquela forma maravilhosa, como se quisesse beijá-la. Não de verdade, claro, mas ele *era* um homem de verdade, e estava mesmo olhando para ela. Deus do céu, como ela estava solitária.

— Charlotte... — sussurrou o Sr. Mallery. Ele abriu a mão e passou o polegar pela palma da mão dela. — Sinto como se estivesse morto e seus olhos me despertassem.

Então era aquilo. Ela supusera que cada hóspede seria objeto de um pedido de casamento falso, mas bem-elaborado, porque todas as heroínas de Jane Austen tinham essa sorte. Mas não imaginou acontecendo em um quarto escuro e poeirento onde havia visto um cadáver em outra ocasião. Ou havia pensado ter visto.

Seu próprio corpo não se importava com o ambiente macabro. O coração estava disparado em ritmo de rumba; o estômago experimentando aquele friozinho maravilhoso. Mesmo quando a mente se fechava, ficava teimosa e prática, o corpo ainda apreciava a farsa. O corpo parecia flutuar.

— Eu soube desde o começo que a senhora era uma mulher formidável. Pensei que pudesse manter meu coração em segurança, mas seus olhares e gestos honestos me deixaram sem defesa, e sua beleza me desarma. — Ele passou o polegar de leve pelas sardas dela. — Eu sabia que a senhora era uma mulher perigosa, mas não me importei.

Espere, era o ator falando ou o Sr. Mallery, o personagem?

— Vamos parar de brincar de gato e rato, vamos parar de brincar. Não vejo a hora de deixar o fingimento para trás. Por favor, Charlotte, me diga que não amo você em vão. Por favor, me diga que sente o mesmo, ou sei que morrerei.

Ele tinha que estar atuando, certo? E será que ela não podia só fingir por um tempo? Será que não podia parar de inventar assassinatos e confusão e problemas a resolver e simplesmente aproveitar aquela história? Sim, podia! Ela estava prestes a retribuir a afeição dele e a usar formas verbais arcaicas só para entrar no clima quando o Sr. Mallery esticou a mão e tirou uma mecha de cabelo da testa dela para prender atrás da orelha. Exatamente como James fazia quando ainda a amava.

Charlotte reagiu como se tivesse levado um choque. O Sr. Mallery agia como se James fosse o Sr. Mallery tocando nela, sozinho com ela, parecendo idolatrá-la. Ela cambaleou para trás com a mente aos berros. Isso é loucura! Como interpreto isso? Não consigo interpretar! Ela bateu em uma mesinha com o quadril, e o vaso chinês preto com a tampinha tombou no chão fazendo um estalo. Uma coisa caiu do interior antes vazio.

Uma chave. A chave estava presa a um chaveiro grande, do tipo que se ganhava de brinde da concessionária, com a marca do carro. Um círculo dividido em quatro partes, azuis e brancas. O logotipo da BMW.

Aquele vaso estava vazio antes. O Sr. Mallery colocou a chave ali. Por quê? Porque ela sugeriu uma busca nos quartos, e a chave era grande demais para jogar no vaso sanitário e dar descarga. Na noite após o Assassinato Sangrento, o Sr. Mallery voltou àquele quarto, jogou o corpo pela janela, desceu a escada, carregou o cadáver até o porta-malas do carro do Sr. Wattlesbrook e dirigiu o carro até o lago para escondê-lo. Mas, talvez por hábito, tenha trancado as portas e colocado a chave no bolso. E agora, ante a ameaça de ser desmascarado, ele voltou ao quarto onde havia escondido o Sr. Wattlesbrook, um quarto do qual a maioria das pessoas não tinha conhecimento. Até onde ele sabia, Charlotte tinha ido parar lá acidentalmente na noite do Assassinato Sangrento e nunca mais havia voltado. Assim, o Sr. Mallery escondeu a chave em seu esconderijo favorito até conseguir se livrar dela de vez. E fez tudo isso porque tinha assassinado o Sr. Wattlesbrook.

Charlotte viu a chave, raciocinou sobre o assassinato e teve um segundo para reagir. O tempo pareceu ficar mais lento. Ela podia tentar bancar a inocente. Mas o Sr. Mallery já sabia: Charlotte era inteligente. Não era possível voltar atrás em algo como uma inteligência comprovada.

Como as mulheres inteligentes devem ser inconvenientes para homens como o Sr. Mallery. Se ao menos ela tivesse sido frívola, superficial, até mesmo insípida. Falando de modo geral, quando um homem é um assassino e uma mulher descobre a pista irrefutável que o denuncia, seria bem mais fácil se a mulher fosse burra. Uma mulher inteligente pode acabar sendo assassinada.

O segundo passou, e a Charlotte inteligente não tinha um plano inteligente. Ela olhou da chave para o Sr. Mallery. Ele olhou para ela. A expressão dele não estava mais sedutora.

— Ops. O senhor acha que a Sra. Wattlesbrook vai ficar zangada porque quebrei o vaso? — disse Charlotte, acrescentando um piscar de olhos desesperado. — Espero que não seja valioso.

O Sr. Mallery não piscou de volta e disse:

— Eu gostaria que a senhora não tivesse visto isso.

Ela assentiu. Sua tagarelice evaporou-se, a tontura na cabeça se dissipou.

— A senhora tornou as coisas muito mais difíceis, Sra. Cordial.

— Perdão — disse ela.

Sim, ela pediu perdão a um assassino por ter desvendado o maldito assassinato. Mesmo naquele momento, quando estava prestes a ser morta, Charlotte ainda conseguia se repreender.

— Não sei o que fazer com a senhora — disse ele.

— Me levar ao baile? — sugeriu Charlotte, com um sorriso esperançoso que conseguiu abrir em meio ao medo desesperançado. — O senhor pode ficar com as duas primeiras danças.

Ele observou o rosto dela e olhou para baixo.

— Sei o que devo fazer, mas não quero fazê-lo. Matar o Sr. Wattlesbrook foi uma coisa, mas a senhora é outra bem diferente. — Ele olhou nos olhos dela. — A senhora consegue me sugerir uma solução?

— Sim! É claro. Uma solução. Vamos falar sobre isso. O que o senhor precisa de mim? Sou uma pessoa muito sensata. Posso ser sua cúmplice nesse segredo. Com prazer!

O discurso alegre foi meio estragado pelo sacolejar intenso das mãos e pelo tremor na voz.

Fiquem paradas!, ordenou ela às mãos. Fique calma!, disse ela para a própria voz. Elas não obedeceram. Traidoras.

O Sr. Mallery franziu ainda mais a testa. Ele deu um passo em direção a Charlotte. Ela deu um passo para trás.

— Eu gostaria de ter certeza de que posso confiar na senhora — disse ele. — Mas a senhora é o que parece? Ou é uma pessoa completamente diferente? Há tantos segredos neste lugar. Tanta falsidade.

Ela ouviu um ruído assustador quando ele tirou uma faca do cinto. Ela mal teve tempo de vislumbrar o brilho prateado da lâmina antes de se virar e sair correndo para a porta.

Seu dedo escorregou na maçaneta escondida, mas ela abriu na segunda tentativa. Charlotte pulou para longe da porta e ouviu-a colidir com o Sr. Mallery logo atrás.

Mary espiou pela fresta da porta e piscou os olhos ao dar de cara com Charlotte, como se estivesse esperando ver outra pessoa.

— Corra e peça ajuda — pediu Charlotte. — Mallery matou Wattlesbrook.

Charlotte mal tinha emitido essas palavras quando ele a segurou por trás e a puxou de volta para o quarto com tanta força que ela caiu no chão.

Ela ergueu o rosto e viu Mary, não correndo para chamar ajuda, mas segurando a porta e olhando para Mallery. Mesmo em seus pensamentos, Charlotte não conseguia mais usar o título de "senhor" para se referir a ele.

— O senhor precisa de mim? — perguntou Mary, a voz praticamente sussurrada.

— Mary, você sempre foi uma boa moça — disse ele. O cabelo tinha se soltado do cordão que o amarrava e caía ao redor do rosto. Ele parecia um selvagem.

— Mary, corra! — gritou Charlotte.

Mallery se aproximou de Mary tranquilamente, e a garota ficou parada, esperando-o, tremendo de leve, como um rato preso sob o olhar de uma cobra. Ele colocou o cabelo de Mary atrás do ombro e passou o dedo pelo pescoço branco e comprido de um modo que parecia já ter sido praticado. O tremor leve de Mary aumentou para um tremor de corpo inteiro. Ela olhou para Mallery com olhos marejados.

Ah, não, pensou Charlotte. Mary se jogaria em um vulcão por ele. Isso não pode ser bom.

Ele colocou o dedo na gola da blusa de Mary e deslocou-a, expondo seu ombro. A omoplata estava tensa e se destacava como a de um esqueleto.

— Nos dê um pouco de privacidade para cuidarmos das coisas — sussurrou ele perto do pescoço dela. — Depois, vou procurar você. Para agradecer. Você mostrou que é a única mulher em quem posso confiar.

Mary pareceu nem conseguir se mexer direito, muito menos falar, mas conseguiu assentir de uma forma estranha.

— Mary, por favor, ele vai me matar — disse Charlotte, ficando de pé com um gemido. Os hematomas que sentia se formando no quadril foram acrescentados à lista de Coisas Não Apropriadas para a Regência.

Mallery levou o rosto para bem perto do de Mary e tocou nos lábios dela com o dedo.

— Você sabe o quanto eu valorizo sua discrição.

Ele beijou o canto da boca de Mary, uma provocação, a promessa de mais, depois deu um passo atrás e assentiu, como se dando permissão para ela sair. Mary respirou fundo, instável.

— Com licença — disse Mary com voz trêmula, e fechou a porta ao sair.

Charlotte estava tentando abrir uma das janelas quando ouviu um rangido de causar arrepios. Mallery tinha empurrado uma cômoda para bloquear a porta. Ele olhou para a faca, mas a guardou. Talvez não fosse machucá-la, afinal! Talvez só quisesse conversar.

Ou talvez preferisse matá-la sem derramamento de sangue.

— Fique parada — disse ele, falando de forma muito sensata. Chegou até ela, e suas mãos pareciam perigosas como uma faca.

Charlotte desviou e colocou peças de mobília entre ela e aquelas mãos. Ele foi atrás. Não falou nada. Estava concentrado em pegá-la. E, depois, o que faria?

Charlotte não pensou em qual seria a reação de James quando soubesse que ela fora assassinada. Só pensou rapidamente nos filhos antes de a mente fugir em um pânico profundo ante a possibilidade de ser tirada deles. Então pensou em Eddie e no quanto queria que ele a salvasse. Sim, se ela pudesse escolher qualquer homem no mundo para salvá-la, seria Eddie. Mas ele não a salvaria, não é? Porque ninguém sabia que ela estava ali, exceto Mary, que foi hipnotizada pelo predador. Charlotte estava começando a desconfiar de que Mary era seriamente perturbada.

Charlotte burra, ela gritou para si mesma. Você acreditou que era inteligente, e isso a tornou mais vulnerável.

Quando a caçada chegou perto da janela, ela pegou um abajur sem cúpula no meio dos destroços e bateu em uma vidraça, torcendo para quebrar a janela, mas só conseguindo algumas rachaduras.

— Socorro! — gritou ela.

— Você não precisa fazer isso — disse ele.

Mallery e suas mãos estavam se aproximando dela. Charlotte correu da janela por entre a confusão de móveis quebrados, tentando manter aquele homem o mais longe possível. Mas ele continuou a persegui-la.

Charlotte burra, gritou para si mesma de novo. Dois minutos atrás você pensou estar se apaixonando por ele!

Aqueles sentimentos fugidios de um novo amor, aquelas sensações agudas de calor e frio que faziam os pulmões formigarem, o coração saltar, a pulsação disparar e os lábios ficarem úmidos, eles eram tão falsos quanto as gravatas e os espartilhos. Eram apenas sensações, como a descida na montanha-russa que gerava um alerta de morte iminente. Ela não morreria de verdade em uma montanha-russa (provavelmente não, embora algumas fossem bem apavorantes). E só porque se sentia envolvida e babando por um homem, isso não queria dizer que estava apaixonada nem que poderia ser feliz com ele para sempre.

Dã, Charlotte. Dã. Você não vai morrer em uma montanha-russa, mas vai morrer neste quarto.

— Socorro! — ela gritou de novo.

Mallery atacou e errou. Ele a pegaria mais cedo ou mais tarde. Morrer estrangulada devia ser algo que demorava vários minutos, com as mãos dele ao redor do pescoço dela, os pulmões queimando como ficaram quando ela passou tempo demais debaixo d'água, os olhos arregalados pela percepção de que estava quase morta.

Um soluço subiu pela garganta de Charlotte. Imaginar como morreria não estava ajudando em nada.

— Escute, escute — disse ela, virando-se para deixar um sofá quebrado e uma pilha de caixas entre ela e Mallery. — Não quero morrer, então você tem muito poder de barganha.

Ele contornou pela lateral. Ela saiu correndo de novo e levantou poeira ao seguir para a pilha de caixas. Conseguia vê-lo por um emaranhado de pernas de cadeira.

— Escreva alguma coisa. Eu assino. Uma promessa de que nunca vou falar uma palavra sobre minhas desconfianças. Sei que o Sr. Wattlesbrook era um homem desagradável, desastrado com fogo e xerez e provavelmente muito flatulento... — O que ela estava dizendo? Foco, Charlotte, não seja burra. — Se você não me machucar, deixo que se safe desse assassinato. Está vendo? Todos sairemos ganhando!

Ela tentou sorrir. Mas ele não falou nada

Boa tentativa, disseram seus Pensamentos Profundos. Ele já sabe que você é moralista demais para isso. Me ajude ou cale a boca!, gritou ela em resposta.

Ele flexionou as mãos. Charlotte correu de novo.

A brincadeira de gato e rato poderia ter prosseguido por bastante tempo, mas Charlotte pisou na barra do vestido. Ocorreu a ela, na fração de segundo antes de cair no chão, que os homens são que ditam a moda. Homens que querem as mulheres usando saias ridiculamente longas para o caso de assassinarem alguém e, se uma mulher descobrir, ela poder ser derrubada pela saia ridiculamente longa e também ser morta.

Ela cambaleou para trás e disse com desespero:

— Eu tenho filhos. Dois. Beckett e Lu.

Mallery não diminuiu. Ele partiu para cima dela como um operário, com mãos que eram ferramentas para concluir o trabalho. Ele ia mesmo matá-la. Uma pequena parte de Charlotte torcia para que estivesse errada, mas não. O pessimismo vence de novo.

Matá-la atingiria também seus filhos. Não importava o fato de que Lu não quisera falar com ela ao telefone nem que Beckett chamara Justice de "mãe". Eles sofreriam se ela morresse. Chorariam e sentiriam dor e precisariam de anos de terapia, e será que James pagaria? Provavelmente não. Eles teriam que se submeter a psicólogos de escola, que talvez não estivessem preparados por questão de cortes de orçamento, e, se isso não fosse o bastante, e se a dor os colocasse num mundo de drogas, álcool, depressão, sexo casual, escolhas ruins de tatuagens e crimes pequenos que levariam a crimes sérios e a prisão e terapia de choque? E se a lobotomia voltasse à moda? E o cirurgião fizesse besteira e eles morressem?

E seria tudo culpa de James. Espere... e de Mallery também! Era como se Mallery não tivesse encurralado só Charlotte, mas também Lu e Beckett, como se estivesse indo para cima deles com mãos perigosas e intenção de estrangulá-los, e eles estivessem se afastando e implorando por misericórdia, mas ele não tinha nenhuma. Nenhuma misericórdia pelos filhos dela? Isso não era *nada* aceitável.

Nas histórias antigas, essa seria a parte em que a heroína, tomada de terror, desmaiaria, e o covarde maldito quebraria o pescoço de alabastro dela e deixaria o corpo para os lobos. Certo?

Não.

Essa era a parte em que Charlotte, a heroína, se lembrava de que era uma mulher do século XXI e também era mãe. Era Charlotte dizendo "Nem pensar!"

Charlotte gritou.

Mas não foi um grito pedindo socorro. Não foi uma súplica, um pedido em pânico, querendo salvamento imediato. Charlotte deu um grito de ataque.

Obviamente, Mallery não reconheceu a diferença sutil. Sem demonstrar alarme, ele prosseguiu atacando e se ajoelhou por cima dela, as mãos no pescoço. Isso doeu, mas o corpo de Charlotte, com ou sem a ajuda da mente, tinha um plano. Ela tinha assistido a tantas aulas de artes marciais de Beckett que aprendera alguns golpes de defesa pessoal. Quando um agressor está estrangulando você pela frente, as mãos estão ocupadas, deixando todas as partes dele vulneráveis. Charlotte esticou os dedos e enfiou-os com o máximo de força que conseguiu na garganta dele. Ele engasgou e parou de apertar. Ela respirou fundo e o chutou nas bolas, como Beckett diria.

Ele estava no chão, e ela ficou de pé, mas não parou de chutar. Havia uma perna de cadeira caída ali perto, praticamente implorando para ser usada como porrete. Charlotte decidiu aceitar a oferta.

— Você é que é o idiota! — Ela bateu nele de novo. — Está ouvindo? VOCÊ É O IDIOTA! — Ela bateu nele sem parar. — Ninguém simplesmente *cai* de amores por outra pessoa, seu idiota. Você *escolheu* não me amar mais. *Escolheu* me abandonar. *Escolheu* abandonar seus filhos. Um fim de semana por mês e um mês por ano, isso é ser pai? Você não vai à terapia de casais, não me dá a chance de lutar. Não, você sai escondido. Dorme com Justice durante semanas e volta para casa, para mim, todo arrogante. Seu doente, filho de uma...

Charlotte ofegou. Estava solucionando mais de um mistério.

— Não foram apenas semanas, foram? Foi por isso que você me pediu que colocasse seu nome nas minhas contas. Você já estava tendo um caso e se preparando para me largar! Seu paspalhão falso, traidor, cruel e maldito. E nunca sequer pediu desculpas!

— Desculpe — murmurou Mallery com desespero, com um braço protegendo a cabeça e o outro sobre a masculinidade agredida.

— Não você, seu idiota! Apesar de você também ser um idiota.

Mallery fez uma tentativa de se erguer, e Charlotte bateu com a perna da cadeira na nuca dele. Ele caiu com um gemido. Para um homem perigoso, ele não parecia acostumado a levar uma surra. Ela empurrou a pilha de cadeiras e o prendeu no chão.

Charlotte demorou um minuto para empurrar a cômoda o suficiente para abrir a porta e fugir.

— Socorro! — gritou ela, correndo para a escada em espiral. — Assassinato sangrento! Assassinato muito sangrento! Estou no segundo andar, e houve um assassinato sangrento sério aqui!

Estava na metade da escada quando Eddie chegou até ela, seguido pelo coronel Andrews, a Srta. Charming, a Srta. Gardenside e a Sra. Wattlesbrook.

— Você está bem? — perguntou Eddie.

— Foi Mallery — disse ela rapidamente. — Ele matou o Sr. Wattlesbrook.

— Eu diria, Sra. Cordial — disse o coronel — que a senhora está estragando o final. Temos que fazer a caçada ao assassino juntos, e preparei minhas coisas para parecer incrivelmente culpado.

Para onde tinha ido todo o oxigênio? Será que estava debaixo da água? Ela olhou para Eddie como se ele fosse uma boia no meio do oceano.

— Ele tentou me matar, Eddie. Está no quarto secreto. — O ar nos pulmões dela parecia ter sido amarrado em uma corda e arrancado. Ela tentou segurar a ponta da corda, mas estava ficando difícil enxergar.

— Você está segura — ela ouviu Eddie dizer antes de desmaiar. E nem estava de espartilho.

Bem, Charlotte, isso foi digno de uma verdadeira heroína romântica. Você está no caminho certo.

em casa, seis meses antes

A CUNHADA DE CHARLOTTE FOI responsável pelo seu oitavo programa com um homem desconhecido, um dentista chamado Ernie. Eles se encontraram no bar de um restaurante para alguns drinques e petiscos. A conversa foi fácil, as frases dos dois se encaixavam como um monólogo comprido em vez de uma conversa desconjuntada. Ele olhava mais para ela do que para a bebida.

Charlotte ficou meio tonta e com o peito entorpecido, embora só estivesse bebendo refrigerante. Talvez não estivesse tão morta por dentro quanto achava. Talvez pudesse derreter só um pouco, só o bastante para conhecer esse Ernie, para molhar os dedos dos pés na possibilidade. Quando eles saíram do restaurante, Ernie a convidou para jantar. Ela disse que gostaria muito, e foi nessa hora que ele se inclinou para beijá-la.

Charlotte reviveria os momentos seguintes em pensamento durante meses, normalmente com um travesseiro sobre a cabeça:

- Os lábios dele tocaram os dela.

- Ela se encolheu.

- Ela disse "Eca".

O hálito dele tinha cheiro de lula? A boca estava quente e seca como a pele morta de um lagarto? Não. Não havia nada de errado. Ernie beijava de uma maneira bem sensata e apropriada. Mas Charlotte sentiu repulsa. Não dele, mas de si mesma. Era nojento, pensou ela quando ele se inclinou, era nojento uma mulher casada beijar outro homem. Ela se sentiu uma traidora safada e cruel.

Mas Ernie, sem saber do monólogo interior dela, só ouviu o "eca". Ele assentiu, deu meia-volta e saiu andando.

Charlotte ligou para Ernie para explicar? Não, seria humilhante demais. Além do mais, por que uma mulher que ainda se sente casada meses depois do divórcio vai sair com alguém?

Ela reabriu os braços para a morte interior e deixou que o vazio tomasse conta de seu peito, extenso como a noite.

austenlândia, dia 11, continuação

CHARLOTTE SÓ APAGOU POR UM momento. Ela sabia que era Eddie quem a estava carregando porque reconheceu o cheiro dele. Não havia se dado conta de que seu cérebro tinha registrado essa informação, mas apoiou a cabeça no pescoço dele e inspirou.

Eddie a colocou na cama e saiu correndo de novo acompanhado do coronel Andrews. As coisas ficaram confusas, com as damas e criados entrando e saindo, e Charlotte gritando para alertá-los a respeito de Mallery e Mary.

— Tem certeza? — perguntou a Sra. Wattlesbrook da porta. Charlotte assentiu.

— Sinto muito. Mallery admitiu que... que matou seu marido. E vi o BMW dele submerso no lago.

A Sra. Wattlesbrook assentiu. Por um momento, Charlotte pensou que a proprietária ia começar a chorar, mas o que ela disse foi:

— Vamos nos reunir na sala de estar. O quarto da Sra. Cordial é impróprio para uma reunião.

Como se isso ainda importasse, pensou Charlotte.

Mas importava para a Sra. Wattlesbrook. Eddie já estava de volta, ansioso para carregar Charlotte de novo. Ela protestou no começo, mas cedeu, curiosa para ver como era ficar nos braços dele agora que estava mais desperta. Talvez aquela sensação deliciosa que tomou conta dela não tivesse sido pela proximidade dele, mas sim os resquícios de um sonho pós-desmaio.

Não era.

— Eu queria que você me salvasse — disse Charlotte quando Eddie a levou para a sala de estar e a colocou em um divã.

— Eu queria ter salvado. — A expressão em seu rosto era grave.

— Está tudo bem. Eu não morri.

Eddie contou para ela que Mallery estava amarrado e trancado em um dos quartos do segundo andar, e que Justin, o ajudante mais robusto de Neville, estava de guarda. Charlotte só conseguia pensar nele como "Mallery" agora. Mas por que ele havia feito aquilo? Ela não conseguia entender. Mallery, o personagem, teria tentado proteger as propriedades da família e talvez até fosse capaz de matar para isso. Mas por que o ator tinha passado dos limites? Será que era maluco?

Eddie disse que Mallery resistiu bem pouco, já que ela já tinha dado uma surra nele.

— Eu só queria garantir — disse ela. — Nos filmes, você pensa que o bandido está acabado, mas ele sempre se levanta.

— É, acho que você garantiu que não haveria um levantamento inesperado.

Criadas entraram para comunicar que Mary tinha desaparecido e se sentaram nos vários divãs, e a ilusão da distinção entre as classes se esvaiu com a pressão. Neville olhou para a cena com reprovação, mas não falou nada. A Sra. Wattlesbrook não estava presente. Devia estar na pensão chamando a polícia.

— Neville, você conhecia Mary desde Windy Nook? — perguntou Charlotte enquanto as criadas conversavam sobre como Mary gostava de lavar as calças de Mallery.

— Sim. Fiquei alarmado com os acontecimentos.

— Mas não surpreso — disse Charlotte.

— Não, acredito que não. — Ele olhou para os dedos entrelaçados. — Ela foi criada pela avó, que também trabalhava lá. Quando criança, Mary fazia pequenos serviços entre a cidade e Windy Nook, e eu percebia que ela desejava o que a casa representava. Fui eu quem a contratou para ser criada quando chegou à maioridade. — Ele suspirou. — Ela começou na cozinha, mas como tinha passado anos cuidando da avó, a Sra. Wattlesbrook achou que ela se sairia muito bem como criada de uma dama. O comportamento de Mary era excêntrico, e a Sra. Wattlesbrook não ia transferi-la para cá quando Windy Nook fechou. Mas eu... intervim. A avó de Mary tinha morrido, e não havia nenhum outro lugar que ela pudesse considerar um lar. Talvez eu não devesse ter tido pena.

— A Sra. Wattlesbrook também trouxe você para Pembrook Park. Está claro que ela confia mais em você do que em qualquer outro, e ela é uma senhora inteligente.

Os olhos dele brilharam.

— E você conseguiu ver que Mary estava apaixonada por Mallery? — perguntou Charlotte.

— Bem, sim. Ele se destacava. Quando os hóspedes não estavam por perto, os atores relaxavam, sabe. Se tornavam eles mesmos. O Sr. Mallery nunca relaxava. Acho que ele era ele mesmo.

— Ele era ele mesmo — repetiu Charlotte baixinho.

A Srta. Charming se sentou ao lado de Charlotte.

— Você percebeu tudo. — A Srta. Charming não se deu ao trabalho de usar o sotaque britânico, apesar de os homens estarem presentes. — Uau. Você é como Jessica Fletcher.

— Estou chocado — disse Eddie. — Andrews, você e eu provavelmente fomos os últimos a vê-lo com vida.

— Mallery deve ter voltado até Wattlesbrook após o jantar, depois se juntou a nós na sala de estar com a maior frieza do mundo — disse o coronel Andrews. — Será possível que só tivesse a intenção de lhe passar um sermão?

— Passar um sermão, sei... — disse Eddie.

— Acho que Mary o viu com o Sr. Wattlesbrook — disse Charlotte.

— Ela era o nosso fantasma do jardim, sabe — disse o coronel Andrews. — Eu disse para o pessoal que precisava de uma ajuda no mistério, e Mallery sugeriu Mary. Ele disse que ela faria qualquer coisa por ele.

Isso está se provando verdade, pensou Charlotte.

Charlotte supôs que, se estivesse em um livro de Agatha Christie, essa cena seria onde a história acabaria, com o assassino capturado. Mas ela ainda tinha mais três dias na Austenlândia. A especulação e as conversas sem fim prosseguiram, e a cabeça de Charlotte estava confusa demais para que conseguisse ficar dentro de casa. Assim que teve uma oportunidade, foi para o lado de fora.

Já estava escuro, com o céu bem obscuro. A temperatura estava agradavelmente amena, mas ela tremeu.

Será que vou ter um ataque de nervos?, ela se perguntou.

— Charlotte? — chamou Eddie.

— Só preciso de um pouco de ar fresco — disse ela, sem se virar. Não ficou surpresa quando ele a seguiu. Parecia a coisa certa a fazer. — Não quero ficar entre quatro paredes. Achei que morreria naquele quarto secreto.

Ela esticou a mão sem pensar, e ele a segurou. Eles andaram até a lateral da casa, para longe do caminho por onde a polícia logo chegaria. Ela não queria ver mais ninguém naquele momento, só Eddie.

Eles se encostaram na casa e olharam as estrelas.

— Então você encontrou mesmo um corpo naquele quarto — disse ele.

— Parece que sim.

— Aqui está você, uma aranha no cantinho, observando, tecendo sua teia de mistério.

— Ou cambaleando por aí, confusa e patética.

— Perdão por não ter acreditado... — ele começou a dizer, mas deu uma grande gargalhada. — É meio ridículo.

— É. — Ela também riu.

Ele riu de novo.

E então, a represa estourou. Charlotte se inclinou e riu tanto que o estômago doeu, riu até chorar, depois o choro tomou conta, e ela chorou-riu e riu-chorou. Eddie a abraçou, e ela colocou a cabeça no ombro dele e sentiu dor de tanto chorar e rir.

— Ele estava tentando me matar de verdade — disse ela.

— Estava mesmo.

— Isso deve ser surreal.

— É. É essa a palavra. Será que estou ficando maluca?

— Ficando?

— Ah, cara, ele mentiu para mim, mentiu muito.

— Mallery mentiu para todos nós.

— Não Mallery. Estou falando de James, meu ex. Mallery só queria me matar, o que pode ser considerado o jeito mais extremo de se terminar um relacionamento, mas o que James fez é muito pior. Mesmo assim, toda essa história de tentativa de assassinato não vai me ajudar a longo prazo, vai? Digo, minha capacidade de confiar nos homens está ferrada para sempre, não está? Eddie, me diga de verdade, todos os homens... — Ela parou.

— Se todos os homens são cretinos e desprezíveis?

— Não acredito nisso de verdade. Porque você não é. Apesar de ter havido um momento em que pensei que você fosse o assassino e que ia me matar.

— É mesmo? — Os olhos dele pareceram felizes. — Que gentileza a sua. Gosto da ideia de parecer perigoso. Mas... — Ele levantou as mãos como se dissesse "eu sou o que sou".

— Não, você não é perigoso. Você passa uma sensação de segurança. E isso é mais legal. — Ela sorriu para ele. — Eu gosto de você, Eddie. Gosto muito.

Charlotte precisou parar de falar, porque Eddie estava olhando para ela de um jeito penetrante. E estava bem mais perto do que era normal para um conhecido ou irmão ou sei lá o quê. Ela podia sentir a respiração dele, mas não dava a sensação de estar sendo invasivo. Eddie o olhava com curiosidade. Levantou a mão para tocar o maxilar dela com o polegar, como se só quisesse senti-la. Charlotte ficou tonta com o toque. Ela se sentia como uma estrela no céu. Ficou parada e torceu para que Eddie a estivesse tocando porque ele, Eddie, o Eddie de verdade, queria. Pois era isso o que ela queria.

— O que você está fazendo? — perguntou Charlotte.

— Tentando cortejar você. — Ele continuou a olhar para os lábios dela. — Está funcionando? Porque faz muito tempo que não cortejo ninguém de verdade e não consigo me lembrar de como é. Só sei que quero ficar olhando para você.

Ela estava com medo de se mexer, com medo de que o menor movimento de cabeça fosse afastar a mão dele, e ele desistisse e fosse embora. Ela não parecia que ia conseguir falar, então torceu para que ele conseguisse ver o 'sim' nos olhos dela.

Digam sim, ela gritou para os olhos. Brilhem, sei lá! Vamos, queridos, brilhem para a mamãe!

E ele a beijou. Abraçou-a e o beijo fluiu que foi uma beleza. E a única coisa que Charlotte conseguiu pensar foi que Eddie era maravilhosamente alto. James era da altura dela, e, por causa da vaidade dele, ela nunca podia sair de salto.

Eddie se afastou o bastante para olhar para o rosto dela.

— Parece que deu certo?

Charlotte não respondeu. Não tinha recuperado o fôlego nem o equilíbrio. O beijo tinha virado o mundo em 45 graus, e ela ainda estava caindo. Só que os braços dele estavam ao redor dela, e talvez os dois estivessem caindo juntos.

— Hã... — disse ela, e tocou os lábios dele com as pontas dos dedos. Foi a única fala que conseguiu produzir naquele momento, o equivalente da época das cavernas para "Me beija de novo, por favor".

E ele beijou. Ele a beijou e ela o beijou, e ele lhe deu um abraço tão apertado que ela se sentiu a salvo do mundo. Era maravilhoso sentir-se segura de novo, e fantástico ser beijada. O mundo continuava se inclinando, e talvez ela estivesse de cabeça para baixo agora, com sangue correndo para a cabeça e os pés nas estrelas.

Com bochechas quentes e pés estrelados, ela percebeu que vinha desejando ficar próxima assim de Eddie desde o início, mas resistiu por algum motivo. Por quê? Ah, sim, porque ele era...

— Peraí! — disse ela.

Ele parou com expressão alarmada nos olhos.

— Precisamos deixar claro que não somos irmão e irmã de verdade.

Ele assentiu vigorosamente.

— Sim, precisamos. Claro.

— Porque eu quero beijar *você*, não aquele personagem. Não tenho nenhuma fantasia de incesto, obrigada, e não quero me envolver na fantasia de ninguém. Então... você não é meu irmão de verdade; eu não sou sua irmã de verdade. Não temos parentesco nenhum.

Ele estava segurando as mãos de Charlotte, passando os dedos dela em seu queixo.

— Nenhunzinho.

— E meu nome não é "Charlotte Cordial" quando eu beijo você. Ainda sou "Charlotte", só não sou "Cordial".

— Entendido. E meu sobrenome não é "Grey" nem meu nome é "Edmund". É "Reginald".

— O quê! — Charlotte se encolheu. — Não pode ser. "Reginald"? Sério?

Reginald deu de ombros.

— É um nome tradicional na minha família.

— Maldição da família.

— Mas "Eddie" está bom. Gosto de ser "Eddie" quando é você quem fala. — Eddie sorriu. E beijou os dedos dela. — Me conte outra coisa. Outra coisa que seja verdade.

— Sou mãe de dois filhos, e meu ex-marido me achou menos interessante do que uma mulher chamada "Justice", que fica lendo repetidamente um livro chamado *Um fragmento do meu coração*, que é sobre um homem apaixonado pela vizinha por sessenta anos e que não faz nada a respeito, e ela só descobre depois que ele morre, quando encontra o diário dele, e Justice me mandou um exemplar e me assediou via e-mail até eu ler, e é para chorar no fim, mas eu gargalhei, e a julgo por isso.

— Me conte alguma coisa que seja verdade sobre você.

— Tudo bem... — Ela passou mentalmente por local de nascimento (Portland, Oregon), ensino superior (sociologia), signo (virgem), filme favorito (*A Gangue em Apuros* — não julgue), até se deparar com um fato que não era completamente mundano. — Uma das minhas coisas favoritas na vida são eventos de caridade em que todo mundo compra um pato de borracha com um número, e a pessoa cujo pato alcança primeiro a linha de chegada do rio ganha.

— Por quê?

— Gosto de ver o rio repleto daqueles patos exageradamente amarelos. É tão simpático. E adoro a esperança contida naquela situação. Apesar de não importar se você vence, porque todo aquele dinheiro maravilhoso vai para algo realmente importante, como uma clínica gratuita no centro ou operações de lábio leporino em crianças na Índia, você ainda nutre a esperança de que *vai* ganhar. Você corre ao lado do rio, sem saber qual é seu pato, mas imaginando que o da frente é o seu.

— E essa é a essência da sua alma, a corrida de patos?

— Você não perguntou a essência da minha alma. Perguntou uma coisa verdadeira sobre mim, aí escolhi uma coisa um pouco constrangedora e secreta, mas verdadeira. Quando você quiser a essência da minha alma, vou agraciá-lo com pores do sol, risadas de bebê e cartões com aquarelas de flores.

Ele semicerrou os olhos com expressão pensativa.

— Não, até onde eu sei, os patinhos amarelos são a essência da sua alma.

— Tudo bem. — Ela sorriu. — E você... Julia é real, não é?

— Sou alcoólatra. A mãe dela não morreu de verdade. Não nos casamos — disse ele, sem hesitar. — Estou sóbrio há 13 anos, mas fiz muita besteira no começo, e a mãe da Julia não me quer por perto. Só vejo minha filha poucas vezes por ano. Mas isso vai mudar.

— Sim, deveria.

— Vai. Prometi na carta. Ela pode não estar tão animada diante dessa perspectiva quanto eu, ainda, mas gosto demais da conta daquela garota. Vamos ver, o que mais... Tenho um Jaguar XK140 de 1955 que herdei do meu pai, assim como a compulsão por mantê-lo brilhando. Quando não estou aqui, leio o jornal de cabo a rabo todos os dias. Também li todos os livros do Terry Pratchett pelo menos três vezes.

— Não conheço Terry Pratchett.

— Vai conhecer.

— Certo.

Eddie gemeu com tristeza.

— Você parece infeliz — disse Charlotte, surpresa.

— Estou no meio de um dilema. Fico fascinado por cada palavra sua, mas, quando você fala, seus lábios se movem, entende?

— É mesmo? Que absurdo!

— Não é? Mais do que absurdo, é obsceno. Eu olho para eles, e olhar me faz querer beijá-los de novo, mas eu jamais interromperia a conversa...

Ele se inclinou para mais perto, mas parou a milímetros dos lábios dela, recuou e gemeu com tristeza.

— O que devemos fazer, Eddie, meu amor? — perguntou Charlotte. — Beijar ou conversar?

— Acho as duas opções deliciosas. Você decide.

Antes que decisões pudessem ser tomadas, uma voz estridente gritou chamando o Sr. Grey, e os dois se afastaram um do outro e correram para a área aberta, tentando parecer o mais naturais possível e, portanto, parecendo extremamente suspeitos.

A Sra. Wattlesbrook olhou para eles repreensivamente.

— Já passa da hora do jantar.

— Mas onde está a polícia? — perguntou Charlotte.

— Estará aqui em breve. Enquanto isso, seguimos em frente. Toda essa... *bobagem* não é motivo para termos um comportamento não civilizado. Vamos jantar imediatamente. — A Sra. Wattlesbrook soltava faíscas pelos olhos, mas as mãos, unidas na altura da cintura, estavam tremendo. E Charlotte ponderou que a proprietária de Pembrook Park, que tinha acabado de descobrir que o marido fora assassinado, precisava naquele momento de um jantar formal em uma sala grandiosa com pessoas de roupas regenciais, como se tudo estivesse insanamente normal.

— Aqui vamos nós — disse Eddie.

Ela se virou e entrou na casa. Eddie fez que ia atrás, mas se virou de repente, passou o braço pela cintura de Charlotte e a puxou para perto, dando-lhe um beijo prolongado e lento.

— Eu não podia deixar a questão em suspenso assim — disse ele baixinho, com os rostos ainda se tocando.

— Claro que não — ela concordou. — Você é um cavalheiro.

Ele assentiu, ofereceu o braço e a acompanhou para dentro.

A noite estava mais escura dentro que fora da casa, com as velas do corredor mais fracas que as estrelas. Charlotte sentiu o peso da casa velha como a tampa de um caixão. Ela sabia, assim como uma pessoa com reumatismo conseguia sentir nas articulações a chuva que se aproximava, que teria dificuldade para dormir aquela noite.

O JANTAR FOI MUITO SILENCIOSO. Era impossível falar sobre o assassinato na frente da viúva da vítima, principalmente porque ninguém tinha certeza se a viúva estava arrasada ou aliviada. Pouco foi ingerido, e a conversa seguiu mais ou menos assim:

— Aquilo é... batata?
— Não tenho certeza. Quer?
— Acho que sim.
— O pão está aí desse lado?
— Sim, aqui está.
— Será que vai chover esta noite?
— Provavelmente.
— Será que vai fazer sol amanhã?
— Hum.

Charlotte ficava olhando pela janela. Onde será que estava a polícia?

Quando todos foram para a sala de estar, Charlotte foi atrás da proprietária para o salão matinal quase escuro.

— Estou surpresa de a polícia não ter chegado ainda — disse Charlotte.

A Sra. Wattlesbrook sentou-se à escrivaninha com um gemido. Colocou a vela com cuidado no meio da mesa e cruzou as mãos.

— Eu achava... considerando a gravidade do crime e o fato de que o suspeito está preso lá em cima... eu achava que eles viriam a toda velocidade... — Charlotte olhou para a Sra. Wattlesbrook com olhos semicerrados. — A senhora não chamou a polícia, chamou?

A mulher continuou olhando para baixo.

— Sra. Wattlesbrook, a senhora tem que chamar a polícia.

— Se eu chamar, eles vão ficar aqui muito tempo, vão revistar a casa toda, vão entrar e sair de quartos. A mera ideia já faz a casa parecer suja.

— Mais suja do que já ficou com um assassinato? Ele matou seu marido.

A Sra. Wattlesbrook comprimiu os lábios.

— Você faz parecer mais dramático do que realmente é Charlotte ficou boquiaberta.

— Não a parte do assassinato — disse a Sra. Wattlesbrook, mexendo nos papéis sobre a mesa. — A parte do marido. Ele não era... amado por mim. Imagino que você deva achar que eu devia ter me divorciado dele. Aos meus olhos, o divórcio é uma coisa vulgar, banalizada, moderna da pior maneira. Além do mais, Pembrook Park era a casa da família dele. Eu era dona de três propriedades. Agora, por causa dele, isto aqui é tudo que tenho.

— Se seu marido tivesse obrigado a senhora a se divorciar, teria ficado com Pembrook Park e vendido.

— O banco levou Bertram Hall e teria tomado Windy Nook também se não tivéssemos conseguido alugar. Embora a propriedade fosse do meu marido antes de nosso casamento, Srta. Charlotte, fui eu quem a consertou, foi minha astúcia que criou um negócio com renda suficiente para sustentá-la. Ele teria deixado animais selvagens subirem nos sofás e a umidade apodrecer a madeira. Nunca gostou deste lugar, mas insistia em ter um papel no elenco, provavelmente para poder ficar de olho nas mulheres. Bem, um tempo atrás ele foi longe demais, foi agressivo com uma das minhas hóspedes, e finalmente bati o pé. Assim, ele queria o divórcio, vender Pembrook Park e dividir o lucro. E eu perderia a única coisa que amo.

— E Mallery sabia disso.

Ela assentiu.

— Ele é parte de nosso elenco há anos. É verdade que às vezes demonstrava irritação com as clientes, mas só quando não mostravam o respeito apropriado pela casa e pelos próprios personagens. Ainda assim, era visualmente atraente para as moças. Três anos atrás, ele sofreu uma perda pessoal; a mãe ou a irmã morreu, não sei. Depois disso, quis ficar no elenco permanente, sem pausas. Durante as férias de inverno, ele mora aqui como caseiro. Adora esta casa.

Ela falava com orgulho.

— A senhora sentiu afinidade com Mallery — disse Charlotte.

— Ele era a única pessoa que queria viver nesse tempo passado tanto quanto eu.

— E estava tão determinado a ficar que matou seu marido.

Finalmente, a mulher demonstrou alguma emoção, enrugando a testa. Mas restabeleceu a calma.

— Talvez. Agora, com licença. — Ela se voltou de novo para os papéis.

— Ele foi seu marido por muito tempo — disse Charlotte. — Não tem problema sofrer um pouco.

— Não preciso.

— Até os idiotas ganham um pouco da nossa afeição. Podemos ficar felizes por eles terem ido embora, mas ainda sentimos saudade das coisas boas. Havia coisas boas?

A Sra. Wattlesbrook começou a chorar. Chorou como alguém que não sabia fazer aquilo. Seu rosto se contorceu frente a sensações não familiares, e ela secou as lágrimas agressivamente com a base da mão.

— É isso que você faz? — perguntou a Sra. Wattlesbrook, com voz embargada e tensa. — Admite que está feliz por seu marido ter ido embora, mas guarda no coração as poucas lembranças preciosas? É assim que você mantém a postura de rainha?

Isso pegou Charlotte de surpresa, e o queixo dela começou a tremer.

— Não. Estou péssima — disse ela, com a voz aguda de quem está determinada a não chorar.

— Não parece — disse a Sra. Wattlesbrook, com a mesma voz.

— Obrigada — disse Charlotte. — Faço ioga. Noventa por cento da confiança é questão de postura.

— Eu não sabia disso — respondeu a Sra. Wattlesbrook. — Que fascinante.

E, com olhares desviados e vozes tensas e agudas como de ratos, elas conversaram mais um pouco sobre ioga, assim como sobre os prós e contras do uso de espartilhos, o tipo mais confortável de cadeira e o clima.

CHARLOTTE PEDIU QUE EDDIE ACOMPANHASSE a Sra. Wattlesbrook até o telefone da pensão para ligar para a polícia, e os tagarelas da sala de estar se separaram e foram dormir. Chegava uma hora que não dava mais para ficar exclamando: "Não consigo acreditar que o Sr. Mallery matou o Sr. Wattlesbrook, ora ora!"

Charlotte estava exausta. Seria aquele ainda o mesmo dia no qual ela mergulhou no lago e viu o caixão com motor alemão do Sr. Wattlesbrook? Aquilo parecia ter acontecido semanas antes, mas o espartilho ainda estava pendurado sobre o aquecedor, e sua umidade era uma prova.

Ela pensou em bater na porta da Srta. Charming e pedir para dormir lá, mas estava cansada demais. Além disso, Mallery estava amarrado e vigiado por Justin, e a polícia chegaria a qualquer momento.

Ela tirou o vestido, colocou-o na cadeira e foi para o banheiro, onde acendeu a luz.

— Mary! — disse ela.

Mary levou um susto e largou a nécessaire de Charlotte no chão. Sombras e batons rolaram, e pó escapou em uma nuvem. A criada fugitiva ainda estava com seus trajes de serviço, embora parecessem sujos, como se ela tivesse rastejado por locais não varridos.

— Não ouvi você entrar — disse Mary com culpa na voz.

— O que você está fazendo aqui?

— Eu... — Mary olhou ao redor, como se insegura. — Eu tinha uma coisa. Eu ia fazer uma coisa.

Essa garota tinha uns parafusos a menos. Algumas dezenas de parafusos a menos. Charlotte recuou e saiu do banheiro.

— Ninguém conseguiu encontrar você mais cedo.

— É, eu estava escondida. — Mary olhou para o chão e mexeu na saia. — Eu nunca devia tê-lo deixado sozinho com você. Devia tê-lo protegido.

— Mallery não é o que parece, Mary.

Mary inclinou a cabeça e observou Charlotte como se ela fosse um alienígena, depois disse com segurança:

— Ele é o homem mais perfeito que já viveu.

— Ele matou o Sr. Wattlesbrook.

— Talvez — disse ela, os olhos desfocados. — Eu o vi levar o coroa para aquele quarto e sair sozinho, só que não xeretei porque *eu* sou uma boa menina. Peguei umas luvas na cozinha quando ele pediu. Ele me confiou a tarefa de lavar a lama do lago das roupas dele. E eu confio *nele*. Se precisou matar alguém, tenho certeza de que teve um bom motivo.

— Ele também tentou me matar.

— Obviamente porque não podia confiar em você. É culpa sua.

— Isso é a polícia que vai decidir — disse Charlotte.

Os olhos malucos de Mary arderam com mais um pouco de loucura.

— Não consigo suportar. Não aguento imaginá-lo preso. Ele vai ficar tão infeliz. Ele é como um cachorro que precisa sair ao ar livre e correr.

Charlotte estava perto da porta do quarto. Moveu-se lentamente para não alarmar Mary, mas também não tinha pressa. Mary era magra. Se fosse preciso brigar, Charlotte achava que seria capaz de lidar com ela.

— Trancado para sempre, sem luz do sol, sem o aroma do campo, sem poder tocar em mim de novo... — Mary botou a mão no próprio pescoço, e um tremor percorreu seu corpo.

— Mary, acredite em mim, isso é uma coisa boa.

— Eu morro por ele! — Mary estava no vão da porta do banheiro, a luz atrás contornando seu cabelo bem claro de um amarelo vivo.

— Ninguém quer matar você, Mary. Não há necessidade de...

— Eu morro pelo Sr. Darcy.

— Hã... você acabou de dizer Sr. Darcy?

— Não.

O rosto de Mary pareceu esfriar, e as manchas vermelhas de emoção sumiram. Ela esticou o braço atrás da porta do banheiro, pegou um rifle que tinha deixado fora do campo de visão, apoiou a arma no ombro e apontou-a para Charlotte.

— Puta merda! — disse Charlotte, como Beckett diria. — Pensei que a Inglaterra fosse famosa por não ter armas!

— Os cavalheiros caçam.

— É uma arma de mentira?

Mary engatilhou o rifle. O *clique* soou ameaçadoramente real.

A porta do corredor estava a um passo. Charlotte olhou para ela. Será que ousaria correr? Será que Mary se assustaria e atiraria?

— Foi *você* — disse Mary, com as mãos tremendo nervosamente e a ponta do rifle apontada para a cabeça de Charlotte, para o pescoço, para os pés, agora para a parede. — Você é responsável pela captura de Thomas. Ninguém se importaria se o velho tivesse simplesmente desaparecido. Mas você estragou tudo. E Thomas me ama! Ele praticamente disse!

— Então fico muito feliz por vocês dois — disse Charlotte com a voz trêmula.

Mary semicerrou os olhos.

— Não gostava da forma como ele olhava para você. Talvez estivesse fingindo amar você. Não sei, não sei...

O movimento do rifle apontava para a cabeça de Charlotte com muita frequência. Ela decidiu que valia a pena o risco de tentar fugir.

Mary endireitou o corpo, a luz do banheiro incidindo sobre o rosto, e Charlotte pôde ver que a garota tinha passado maquiagem, aparentemente a de Charlotte. As bochechas estavam bem rosadas, os lábios também, e um olho exibia sombra marrom até a sobrancelha.

— Mary, você está bonita — disse ela.

Mary hesitou; baixou o rifle. E foi nessa hora que Charlotte correu.

Um tiro ecoou em seus ouvidos quando ela abriu a porta e saiu em disparada pelo corredor.

— Mary está armada! — gritou ela, correndo para a escada.

A Srta. Charming e o coronel Andrews botaram as cabeças para fora do quarto e para dentro de novo, rapidamente. Charlotte não podia culpá-los. Ela desceu a escada, dois degraus de cada vez.

Ah, chegue logo, polícia, pensou ela. Venham com os cruéis cassetetes e surrem essa psicopata até arrancar-lhe a loucura de amor!

Charlotte não tinha nenhum outro plano além de sair da casa. Talvez a casa não fosse a besta consciente e velha que engolia cadáveres inteiros, mas abrigava muitos malucos.

Outro tiro destruiu a parede de gesso acima de sua cabeça. Charlotte gritou, quase caiu escada abaixo e bateu na porta principal. Alguém a abriu por fora.

— Charlotte — disse Eddie —, o que...

Ela o empurrou e correu para o caminho de cascalho.

— Mary. Ela voltou. Com uma arma.

A porta principal se abriu e Mary saiu, o rifle apoiado no ombro.

— Você devia tê-lo deixado em paz! — gritou ela.

Um tiro foi disparado na noite. Eddie empurrou Charlotte no chão, ficou de pé e empurrou Mary pela escada na frente da casa. Arrancou o rifle das mãos dela, jogou-o longe e segurou Mary com firmeza. Mary lutou sem muita energia por alguns momentos e desatou a chorar. O choro era agudo e rítmico, o que lembrou a Charlotte um pássaro ferido. Eddie não a soltou, mas, depois de um momento, começou a murmurar:

— Passou, passou.

Charlotte quase disse: ei, ela acabou de tentar atirar na minha cabeça! Não diga *passou, passou* para ela!

Mas não podia culpá-lo. O choro dela *era* patético.

A Sra. Wattlesbrook ficou de pé acima deles, os braços cruzados.

— Francamente, Mary, você não pode esperar continuar trabalhando aqui tendo um comportamento desses. E seu cabelo está um horror.

Charlotte estava caída no cascalho, os ouvidos ainda ecoando do som do tiro do rifle, e se perguntou quantas pessoas no mundo teriam sido vítimas de tentativa de assassinato duas vezes no mesmo dia. Ela era especial, sem dúvida alguma, parte de um clube de elite de outras quase vítimas desconhecidas. Talvez fosse receber uma menção honrosa da rainha. Talvez Lu fosse ficar orgulhosa dela.

— Você vai desmaiar de novo? — perguntou Eddie, ajoelhando-se a seu lado quando os carros da polícia chegaram.

— Não... acho que estou me acostumando com isso tudo — disse ela, com a voz distante. — Tentativa de assassinato está se tornando uma coisa tão mundana.

Ele a pegou nos braços. Ela fechou os olhos.

— Ah, não, Eddie — disse ela, alerta com um novo pensamento. — Sabe o que Mary faria primeiro, antes de ir me matar?

Eddie gemeu.

— Soltaria Mallery.

Quando a polícia chegou lá em cima, no quarto trancado, ele estava vazio. Havia uma corda cortada no chão. Justin, o guarda, estava dormindo profundamente no corredor ao lado de uma xícara de chá, provavelmente com soníferos e levada para ele por Mary.

— Pelo menos não era chá de teixo — disse Eddie.

Charlotte teve que aguentar meia hora de perguntas de uma detetive e esperar do lado de fora com todo mundo enquanto a polícia fazia uma busca na casa. Não havia sinal de Mallery. Quando a detetive concordou que o restante das perguntas podia esperar até a manhã seguinte, Charlotte já estava se sentindo mais do que meio morta; pelo menos dois terços morta. A polícia estava bem ocupada com o interrogatório da prisioneira, organizando uma busca externa para capturar um assassino em fuga e tirando um carro de um lago.

— Estou com tanto sono — disse Charlotte, apoiando-se em Eddie enquanto eles subiam a escada. Sua fala estava ficando arrastada e enrolada. — Acho que adrenalina demais no sistema nervoso tem efeitos colaterais, não tem?

Os olhos de Charlotte estavam fechados quando Eddie a pegou no colo e a carregou até o quarto. Ela o acusaria de carregá-la só para poder exibir sua masculinidade, mas falar exigia esforço demais. Charlotte já tinha tirado o vestido antes do incidente com Mary, e ficado confortavelmente sem espartilho desde a hora que nadou, então Eddie a colocou vestida como estava debaixo dos lençóis. E deitou-se ao lado dela.

— O que você está fazendo? — perguntou Charlotte, embora mal desse para entender.

— Vou ficar ao seu lado, para ter certeza de que você não será atacada de novo esta noite. Se eu não posso ter esse privilégio, ninguém deve ter.

— Tudo bem — disse ela.

Charlotte virou o corpo de lado e olhou para ele mais uma vez antes de fechar os olhos para dormir.

— Você me transmite segurança — murmurou ela. — Adoro isso. Adoro tanto isso.

em casa, antes

OUTRA VERDADE UNIVERSAL É QUE os finais eclipsam os começos. As lembranças de Charlotte com James começaram a ficar deformadas e escuras, como fotos seguradas perto demais do calor, até que a gentileza do passado acabou maculada pela forma como ele a magoou. James só foi doce no começo para fazê-la sofrer muito quando não o foi mais.

Pensando bem, o nome dele devia ter levantado uma bandeira vermelha em seus pensamentos: "James." Que tipo de pessoa é tão metida que não consegue ser chamada por um apelido ou por uma redução carinhosa do nome, como qualquer pessoa normal? Mas não, foi *James* o tempo todo. O nome dele, a traição dele: tudo frio, calculista e arrogante.

Pelo menos uma lembrança permaneceu vívida: uma ou duas vezes por noite, James se virava dormindo, de costas para ela, e soltava uma bomba pelo traseiro. Aí, Justice, faça bom proveito dessa adorável peculiaridade.

austenlândia, dia 12

CHARLOTTE ACORDOU ANTES DE EDDIE. A luz das janelas estava com jeito de fim da manhã, e Charlotte supôs que ele tivesse montado guarda durante a maior parte da noite. Ela ajeitou o travesseiro e olhou para o rosto dele. Observar alguém dormindo era um ato íntimo, uma coisa reservada para amantes de longa data e pais de crianças pequenas. Ela achou que deveria se sentir culpada, mas não se sentiu.

    Ela se viu sorrindo ao reparar o abdômen dele subindo a cada respiração, os dedos darem uma mexida como se presos na rede de um sonho. Ele não era dela. Charlotte sabia disso. Isso era um período de férias de duas semanas, nada mais, e não importava se acordar ao lado de Eddie a deixava mais feliz do que qualquer outra coisa da qual pudesse se lembrar.

    Ele acordou lentamente e disse:

— O que você está olhando?

— Você.

— É de manhã? Estou feliz por você ainda estar viva.

— Eu também.

Ele estendeu a mão e segurou a dela.

— Está acordada há muito tempo? Deve estar morrendo de fome.

— Não, estou bem — disse ela, mas seu estômago a interrompeu com um ronco alto e faminto.

    Eddie saiu para que Charlotte se vestisse. Ela abriu o armário, olhou por alguns instantes e fechou. A realidade estava se aproximando de Pembrook Park, respirando nas janelas da casa, e ela não conseguiria se levar a sério de espartilho e vestido. Colocou um robe por cima da chemise e entrou no banheiro.

    Havia uma bolsa preta caída no canto. Na busca, a polícia não deve ter percebido que não era dela. Charlotte abriu o zíper: comida em lata e garrafas de água.

    Mary, pensou ela. Deve ter voltado para pegar comida. Talvez me matar tenha sido uma ideia que surgiu depois.

Eddie encontrou-a na escada, de calça e camisa para fora, colarinho aberto, sem gravata. Eles deram as mãos e desceram, mas as soltaram antes de entrar na sala de jantar.

As perguntas da detetive Merriman duraram até depois do café da manhã. Quando Charlotte foi liberada, saiu e foi ver a polícia rebocar o BMW, com o corpo já removido do porta-malas, ensacado e levado. Ao longe, onde o muro do jardim chegava às árvores, Charlotte viu alguma coisa brilhar. Uma coisa pequena, portátil.

Uma câmera.

Charlotte olhou ao redor. Eddie, a Srta. Charming e o coronel Andrews estavam andando entre carros de polícia, mas não...

A Srta. Gardenside começou a sair pela porta principal.

— Alisha, pare! — disse Charlotte em um sussurro.

A Srta. Gardenside ficou paralisada e percebeu o alerta ao ouvir seu nome verdadeiro. Charlotte se colocou entre a garota e a câmera e a empurrou para dentro de casa, para a sala de jantar.

Eddie entrou correndo atrás.

— O que foi?

— Acho que alguém entrou escondido na propriedade para tirar fotos — disse Charlotte. — Não queremos que Alisha se exponha.

Eddie assentiu e saiu rapidamente.

Alisha se sentou.

— Então você descobriu por que estou aqui.

Charlotte não havia descoberto.

— Seja lá qual for o motivo, tenho certeza de que você não precisa ter seu nome associado a essas férias que acabaram em assassinato pelo resto da carreira.

A expressão de Alisha era de infelicidade.

— É gentil de sua parte pensar no que é melhor para mim. Ninguém nunca pensa.

— Você sempre incorporou tanto seu personagem, Lydia... ou... — Charlotte hesitou. Lydia Gardenside nunca ficaria com uma expressão tão perdida. — Alisha. Achei que você queria não ser você por um tempo, e paparazzi vindo tirar fotos suas aqui... é como pegar você tomando banho de sol nua.

— Sei bem como é isso — disse Alisha.

— Uau.

Se alguém fotografasse Lu pelada, Charlotte poderia virar uma assassina. Ela pensou em ir embora, mas Alisha parecia querer falar. O quanto Charlotte daria para ficar sentada assim com Lu, para sentir Lu mais próxima, querendo se abrir.

— Estou feliz por você estar se sentindo melhor — disse Charlotte baixinho. Pela sua experiência, as meninas muito jovens se assustavam com mais facilidade do que cavalos selvagens.

— "Tuberculose" era o código da Sra. Wattlesbrook para "dependência química" — disse Alisha sem emoção. — Eu precisava de um tempo para me livrar dos analgésicos, só que ficar em alguma clínica expondo meus sentimentos não é meu estilo, é? Já passei por isso duas vezes, obrigada. Me dê um microfone e um palco, ou uma câmera e um personagem, e fico à vontade. Mas me coloque em um cômodo com mentes curiosas, e tenho vontade de cometer um assassinato sangrento.

— Então vir para cá foi uma ótima ideia... bem, exceto pela parte do assassinato sangrento.

— Eu tinha que ir para algum lugar. A Sra. Wattlesbrook estava disposta a colaborar. Acho que até revistou os funcionários e hóspedes para ter certeza de que ninguém traria analgésicos. Além do mais, minha mãe sempre foi fã de Jane Austen, e achei que ela... aprovaria. — Alisha deu de ombros de novo.

Charlotte se inclinou e abraçou-a como uma mãe faria. Alisha foi bem receptiva ao abraço e sorriu, como se estivesse feliz.

— Então... nada de tuberculose. Eu bem que me perguntei, mas a doença, a tosse...

— Abstinência. Não é superdivertido?

— Como você arrumou energia para sustentar a personagem?

— É mais fácil sofrer como Lydia com tuberculose do que como Alisha com síndrome de abstinência. Lydia não fica deprimida, isso tornou tudo mais fácil. Gosto do fato de você não ter descoberto a verdade, Charlotte. Odeio ser um clichê tão grande. A pobre jovem estrela perturbada se entrega aos medicamentos controlados. Qualquer um acharia que só a vergonha já bastaria para eu ficar livre dos remédios.

— Você é uma mulher incrível, Alisha — disse Charlotte quando Eddie voltou.

— Você faz de propósito? — perguntou Alisha. — Isso de fazer as pessoas se sentirem incríveis? Naquela noite em que cantei ao piano, eu estava bem deprimida. Estava tão envolvida na personagem da Srta. Gardenside que não sentia vontade de voltar a ser Alisha. Nunca mais. Mas cantei como Alisha, como eu mesma, e o que você me disse depois... senti que podia voltar a ser eu e ficar bem.

Eddie sorriu para Charlotte.

— Desconfio que nossa Charlotte saiu-se uma heroína para todo mundo.

— Parem, senão vou ficar com o ego inflado, e ninguém vai me aturar — disse ela com leveza, mas o que sentia era vergonha pelas palavras deles.

Charlotte não era heroína. Falhara no casamento, desapontara os filhos e a si mesma. Pelo menos isso era verdade, mas, quando pensou naquelas palavras, elas não pareceram tão fortes quanto antes.

— A polícia botou o fotógrafo para correr — disse Eddie — E falei com a detetive Merriman. Ela está confiante de que é capaz de manter o nome de Alisha fora dessa história, pois ela não estava diretamente envolvida.

Enquanto Alisha falava em particular com a detetive, Charlotte tentou ligar da pensão para os filhos. Porém, mais uma vez, não houve resposta.

Eddie andou com ela de volta até a casa, os dois em silêncio. Desde que quase morrera, a saudade que Charlotte sentia dos filhos aumentara. Não tinha problema Beckett chamar Justice de "mãe" e Lu parecer mais feliz lá do que em casa. É claro que não tinha. Ela queria que os filhos amassem o pai e a madrasta, certo? Não insistiria de forma egoísta em ser o único objeto da afeição deles. Não seja ridícula.

E talvez isso tivesse acontecido em uma boa hora. Antes, ela jamais teria considerado prolongar as férias. Mas, se os filhos estavam bem, ela poderia... poderia... poderia o quê? Ficar ali para sempre, como a Srta. Charming fazia, para poder passar mais tempo com Eddie? O que estava pensando?

Não estava. Era hora de apenas sentir um pouco e fazer alguma coisa a respeito.

— Reginald... Eddie — começou Charlotte —, como você é quando não está aqui? Você é ator?

Ele havia tirado um florete de treino do quarto secreto antes, e agora o carregava pendurado no cinto para poder ficar armado. Aos olhos de Charlotte ele parecia um agente do serviço secreto da Regência.

— Sou mais dançarino do que ator, mas isso é coisa para o pessoal de vinte anos. Participei de várias produções teatrais em Londres com gente de Pembrook ao longo dos anos, e vim para cá recentemente. A Sra. Wattlesbrook me aconselhou a adotar um personagem que se parecesse com meu eu natural. É mais fácil de manter. Dá para ver que as mulheres que vêm para cá são solitárias. É um prazer galanteá-las, vê-las sorrir com sinceridade.

— Não é amor de verdade — disse Charlotte baixinho.

— Mas imita, não? No meu ponto de vista, estamos aqui para tratar as mulheres com gentileza e mandá-las para casa lembrando como é o amor.

— Então me tornei um dos seus projetos.

O sorriso dele foi meio exasperado.

— Não devia ser. Fui designado para Gardenside. Mas você chamou minha atenção, maldita. — Ele levou a mão dela à boca e a beijou. — Tenho uma confissão a fazer.

Ela estava esperando por isso.

— Você é casado. Está saindo com alguém. É gay.

— Você é péssima em adivinhação. Não, não e não. Nunca pensei que Mallery merecesse você. Você é diferente, Charlotte. É verdadeira. Merece mais do que já teve. Não sei o que você já teve, isto é, fora o incidente com Mallery, mas sei que merece coisa melhor.

— Você só está deslumbrado por minha excelente capacidade de dedução — disse ela.

— Não acreditei nem por um segundo que um assassinato de verdade tivesse acontecido. Usei como desculpa para ficar perto de você. Eu sei, sou inteligente de um modo incomum.

O reboque e quase todos os carros de polícia tinham ido embora. Havia mais duas noites. Se as crianças tivessem atendido ao telefone, ela teria contado a eles que ficaria mais. Embora Eddie não tivesse pedido.

Quando eles entraram pela porta principal, Eddie soltou a mão dela. Charlotte esperava por isso, mas ainda assim foi meio desagradável.

— Aí estão eles — disse a Sra. Wattlesbrook, rodeada por todos na sala de jantar.

O coronel Andrews e a Srta. Charming estavam comendo hambúrgueres, claramente comprados na cidade. Alisha estava tomando sorvete.

— Sentem-se, Sra. Cordial, Sr. Grey — disse a proprietária. — Estamos discutindo o que faremos com o tempo restante.

— Ainda não quero ir para casa — disse Alisha.

— Considerando as circunstâncias, imagino que as damas desejem reembolso. — A Sra. Wattlesbrook ergueu uma sobrancelha e olhou ao redor, com os lábios comprimidos revelando sua ansiedade.

Charlotte balançou a cabeça.

— Não é sua culpa o fato de um dos seus atores ter se revelado um assassino maluco.

As outras damas concordaram, e os ombros da Sra. Wattlesbrook relaxaram.

— Mas e a senhora? — disse Charlotte. — Se quisesse dar o programa por encerrado logo, tenho certeza de que todas nós entenderíamos.

— Não — disse ela, o terror fazendo-a arregalar os olhos. — Não desejo me sentar em algum canto e *pensar*. Esta é minha casa. Eu... gosto de ter vocês aqui.

Isso gerou silêncio. Vinda da Sra. Wattlesbrook, a declaração era quase sentimental.

Ela pigarreou.

— Quanto ao baile... era para ser amanhã à noite.

— Ah, vamos fazer mesmo assim! — disse Alisha.

— É claro que ainda vamos ter o baile — disse a Srta. Charming, confusa. — Que tipo de cenário de Jane Austen isto aqui seria se não tivéssemos um baile?

Charlotte se sentiu estranha ao pensar em botar todas aquelas roupas de novo e fingir ser a Sra. Cordial. Deixou a mão pender na lateral do corpo. Eddie fez o mesmo, e, por baixo da mesa, seus dedos se tocaram.

— Eu gostaria de ficar nos últimos dois dias — disse ela.

E mais, ela pensou.

Quanto tempo mais?, perguntaram seus Pensamentos Profundos.

Charlotte não tinha resposta para isso.

— Naturalmente, para você, Sra. Cordial — disse a Sra. Wattlesbrook —, vou arranjar um novo parceiro.

— Ah.

Charlotte não tinha pensado direito sobre aquela parte. Seus dedos ainda tocavam os de Eddie.

— E vamos fazer nosso melhor — disse o coronel Andrews, levantando-se a fim de fazer uma reverência formal — para garantir que esse não tente assassinar a senhora a sangue frio.

— Obrigada — ela agradeceu —, mas não tenham trabalho por minha causa.

— Não tema — disse o coronel. — Faz parte da política de Pembrook Park agora chamar cada ator no cantinho e perguntar com a maior seriedade: você é ou planeja ser um assassino? E, se a resposta for sim...

— Ou se os olhos dele se moverem de forma suspeita — acrescentou Eddie.

— ... ele vai ser posto para correr!

— De fato — disse a Sra. Wattlesbrook, e fungou.

Neville ecoou a fungada dela.

— Não sei se me lembro das danças — disse Alisha.

Houve uma breve pausa, e Eddie soltou a mão de Charlotte e se levantou.

— Nesse caso — disse ele —, vamos fazer nosso ensaio para o baile esta noite?

— E uma festa do pijama — disse o coronel. — Teremos tempo para espartilhos e gravatas amanhã. Estou gostando das damas de robe.

Ele ergueu as sobrancelhas para a Srta. Charming. Ela fez biquinho de beijo, como se para um cachorro favorito, e deu outra mordida no hambúrguer.

NA HORA DO JANTAR, NÃO havia mais estranhos na casa. A polícia tinha isolado o quarto do Sr. Mallery, o de Mary e o quarto escondido do segundo andar, e a fita azul e branca servia como lembrete visual de que nada estava normal na Austenlândia.

Eles fizeram uma refeição frugal na sala de estar. A Srta. Gardenside tocou músicas elegantes de dança de salão ao piano até que Eddie deu corda na caixa de música para que ela também pudesse dançar. Charlotte sugeriu que a Sra.

Wattlesbrook fosse dançar com Neville, e os dois concordaram mais rapidamente do que Charlotte imaginaria. Neville dançava como corria, com os membros magros desconjuntados. O sorriso dele mostrava-se enorme e incontrolável.

Charlotte assentiu de satisfação e se virou para ver Eddie e a Srta. Gardenside dançarem. Eles eram pura graça e perfeição. Ela parou de olhar.

— Devíamos descansar — pronunciou a Sra. Wattlesbrook após algumas danças. — O baile é amanhã, e, apesar dos transtornos recentes, prometo que será nos padrões habituais de Pembrook.

Eddie seguiu Charlotte até o andar de cima. Foi adorável, simplesmente adorável, conversar com ele, conversar com ele atrás da casa, acordar e vê-lo dormindo. Estar com Eddie fazia sentido, aqui e agora, perto da meia-noite na Austenlândia, mas ela tinha um medo insistente de que, quando fosse para casa, a fantasia se dissolveria na névoa. Claro que ela podia ficar mais alguns dias, mas e depois? Esforçou-se para ignorar os pensamentos pessimistas, principalmente os Profundos, enquanto eles observavam a frequência com que Eddie dançava com a Srta. Gardenside.

— Não quero deixar você sozinha — disse Eddie.

— Vou ficar bem. Mary está na prisão, e Mallery deve estar lá pelos lados de Liechtenstein agora.

Talvez ela o tivesse convidado de qualquer forma para o quarto, mas a Sra. Wattlesbrook também estava no corredor, então Charlotte só disse boa noite.

Ela deitou na cama, lembrou-se de que não tinha motivo para ter medo e apagou a vela. A escuridão no quarto ganhou vida. O cômodo pareceu normal na luz, mas agora o escuro mudava como a água do lago. Ela imaginou-se vendo o carro, a luva de borracha flutuando atrás da janela. A escuridão formou rostos que se evaporaram quando ela tentou se concentrar neles. Um formato de rosto não desapareceu, uma claridade oval na altura certa de um homem de pé. Charlotte tremeu. O que era aquilo? Seu chapéu rosa pendurado em um gancho, talvez?

Ela pensou: talvez Mallery tenha voltado para me assombrar.

O pensamento se expandiu. Ela se sentou ereta, como se presa de repente em um espartilho de ferro, e sussurrou no escuro:

— Mallery não está lá pelos lados de Liechtenstein. Ainda está aqui.

em casa, antes

NAS PRIMEIRAS NOITES DEPOIS QUE James saiu de casa, Charlotte ficou bem. Perplexa, claro. Mas, assim que as crianças iam para a cama, ela fechava a porta do quarto, ligava a TV e não pensava. Não sentia falta de James ao seu lado, não tanto assim. Ele andara viajando muito nos últimos tempos. (Fazendo o quê? Não pense no assunto, Charlotte. Não pense!)

Um mês depois, James estava morando em um apartamento maior, e convidou Lu e Beckett para irem dormir lá. E Charlotte ficou sozinha em casa por uma noite inteira pela primeira vez.

Era diferente de estar sozinha em um quarto de hotel em uma viagem de negócios. Aqui, ela estava sozinha com a vastidão. Com tantas janelas. Por que não mandou cobrir todas elas? James achava que não fazia sentido colocar persianas nas janelas que davam para o quintal cercado, mas pessoas podem subir em cercas. Voyeurs, ladrões, assassinos em série, todos são excelentes escaladores de cerca. Ela foi para a cozinha preparar o jantar e se preocupou com a melhor forma de descascar a cenoura e escorrer o atum. Será que o observador a julgaria por não enxaguar a cenoura, pela forma desajeitada como abriu a lata? Será que um assassino em série pensaria mal dela se ela usasse maionese demais?

Sozinha em casa pela primeira vez, ela sentia tudo, menos a sensação de estar *em casa*.

austenlândia, dia 12, noite

CHARLOTTE PEGOU O ROBE E OS chinelos e saiu correndo do quarto. Não havia velas acesas no corredor. A noite o preenchia com um azul-escuro, como se ele fosse a parte submersa de um navio naufragado, e ela se viu prendendo a respiração, só para o caso de estar realmente debaixo d'água. Enquanto corria, rezou para estar sozinha. Para que ninguém a estivesse observando. Para que ninguém fosse atrás dela. O quarto de Eddie, a apenas quatro portas de distância, parecia absurdamente longe.

O quarto dele era iluminado por uma única lâmpada, mas ela conseguiu ver que ele usava uma calça de pijama (apropriada para a Regência?) e tinha tirado a camisa. Quando Charlotte entrou, Eddie ergueu o rosto e pegou o florete de treino apoiado na cama.

— Você espera mesmo fazer alguma coisa com isso? — ela teve que perguntar.

— Talvez. Tem alguma coisa atrás de você?

— Acho que não. Mas acabei de me dar conta de que Mallery ainda está aqui.

— Onde? — Eddie a empurrou para trás de si, brandindo o florete como Errol Flynn.

— Não tenho certeza. Eu estava tentando entender Mallery, e, se ele matou Wattlesbrook para preservar Pembrook Park, se este lugar era tão importante para ele... bem, ele vai ficar o máximo de tempo que puder.

— A polícia procurou...

— A Sra. Wattlesbrook disse que ele era caseiro durante as férias. Nós sabemos que há um quarto secreto. E se ele descobriu outros? Poderia estar em qualquer lugar. Poderia estar aqui.

Eles olharam para as paredes, para o armário. Eddie brandiu o florete para a lareira.

— Saia, saia, lobo mau.

— Ele vai sair. Vai ter que sair. Mary deixou uma sacola com comidas no meu quarto. Acho que eles estavam se escondendo juntos, e ela saiu para buscar suprimentos. Mas fez uma parada para passar minha maquiagem. Não é trágico? Ela só queria ficar bonita para ele.

— Além disso, pelo que me lembro, ela queria matar você.

— É, mas essa ideia deve ter surgido depois.

Eles ficaram de costas um para o outro, como se esperando que Mallery saísse das paredes a qualquer momento.

— Ele não deve estar no meu quarto — sussurrou Eddie.

— Provavelmente não — sussurrou Charlotte em resposta. — Ele já deve ter percebido que Mary foi capturada. Se ainda estiver escondido, não vai ficar por muito tempo. Vou surtar se ele fugir de novo. Devíamos caçá-lo. Imediatamente.

Ele olhou para ela por cima do ombro.

— Está com medo? — perguntou ele.

— Não muito, na verdade. Pelo menos, não agora.

— Ah. Você pode fingir que está por um momento? É que você fica encantadora com essa chemise branca, e eu gostaria de uma desculpa para abraçar você. Meu fantasma, minha Charlotte, meu assombro particular...

Ela sussurrou ainda mais baixo do que antes, mal emitindo as palavras:

— Eddie, estou apavorada.

Ele a abraçou. Charlotte sentiu ao toque os músculos das costas nuas e apoiou a bochecha no pescoço dele. Sentir a pele de Eddie era como mergulhar em água morna.

— Passou, passou — disse ele, como se a consolasse, e os dois riram um pouco, mas não se soltaram. — Melhor?

— Preciso ser um pouco mais consolada — ela respondeu, ainda com o rosto no peito dele.

Ele beijou-a no pescoço, apertando as costas dela com as mãos, e ela fechou os olhos e sentiu uma raiva extrema de Mallery por precisar ser capturado. Era um momento muito inconveniente para isso.

Esqueça Mallery, disseram seus Pensamentos Profundos.

Eddie começou a beijar o ombro dela.

Esquecer quem?, perguntou Charlotte.

Ela estava beijando Eddie agora porque, apesar de ele ser corajoso, sem dúvida precisava de consolo também. Era a coisa mais legal a fazer. Todos os pensamentos, os Profundos e os Outros, se desligaram por alguns instantes. Quando a Charlotte Prática tentou retomar o raciocínio, viu-se pressionada contra a lateral da cama, os braços ao redor do pescoço de Eddie e as mãos no cabelo dele. Ela afastou os lábios.

— Mallery? — disse ela, sem fôlego. — Perigo? Polícia?

— Certo — disse Eddie. — Ligar. Agora.

Ele olhou para o rosto dela e soltou-a lentamente, parecendo não entender por que estaria disposto a fazer uma coisa dessas.

— Eu odeio aquele cara — disse Eddie, com uma tristeza verdadeira.

Charlotte assentiu.

Ela e Eddie deram as mãos enquanto corriam pela entrada de cascalho. O ar estava quente e frio ao mesmo tempo, e, por apenas um momento, os passos de corrida se transformaram em um saltitar.

A pensão estava destrancada, e eles ligaram para a detetive Merriman, que pareceu sonolenta, mas disposta a ir até lá.

— Vai demorar pelo menos meia hora — disse Eddie depois de desligar. Ele ergueu uma sobrancelha. — O que vamos fazer?

— Vamos acordar a Sra. Wattlesbrook — disse Charlotte. — Para ver o que ela sabe dos outros segredos da casa.

Ele suspirou.

— Por que você é tão prática?

A Sra. Wattlesbrook não ficou feliz por ter sido acordada e ouvir que a polícia estava indo para lá de novo. Garantiu com mau humor que não havia outras áreas secretas na casa além do quarto no segundo andar.

— Teremos que virar a casa toda de cabeça para baixo à meia-noite em outra busca infrutífera? Talvez vocês devessem ter deixado isso para lá.

— Acho que para ela não fazia diferença — disse Charlotte enquanto ela e Eddie voltavam. — Não foi ela que imaginou que o chapéu rosa pendurado no gancho era Mallery voltando para uma segunda oportunidade de estrangular o seu pescoço.

Eles se sentaram nos degraus da frente da casa e esperaram pela polícia.

— Perdão, Eddie. Eu tive tanta certeza.

— Pode haver segredos nesta casa que nem a Sra. Wattlesbrook conhece.

— Mas como o desmascaramos?

— Eu apostaria que Mary sabe onde ele está.

— Mas nunca vai contar. — Charlotte começou a fazer um pedido para uma estrela que viu aparecer em uma abertura entre as nuvens, mas acabou percebendo que era um satélite. — Sabe, quando Mary foi ao meu quarto ontem à noite, as roupas dela estavam sujas, como se ela tivesse passado por algum lugar poeirento. Mas a sujeira era preta. Talvez não só poeira, mas fuligem. Cinzas.

— Uma passagem pela lareira?

— Ou talvez...

Charlotte ficou de pé e olhou ao longe. Eddie ficou ao lado dela.

— Pembrook Cottage? — perguntou ele.

— É.

Eles entraram no salão matinal, pegaram duas velas, escreveram um bilhete para a detetive pedindo que ela os encontrasse lá e deixaram o bilhete nos degraus da frente, debaixo de uma pedra.

Eles pretendiam esperar a polícia do lado de fora da casa, mas, quando chegaram lá, não conseguiram resistir à tentação de entrar pela porta queimada em busca de sinais de Mallery. Pegadas haviam marcado a camada de cinzas, mas Charlotte sabia que deviam ter sido deixadas pelos bombeiros. Sem falar nada, eles seguiram pelo entulho queimado até os fundos da casa, onde as paredes e o teto estavam manchados de fumaça, mas intactos.

Eddie estava procurando pistas no chão. Charlotte pretendia procurar, mas se distraiu com a forma como as paredes pareciam ondular à luz das velas. Como podia haver tantas sombras quando a única luz vinha de uma chama do tamanho de um polegar?

— Que casinha apavorante — sussurrou Charlotte.

Eddie não respondeu, e ela achou que ele não devia ter escutado. Ou talvez a casa engolisse os sons. Ela andou pelo corredor, os pés procurando tábuas que rangiam para se convencer de que a emissão de som era possível naquele lugar. Será que Mallery realmente preferiria se esconder naquela casa suja e escura a fugir para a liberdade? Não parecia provável.

No fim do corredor, pouco antes da escada, ela encontrou uma salinha. A fumaça mal tinha tocado as paredes e o teto, deixando intacta uma mesa com cadeiras e uma estante. Charlotte ergueu a vela, curiosa para saber que livros havia nas prateleiras. Ela leu os títulos baixinho.

Charlotte franziu a testa. A estante parecia estar se deslocando para a frente lentamente. Ela balançou a cabeça, com a certeza de que era a luz da vela criando o movimento falso na superfície irregular. Estava prestes a comentar com Eddie quando uma mão agarrou seu punho e puxou-a para a parede atrás da estante. No mesmo momento, a estante/porta se fechou, um sopro apagou sua vela e uma mão cobriu sua boca.

— Não grite.

Charlotte, você é tão burra!, gritaram seus Pensamentos Profundos.

Ah, obrigada, eu percebi, pensou ela.

Estar em um cômodo secreto com Mallery de novo, com seu coração fazendo aquele som disparado e louco, era tão familiar.

Mallery sussurrou:

— Você promete ficar quieta?

Ela fez que sim com a cabeça.

— Não vou machucar você — disse ele, soltando-a.

— Não acredito em você.

Ela não pretendia cumprir a promessa. Planejava gritar assassinato sangrento para alertar Eddie, mas era difícil falar. Sentia-se como se estivesse debaixo d'água, com os pulmões apertados, a pressão do lago empurrando sua cabeça para baixo.

Mallery guiou-a para um pequeno sofá no escuro e convidou-a a se sentar. Sua cabeça roçou um teto inclinado, e ela percebeu que eles estavam no espaço debaixo da escada. O local não se qualificava exatamente como um quarto secreto; era mais um buraco secreto, um refúgio ou um nicho, até, talvez uma cavidade ou uma alcova...

Liste todos os sinônimos que quiser, disseram seus Pensamentos Profundos. Não me distrai do fato de você ser burra.

— Estou feliz por você ter vindo até mim, Charlotte — disse Mallery, sentando-se ao lado dela.

Aham.

— Eddie está lá fora. E está... *armado*. E a polícia está a caminho.

Mallery ignorou essa informação, mas a calma na voz dele era forçada.

— Eu não teria feito aquilo se houvesse outra maneira. Wattlesbrook não merecia viver. Não tinha respeito pelas mulheres nem por construções antigas.

Ela teve uma imagem repentina de Mallery na noite do incêndio de Pembrook Cottage, correndo para o lago e voltando até o fogo, jogando inutilmente a água trazida em baldes nas chamas crescentes. Ele devia estar desesperado. O fogo ardeu rápido, os bombeiros chegaram tarde, e a água do lago não ajudou em nada. Não naquela noite. Mas ele voltou ao lago dois dias depois, e a água foi bem eficiente em engolir um carro com um corpo no porta-malas. Isso até Charlotte resolver nadar no meio da tarde.

— Você sabe que não estamos mesmo em 1816, não é? — disse ela. — Você não é louco. Pembrook Park nunca foi do seu avô, e matar o Sr. Wattlesbrook para proteger seu local de trabalho me parece um exagero. Então, por quê?

Ele não respondeu.

— Wattlesbrook botou fogo na casa, perdeu Windy Nook e Bertram Hall por incompetência e planejava se divorciar da esposa e vender Pembrook Park. Por que você, o verdadeiro você, se importava tanto? Foi porque é como se pertencesse a este lugar, como Neville disse? Acho possível isso. Você sabe que é fantasia, mas é o mais próximo da realidade de estar num lugar que você sente como sendo seu. Talvez matá-lo parecesse uma necessidade. Você estava se protegendo, ao menos pelo seu ponto de vista. Foi praticamente legítima defesa.

A voz dele foi um sussurro rouco.

— Legítima defesa da natureza mais sublime.

— Mas você tentou me matar, e aquilo não foi legítima defesa.

Não houve resposta.

— Uma coisa que admiro nessa era que você tanto ama é a gentileza. A etiqueta é observada, o respeito é preservado. Seja lá qual for o seu motivo, me estrangular no quarto de depósito não foi nada gentil, e eu realmente gostaria de um pedido de desculpas.

— Me desculpe por ter tentado matar você. Com sinceridade, Charlotte. Estou tomado de arrependimento. Na ocasião... eu... eu não vi outro jeito.

Havia sinceridade na voz dele, e isso, por algum motivo, deixou-a furiosa.

— O que você está fazendo com Mary é crueldade, sabia? Você não a ama de verdade.

— Ela tem desejos que não cabem no mundo dela. Eu a ajudo a realizá-los.

— Ela encobriu seus feitos. Me atacou. Deve passar muito tempo na prisão.

— Lamento por ter sido capturada, mas tudo que ela fez foi escolha dela.

Charlotte sentiu o dedo dele tocar a sua bochecha.

— Charlotte? — ela ouviu Eddie chamar. Ele parecia distante.

— Você matou um homem. — Ela não conseguia deixar de tentar fazer com que ele sentisse arrependimento pelo assassinato. — Ele estava vivo, e você o matou. Se ele era escória ou não, isso não faz diferença.

— Mas ele era escória — disse Mallery, com um sussurro tão baixo que não havia inflexão nenhuma de voz nele. — Ele valia menos do que o dano que causou. Estava ao meu alcance detê-lo, e, assim, se tornou minha responsabilidade.

— Você poderia estar a centenas de quilômetros de distância agora — sussurrou ela. — Por que ficou? De que tem medo de verdade, Mallery?

Ele colocou a mão na nuca dela e apertou a testa contra sua têmpora. Ela conseguiu sentir o hálito do sussurro na bochecha.

— Não sei em que outro lugar deste mundo eu posso existir.

Ele parece mesmo louco, disseram seus Pensamentos Profundos.

Charlotte estava prestes a pedir que ele tirasse as mãos dela, usando termos apropriados a uma dama, quando os lábios dele tocaram os seus. Foi tão inesperado que ela nem se mexeu.

Ele afastou os lábios, mas deixou os dedos no rosto dela.

— Sei por que a senhora me deixava nervoso, Sra. Cordial. Por eu desejar a senhora, mas ser proibido de tocá-la.

— Seu personagem foi planejado para me amar — sussurrou Charlotte, quase sentindo pena dele. Ele parecia magoado. — Nada disso é real.

— Tudo é real, Sra. Cordial. Tudo.

— Charlotte? — chamou Eddie, a voz baixa, mas talvez mais próxima.

Charlotte viu uma luz. Devia haver um pequeno buraco na estante para observação, pensou ela. Eddie devia estar na sala de estar, pelo menos naquele momento.

— Eddie... — sussurrou Charlotte

Mallery a beijou de novo, por mais tempo, abraçando-a. Era uma coisa tão estranha receber um beijo indesejado. Ela não queria ser receptiva ao beijo, mas estava com medo de ele se sentir mal.

Ela pensou mesmo isso?

Charlotte colocou a mão na bochecha dele e o empurrou.

— Você precisa se entregar agora.

Ele a puxou e pôs-se atrás dela, com um braço pressionando o diafragma dela.

— Você sabe o quanto me dói ter machucado a senhora — sussurrou ele. — A senhora não vai me fazer passar por isso de novo, e não vou machucá-la desde que a senhora não me machuque, Sra. Cordial. Não posso mais ficar aqui. — A voz dele falhou nesse momento. — A senhora vai me acompanhar até que eu saia do terreno de Pembrook Park, e depois vou soltá-la. A não ser que queira ficar comigo.

Ele escutou pelo buraco na estante. Tudo estava silencioso.

— Agora, comporte-se — sussurrou ele, e empurrou a parede, abrindo a estante como uma porta de vaivém para a sala de estar. A estante se fechou com um clique atrás deles.

Comportar-se? Pode deixar. Charlotte deu uma cotovelada no estômago de Mallery, bem no local onde ela sabia que tinha machucado suas costelas antes. Ele a soltou.

— Assassinato sangrento! — gritou ela.

— Pare! — gritou Eddie, entrando correndo no aposento e apontando o florete para o peito de Mallery. Charlotte pulou para o lado dele.

Mallery olhou para a ponta cega e empurrou a lâmina com impaciência. Eddie bateu nele com o florete no alto da cabeça.

— Ai — disse Mallery.

Ele deu um passo ameaçador à frente, mas Eddie bateu nele de novo no ombro.

— Pare com isso! — disse Mallery.

Os dois homens se encararam.

— Eu tenho uma faca — disse Mallery, tirando-a do cinto.

— A minha é maior.

Garotos, pensou Charlotte, revirando os olhos internamente.

Ele bateu na mão de Mallery, que largou a faca. Eles se encararam de novo. Charlotte achou tudo muito dramático. Mallery fingiu que ia pegar a faca, mas saiu correndo, desviou de Eddie para chegar ao corredor e saiu pela porta queimada. Não parecia tão ameaçador enquanto corria.

Eddie e Charlotte foram atrás dele, pulando entulho e tossindo por causa das cinzas que a corrida dele levantou. Faróis os receberam do lado de fora, vindos da direção da casa. A polícia! Mallery fez uma curva e foi em direção ao bosque.

— É ele! É ele! — gritou Charlotte.

O carro da detetive saiu do caminho e atravessou o gramado, os pneus destruindo a grama.

— A Sra. Wattlesbrook não vai gostar disso — disse Charlotte.

Policiais saíram correndo e gritando, e alguns deles pegaram as armas. Mais armas! Não era para só haver cassetetes na Inglaterra? Onde ela vinha obtendo suas informações? O carro da detetive cortou o caminho de Mallery para o bosque, e ele parou, as mãos ao alto.

Eddie foi para o lado dela.

— Está feliz por ter usado o florete? — perguntou Charlotte.

Ele sorriu, e as covinhas pareceram luas cheias.

— Acho que devo a você um pedido de desculpas — disse ela — pela forma como julguei mal sua bravura com uma arma e o quanto é realmente perigoso.

Ele passou o braço pela cintura dela.

— Sou oficialmente o homem mais feliz do mundo.

Depois de perguntas e explicações, a polícia mandou Charlotte e Eddie de volta para a casa. Estava silenciosa, com a maior parte das pessoas dormindo e alheias aos acontecimentos mais ao longe.

Em pouco tempo, Charlotte estava de novo na cama, em um quarto sem tranca, acordada bem depois da meia-noite. Mas havia uma coisa de diferente. Faltava alguma coisa. Ela olhou pelo quarto, passou as mãos pelo corpo como se procurando chaves perdidas, passou os dedos pelo cabelo. Uma coisa grande, normalmente presente, tinha sumido.

Não estou com medo, ela percebeu. Não sinto nem um pingo de medo.

Ela pensou no cadáver no quarto secreto. Nada. Imaginou o irmão de máscara correndo atrás dela em uma casa escura. Nada. Pensou em Mallery tentando matá-la, e Mary em seu quarto com uma arma, e freiras assassinadas e fantasmas e uma casa que talvez devorasse cadáveres vivos...

Ela suspirou, rolou para o lado e dormiu.

em casa, trinta e um anos antes

— VAMOS BRINCAR DE CASTELO — disse Olga, a amiga barulhenta de Charlotte que usava óculos. — Eu vou ser a princesa e você vai ser a dama de companhia.
— Certo — disse.
Charlotte viu Olga perambular com a sua tiara de plástico na cabeça e sentiu uma pequena dor por seu papel ser ficar sentada no tapete do porão fingindo tecer uma tapeçaria. Mas Olga parecia muito feliz, e ser dama de companhia não era tão ruim. Ela ainda fazia parte da história. Mesmo não sendo a heroína.

austenlândia, dia 13

CHARLOTTE COLOCOU LEITE NO CHÁ, limpou o canto da boca com um guardanapo e disse:
— Ontem à noite, Eddie e eu encontramos Mallery escondido em Pembrook Cottage.
Os ruídos de mastigação, de utensílios batendo em pratos e conversas de café da manhã sumiram na mesma hora. Até

Neville, que estava entrando na sala vindo da cozinha com um prato de linguiças, ficou olhando boquiaberto.

— A polícia chegou — disse Eddie —, mas, antes, Charlotte quase foi feita de refém.

— O que aconteceu? — perguntou a Srta. Gardenside.

— Ah, você sabe — disse ela, balançando a mão como se tudo fosse normal. — Ele estava escondido atrás de uma estante móvel em uma alcova secreta. Ou seria um esconderijo? Enfim, ele me puxou lá para dentro. Aparentemente, estava louco para pedir desculpas por quase me matar. E, então, me beijou.

Eddie ficou de pé, o que fez a mesa balançar e um copo de suco de laranja foi derrubado.

— Ele o quê?!

— Ele... me beijou? — disse ela, mais apreensiva desta vez. Não estava esperando aquela reação.

— Você deixou?

— Deixei. NÃO! Não foi... foi... bem, ele precisava botar um ponto final na história, acho. Ele é como aqueles antigos heróis, ou vilões, talvez, aqueles príncipes trágicos e Heathcliffs e Rochesters torturados. Pelo menos, *ele* se vê assim. Não teria durado naquele buraco, e acho que estava esperando algum tipo de ato simbólico antes de deixar esse mundo antigo para trás. Ainda estava me chamando de "Sra. Cordial". Depois de tudo que aconteceu, *Sra. Cordial*. Ele é doido mesmo. Mas queria aquele momento final, sabe? Ele queria encerrar com um beijo. E agora que ele está na prisão, seu último ato como homem livre não foi tentar matar a dama, foi beijar a dama, e ele consegue viver com isso. Vocês entendem?

A Srta. Charming apoiou a mão na bochecha.

— Como foi o beijo? — perguntou ela.

— Bem, estava muito escuro, eu não conseguia vê-lo, e de repente...

A Srta. Charming cobriu a boca com as mãos e deu um gritinho de prazer. Eddie bateu o copo vazio de suco na mesa, que ele tinha acabado de pegar. O coronel Andrews e a Srta. Gardenside estavam observando os movimentos de Charlotte e a raiva de Eddie.

— Deixem para lá — disse Charlotte. — Foi só um beijo. Não importa. Eu só queria contar para todos, para vocês saberem que Mallery não é mais uma ameaça.

Charlotte lançou um olhar severo para Eddie, avisando-o para se acalmar. Ele se sentou, pegou um pedaço de pão e o rasgou em pedaços sobre o prato.

— Só não gosto de ele ter tomado essa liberdade. Eu devia ter estado lá para impedir.

— Não tem problema, Eddie. Estou bem. Mallery tentou me matar, mas ainda sinto pena dele. Não é fácil ser ele neste mundo. Ele não merece muito, mas talvez tenha merecido esse momento final.

Eddie riu, e Charlotte deu de ombros.

— Eu sei — disse ela. — Mas eu sou legal. É meu jeito.

Era prerrogativa da heroína dar um beijo final no vilão, e Charlotte tinha decidido ser a heroína, afinal. Jane Austen criou seis heroínas, todas diferentes, e isso deu coragem a Charlotte. Não havia só um tipo de mulher. Ela não tinha mais medo. Estava finalmente se sentindo em casa na Austenlândia, e pretendia se armar com essa ousadia e levá-la para casa.

E ela pretendia, especificamente, mandar todo mundo se danar e se apaixonar por Eddie, mesmo sendo temporário, mesmo ela não sabendo o que representava para ele.

Eles não ficaram sozinhos pelo resto do dia. A Srta. Gardenside, o coronel Andrews e a Srta. Charming estavam sempre por perto. Eddie não disse nada de significativo para ela, como "amo você" ou "fique para sempre", nem mesmo "vou escovar os dentes, me encontre no meu quarto em dez minutos". Ficou perto dela, dando atenção à Srta. Gardenside.

A noite se aproximava. A Sra. Wattlesbrook expulsou os últimos policiais e mandou os hóspedes para o quarto. O baile começaria em pouco tempo, e Charlotte conseguia ouvir músicos afinando instrumentos e sentir cheiro de doces sendo preparados. Não tinha expectativas. Isso a fez se sentir um pouco solitária, mas um pouco solitária era melhor do que com o coração todo adormecido.

Eddie voltaria a incorporar o personagem e dançaria com a Srta. Gardenside aquela noite. Charlotte não sentia muita motivação para se arrumar, mas o vestido do baile estava esticado sobre a cama. Tiraram as medidas dela para o vestido no primeiro dia, e ele devia ter acabado de chegar da costureira. Era tão novo que parecia brilhar, como se tivesse sido feito a partir de trapos por uma varinha de condão. Ela o ergueu. O comprimento a partir da cintura alta até a barra era maior do que os vestidos diários, o que acentuava sua altura. A organza creme tinha um bordado delicado de flores e cachos e era decorada com contas que cintilavam à luz da janela. Dezessete anos de mudanças na moda transformaram seu vestido de noiva em uma peça risível, mas duzentos anos não afetaram aquele estilo. Ele era lindo.

Mary não estava mais lá, mas Charlotte tinha certeza de que, se tocasse o sino, alguma criada apareceria para ajudá-la a se vestir. Não importava. Charlotte vinha se esforçando para se vestir sozinha nas últimas semanas. Podia pedir à Srta. Charming que fechasse os botões inalcançáveis e ajudasse com o cabelo. Ou talvez ao coronel Andrews. Alguma coisa lhe dizia que ele seria ótimo com penteados.

Houve uma batida na porta. Ninguém jamais batera naquela porta além de Mary, e, na última vez em que Mary apareceu, portava uma arma.

A voz de Eddie soou:

— Posso entrar?

— Claro — disse ela.

Ele entrou, ainda portando um florete de treino.

— Chegou meu guarda-costas.

— Você provou que não precisa de guarda-costas.

— Você acha que vai ter outra chance de usar isso?

— Um cara pode sonhar.

— A ponta é cega.

— No meu sonho, é afiada como uma tachinha. Além do mais, fico batendo no rosto de Mallery até ele chorar como um bebê.

— Que sonho detalhado.

— E nem cheguei à parte em que sou piloto de corrida.

Ele ficou de pé ao lado da porta enquanto ela retocava a maquiagem, e virou de costas quando ela tirou o robe e colocou o vestido de baile.

— Hum... seria bom uma ajuda para fechar — disse ela.

Ele suspirou.

— É sério?

A relutância dele a fez hesitar.

— Posso pedir à Srta. Charming, se você estiver ocupado.

Eddie andou até Charlotte, demonstrando falta de boa vontade em todos os movimentos. Como um irmão mais velho irritado com a irmãzinha chata. Ela mordeu o lábio enquanto ele lutava contra os muitos botões do vestido, determinada a não falar nada para não irritá-lo ainda mais.

— Você me deixa louco.

— Perdão, meu irmão — disse ela friamente.

As mãos dele pararam.

— Por favor, não me chame assim. — Ela sentiu os dedos dele nas costas. — Desde o passeio à abadia, em que você estava com medo de me decepcionar por não ser inteligente o bastante, me fez rir e desejar você. Sua gentileza é espontânea. Você sabe o quanto isso é raro? Sua presença me absorve, mas não posso reparar. Foi bem difícil fingir indiferença quando você estava nadando no lago. Abrir seu espartilho acabou comigo. Mas aqui estou eu de novo, tão perto, mas sem poder sair carregando você para que seja minha. Devo ser masoquista.

Ela lembrou-se de esvaziar os pulmões, mas depois só conseguia dar pequenas inspirações rápidas e curtas.

— Então você prefere que eu não chame você de "irmão"?

— Não quando estamos sozinhos, por favor. — Ela sentiu-o apoiar a testa no pescoço dela, e a expiração despertou arrepios nas costas. — Por favor. Não sei como ter você aqui, já que você não foi destinada a mim. Não sei...

Ela assentiu. Eddie passou o braço pela cintura de Charlotte e a segurou por trás. Ela passou os braços sobre os dele, e ambos ficaram ali, naquele abraço silencioso. O coração de Charlotte batia com tanta força que ela sentia o corpete tremer, mas estava estranhamente calma ao mesmo tempo.

Isso teria me matado quando eu tinha 14 anos, pensou ela com uma inspiração súbita. *Isso é algo de que me lembro sobre meu eu mais jovem.*

O romance e a situação estranha e a sublime incerteza teriam partido o coração dela e feito com que enlouquecesse. *E, agora, o que vem depois, o que devo dizer, e se eu me virasse, o que vamos fazer?* Mas pelo menos a idade lhe deu paz para viver aquele momento como uma poetisa, para não sacrificar a beleza à ansiedade do 'E Agora', mas só observar. O calor das mãos dele nas dela. O coração batendo nas costas dela. O momento em que ele ajustou a cabeça para o lado, como se quisesse sentir a pele dela com a bochecha. A forma como os braços a apertaram de repente, sentindo-a ali, apreciando-a. O que ela sentia da garganta até as entranhas, toda agitada e fria e leve. Foi por isso que foi para lá. Nada mais precisava acontecer de novo. Ela tivera seu momento na Austenlândia, e, mesmo incompleto e incerto, fora perfeito. Ela inclinou a cabeça até tocar na dele e o ouviu suspirar.

— Vou dançar com a Srta. Gardenside esta noite — disse ele.
— Tudo bem.
— Não está tudo bem.
— É para isso que você está aqui. É para isso que ela está aqui. É para acontecer assim.
— Eu queria que não fosse.

Charlotte estava prestes a dizer o que desejava quando a porta se abriu. Ela saiu do abraço de Eddie, e ele pegou o florete.

A Srta. Charming gritou e levantou as mãos para o alto.
— Não atire, não atire!

Eddie baixou a arma, e seu rosto ficou vermelho.

— Perdão. Eu... perdão.

— Ele está montando guarda para o caso de ter outra pessoa nesta casa que queira me matar — disse Charlotte.

— Que bom que eu quero você viva, então, para poder fechar meu vestido atrás — disse a Srta. Charming. — Não quero chamar a criada. Não confio mais em nenhuma delas, todas com olhar de malucas e prontas para atirar.

Ela se virou de costas para Charlotte e esperou que o vestido fosse abotoado, falando o tempo todo de bailes passados e danças favoritas e do frio que sentia na barriga quando a música começava. O falso sotaque britânico tinha entrado de férias desde que Mallery tentara assassinar Charlotte.

A Srta. Charming se ofereceu para fazer um penteado em Charlotte e a arrastou para o quarto dela. Pela porta aberta, Charlotte conseguia ver Eddie no corredor, segurando o florete sem saber o que fazer.

— Vá se vestir, Eddie — disse ela. — Se algum assassino nos atacar, Lizzy prometeu bater nele com a prancha de cabelo.

Charlotte achou que era uma ameaça razoável, e Eddie deve ter concordado, porque, apesar de hesitar um momento, logo assentiu e saiu.

— Você é mesmo mais bonita do que parece à primeira vista — disse a Srta. Charming enquanto colocava enchimento debaixo do cabelo de Charlotte para adicionar volume.

— Obrigada!

— Você tem uma aparência com a qual a pessoa tem que se acostumar, e, depois de um tempo, *voilà*, você é bonita. Meu Bobby iria querer experimentar um colchão com você.

— Certo.

— Claro, não que você aceitasse. Você não é dessas mulheres perigosas, Charlotte. Você é legal.

Charlotte ouviu o baile antes de vê-lo. A música chegou ao andar de cima e a atraiu até o corredor. Era incrível o quanto ela se sentia diferente de vestido de baile. Como se fosse uma pessoa especial, como uma princesa.

A Srta. Charming e a Srta. Gardenside se encontraram com ela no corredor. Estranhos de roupas formais entravam pela porta principal, entregando casacos e chapéus a criados, rindo ao seguirem para o grande salão. Charlotte teve que se perguntar onde a Sra. Wattlesbrook encontrava tanta gente. Agências de atores? No clube da região? Devia haver dezenas de pessoas novas com roupas da Regência. De onde estava, Charlotte não conseguia ver a fita da polícia na porta de Mallery nem o buraco de bala na parede. Austenlândia estava enfeitada e linda.

— Toda vez é como se fosse a primeira — sussurrou a Srta. Charming. — Cada vez eu penso: é este o baile em que tudo muda.

— E muda? — perguntou a Srta. Gardenside.

— Mais ou menos. Mas talvez... não o bastante.

O coronel Andrews andou até o pé da escada. Como todos os homens naquela noite, ele estava de paletó e calça preta, camisa branca e gravata, a versão da Regência para o smoking. Ele colocou uma das mãos nas costas e levantou a outra em convite.

— Não exija que eu rasteje, Srta. Elizabeth, porque a senhora sabe que o farei. Venha me fazer o homem mais feliz do mundo, senão lamentarei aos céus pela injustiça. Farei birra até os deuses sentirem pena e me matarem para me poupar o sofrimento de um coração partido. Eu imploro, seja minha dama!

A Srta. Charming apertou as mãos enluvadas contra o peito e ofegou de prazer, descendo a escada com muito tremor e balanço nas regiões superiores. O coronel Andrews subiu a escada para encontrá-la, como se não conseguisse esperar nem mais um minuto para tocar nela.

Ele segurou a mão da Srta. Charming, beijou-a e suspirou para o teto.

— Ela é uma deusa. Uma deusa!

Os olhos da Srta. Charming brilharam, e ela pareceu prestes a chorar, mas acabou rindo enquanto o coronel Andrews a levava para longe dali.

Antes que Charlotte e a Srta. Gardenside pudessem descer a escada, Eddie apareceu e esperou na base. Ele não olhou para Charlotte.

— Srta. Gardenside, preciso falar. Sou o primeiro a achar seu comportamento desta noite abominável.

— Perdão? — perguntou a Srta. Gardenside, com ofensa fingida.

— Pense nas outras damas, Srta. Gardenside. Pense na natureza delicada delas, na vaidade ferida. Não basta a senhorita ser atraente, mas precisa ofuscar todas as pessoas do mesmo sexo de forma tão evidente? É uma vergonha.

— Talvez eu devesse cobrir meu nariz com lama ou passar graxa no cabelo?

— São sugestões provocantes, mas acho que minha presença ao seu lado já deve diminuir o esplendor.

A Srta. Gardenside pegou o braço dele e, com sotaque americano do sul exagerado, disse:

— Querido, você consegue pegar um peixe mesmo sem anzol.

— Se minha dama deseja peixe, minha dama terá peixe. — Ele indicou o salão, e eles prosseguiram.

Ainda sem olhar para os olhos dela, Eddie disse por cima do ombro:

— Boa noite, Charlotte.

— Oi, Eddie.

A Sra. Wattlesbrook acenou para chamar a atenção de Charlotte. Ela usava um vestido com muita renda e penas presas na cabeça. Sem o chapéu de mulher casada, ela parecia bem festiva.

— Sra. Cordial, eu gostaria de apresentar lorde Bentley, um antigo amigo da família. Ele expressou uma vontade particular de conhecê-la. Sir Charles, Sra. Charlotte Cordial.

Lorde Bentley era um homem alto, mais alto do que deve ser confortável para a vida do dia a dia. Claro, Charlotte era uma mulher alta, mas colocá-la como par do equivalente ao Empire State Building parecia exagero.

— Sra. Cordial, atrevo-me a dizer que é um prazer. Seria pretensão minha? A senhora já tem planos, ou posso pedir sua mão para as primeiras duas danças?

Ali estava ela, em outro programa com um desconhecido. Outro homem forçado por uma amiga; ou, nesse caso, porque ela pagou. Isso o tornava um gigolô? Eles não eram todos essencialmente gigolôs, então? Eca!

Charlotte pegou o braço dele e entrou no salão. Centenas de velas brilhavam nos candelabros, a música encantando o ambiente. Casais já estavam dançando, e o movimento dos vestidos era tão lindo quanto um recife de corais. As mesas ao longo das paredes estavam cobertas de tigelas de ponche e sobremesas que exalavam aromas doces e crocantes. Charlotte ofegou. Austenlândia nunca parecera tão real.

— É lindo — disse ela.

— Assim como a senhora — disse lorde Bentley.

Vou vomitar, disseram seus Pensamentos Profundos.

Charlotte dançou com lorde Bentley, às vezes observando o Sr. Grey dançar com a Srta. Gardenside. E, às vezes, o Sr. Grey observava a Sra. Cordial dançar com lorde Bentley.

— Ouvi muito sobre a senhora, pela Sra. Wattlesbrook — disse lorde Bentley enquanto eles esperavam a vez para dançar pelo meio do salão.

— É mesmo? — perguntou Charlotte.

Eddie e a Srta. Gardenside estavam dançando o *chassé*. Charlotte queria rir. Não era uma dança romântica. Por outro lado, ele *estava* segurando as mãos dela.

— A senhora me intriga — disse o lorde. — Vim de Londres apenas para conhecê-la.

— É muito longe — disse ela.

— Valeu a pena — disse ele.

E eles dançaram o *chassé*. Era uma passagem balançada pelo meio, de lado, meio saltitando. Ela esperava que ninguém tivesse uma câmera escondida. Não queria que aquilo fosse parar no YouTube e constrangesse seus filhos.

A segunda dança era menos agitada e com mais estilo. Os parceiros ficavam em lados opostos, se aproximavam e se afastavam. Lorde Bentley pareceu desistir da conversa para dar lugar a olhares sedutores. Depois de ser profissionalmente seduzida pelos olhares de Mallery, ela achou a tentativa de lorde Bentley muito patética.

Em determinado ponto da dança, as damas atravessaram até os cavalheiros à direita. Charlotte levantou a mão. Eddie segurou-a. Toda a magia e os cheiros e os brilhos a cercaram com aquele toque. Ela não estava mais observando; estava dentro da Austenlândia. Ela era real.

— Sinto muito — disse Eddie baixinho.

— Não sinta.

Eles se afastaram atrás de outros dançarinos e se reencontraram.

— Não está certo — disse ele.

— Não cabe a mim decidir — disse ela. Mas queria que coubesse.

Eles voltaram para seus parceiros. Lorde Bentley era todo sobrancelhas e olhares penetrantes. Ela desenvolveu um novo apreço por Mallery, que devia lançar aqueles olhares sedutores desde o nascimento. Mesmo o suor dele era taciturno.

A dança acabou. A Srta. Gardenside pegou o braço do Sr. Grey e eles saíram andando juntos.

— Com licença, tenho umas... coisas de dama — disse Charlotte, da forma mais constrangida possível, na esperança de evitar qualquer pergunta do acompanhante.

Lorde Bentley fez uma reverência, e ela se afastou rapidamente. Será que estava sendo desonesta? Talvez só estivesse sendo inteligente. Mas isso não era provável, considerando que queria xeretar, e seu histórico de curiosa não era nada impressionante.

Charlotte seguiu Eddie e a Srta. Gardenside a uma distância discreta. O casal entrou na estufa. Charlotte parou na porta, escondida atrás de uma samambaia. O ar na construção de vidro era quente, como de terras tropicais, e suave como um suéter em seus braços nus.

O Sr. Grey segurou a mão da Srta. Gardenside e falou algo. Era esse o momento. O pedido de casamento, o que Charlotte teria ouvido do assassino Mallery. Era um pacote de férias com tudo incluído. refeição, roupas, passeios e um pedido de casamento. Naquele momento, em outro ponto da casa, o coronel Andrews devia estar pedindo a mão da Srta. Charming em casamento pela enésima vez.

O casal andou entre as plantas, as vozes baixas e as cabeças inclinadas na direção um do outro. A mão da Srta. Gardenside estava no braço dele. A mão dele estava sobre a dela. A garganta de Charlotte se apertou. Estava se torturando, só isso. Será que iria querer espiar um quarto de motel onde estivessem James e Justice? Certamente não. Ela foi andando pelo corredor.

Um momento depois, voltou. Eddie estava segurando as mãos da Srta. Gardenside, falando com sinceridade. Ela parecia exultante. Será que se beijariam? Sim, a qualquer momento, sem dúvida, se beijariam. O luar entrava pela janela em um ângulo como se feito especialmente para a cena, e o ar estava tomado de amor e orvalho de plantas. Nada de beijos, por favor. Charlotte não conseguiria suportar, mesmo se fosse de mentira. Se Eddie beijasse a Srta. Gardenside, significava que ele queria, não? Alisha era tão linda e jovem. Talvez Eddie fosse mais como James do que ela pensara. O coração de Charlotte quicou no peito, encorajando-a a fugir.

Ela cobriu os olhos com as mãos e recorreu aos Pensamentos Profundos.

O que faço?

Os Pensamentos Profundos deram um pulo, felizes pela pergunta. Deixe-os em paz e vá tomar ponche. Mas fique longe do lorde Bentley, porque ele me dá arrepios.

Mas e Eddie?

Não tem nada de real aqui, nem ele. Pessoas legais não bagunçam o momento romântico de outra pessoa, principalmente porque você não está pronta para amar Eddie de verdade. Saia antes que se faça de idiota ou fique com o coração partido de novo. Ainda estamos sofrendo pela última vez, muito obrigado.

Não, disse Charlotte, surpreendendo a si mesma. Estou pronta. Estou pronta para amar de novo, e eu o escolho. Não sei como, com dois filhos em um país e esse homem em outro. Mas não consigo imaginar outra pessoa com quem eu gostaria de ficar que não seja Eddie. É egoísmo? Isso quer dizer que não sou legal?

Sim, disseram seus Pensamentos Profundos.

Bem, danem-se vocês. Vou ser a heroína dessa história.

Ela começou a entrar no local na mesma hora em que o casal, após aparentemente concluir o que foi fazer na estufa, estava saindo.

— Charlotte? — disse Eddie.

— Eddie — falou Charlotte, sem saber mais o que dizer. Mas foi poupada de ter que elaborar palavras pela piedosamente loquaz Srta. Gardenside.

— Ah, Charlotte, não é maravilhoso? — disse ela com exultação, correndo até Charlotte.

— É?

— Não provoque. Embora eu saiba que você vai debochar de mim por ser tão cega, eu não sou tão astuta quanto você, minha amiga mais querida e doce. Você consegue descobrir um assassino, mas eu não consegui ver o amor verdadeiro nem quando estava bem na minha frente!

— Não se torture — disse Charlotte. — O amor verdadeiro pode ser tão facilmente confundido com outras coisas... amizade, preocupação, indigestão...

— Pare, sua coisinha deliciosa. Agora que estou relembrando as duas últimas semanas, vejo a marca dele em tudo que aconteceu. Os galanteios do Sr. Grey, a atenção constante, até a relutância em dançar. Nossa, eu pensei que ele estivesse apenas inquieto, considerando que é nossa última noite. Mas, na verdade, ele vinha guardando um segredo o tempo todo! Não pense que me importo, minha querida Charlotte. Você é arguta, mas compreendo, embora deva repreendê-la absurdamente. Às vezes, uma pessoa não pretende se apaixonar. Às vezes, apenas acontece.

Charlotte estava prestes a contestar. Tinha o acervo de um ano inteiro de pensamentos e opiniões impressionantes sobre o assunto da escolha no amor, mas se conteve, porque ficou confusa de repente.

— Peraí... o quê?

A Srta. Gardenside observou o rosto dela com uma expressão gentil.

— Você não entende mesmo, não é? Então posso contar a novidade? — Ela olhou para Eddie, mas não esperou permissão. — Ele está apaixonado por você, Charlotte! Está desesperadamente apaixonado por você! E não é seu irmão de verdade, claro. Durante todo esse tempo, ele me deu o braço por obrigação, mas eu o libero disso agora! Vocês estão livres para amar!

— O quê? — Ela não conseguia entender o que a Srta. Gardenside estava dizendo, talvez por estar distraída pelo uso excessivo das variações da palavra "livre".

Alisha sussurrou:

— Ele gosta de você de verdade.

Ela sorriu e apertou a mão de Charlotte.

Charlotte ousou olhar para ele agora. Eddie deu um sorriso largo, mostrando os dentes, as bochechas com covinhas, os olhos abertos, como se estivesse com um pouco de medo da reação dela.

— Mas... ele foi designado para você.

Alisha, pois era definitivamente "Alisha" agora, no sotaque e no jeito, torceu a boca e levantou um ombro.

— Não vim aqui pelo romance. Para falar a verdade, acho bem estranho isso.

Ela deu um beijo na bochecha de Charlotte e saiu sem dizer nada, e Charlotte ficou no calor da estufa sozinha com o Sr. Edmund Grey. Ou com Reginald, talvez. Mas certamente com Eddie.

— Não foi bem como imaginei este momento — disse Eddie.

Ele tinha imaginado! Charlotte apertou os dedos gelados nas bochechas para esquentá-los.

— O que você tinha em mente?

— "Devo compará-la a um dia de verão", esse tipo de coisa. Sempre funciona, não?

Ela estava perto dele agora, embora não se lembrasse de ter entrado na estufa. Talvez estivesse flutuando, como o fantasma de rodas do coronel Andrews.

— Por que não tentar?

O sorriso de Eddie se suavizou. A mão dele estava quente encostando na dela.

— Você mais parece um dia de outono. Sua presença me faz ter certeza de que algo está para mudar, e é uma mudança que desejo e recebo de braços abertos.

— Desculpe por eu ter estragado sua noite com Lydia. Espero que você não seja descontado nem nada. Mas eu... senti sua falta. Acha que estou falando besteira?

— É a coisa mais sábia que já ouvi.

Eles estavam sentados em um banco, apesar de Charlotte também não se lembrar de ter andado até lá. Ela parecia estar flutuando para todo lado. Alguém devia amarrar um barbante nela e vender em parques de diversão.

— Tenho uma confissão a fazer — disse Eddie — Tenho um amigo, um antigo ator daqui, que se apaixonou por uma das clientes. Eu achava que ele tinha confundido a fantasia e a realidade e que imaginou que estava apaixonado, quando na verdade estava fazendo um papel. Não achei que fosse verdadeiramente possível. Mas você tornou isso possível.

Ela riu.

— Isso é loucura!

— Tenho mais uma confissão: amo loucuras.

Ele a beijou.

Vocês estavam errados, disse Charlotte para seus Pensamentos Profundos.

Os Pensamentos Profundos a cutucaram delicadamente e se afastaram para dar a ela um pouco de privacidade.

E ele a beijou.

E Charlotte pensou: ele parece gostar de mim. Parece mesmo. Talvez (minha nossa, se ele continuar fazendo isso eu não vou conseguir respirar), talvez não haja nada de errado comigo. (Minha nossa, ele tem lábios deliciosos.) Talvez James me trocasse por Justice independentemente do que eu fizesse. Talvez (meu Deus, eu poderia beijar este homem para sempre), talvez não tenha sido culpa minha, afinal. Talvez eu não esteja acabada e repugnante. Talvez eu... (Um homem que segura seu rosto enquanto beija você não é a coisa mais deliciosa do mundo? Porque parece a coisa mais deliciosa do mundo.)

E ele continuou a beijá-la.

Agora que eles tinham parado de falar, Charlotte conseguia ouvir música pelas paredes, pelas janelas, um som de eco espectral. Era triste e assustador, e também bonito, e Eddie a puxou para que ficasse de pé, e eles dançaram. Ele segurou a mão dela, apoiou nas costas e a girou pela estufa. Ela achava que era a valsa, ou quase. Não sabia exatamente o que seus pés estavam fazendo.

Deve ser quase meia-noite agora, pensou Charlotte, e se perguntou se seu vestido viraria uma pilha de trapos, e se os cavalos, que eram na verdade ratos, iriam buscá-la para ir para casa.

Mas ainda não estou pronta para ir para casa, ela diria para aqueles ratinhos chatos. E não se importaria se seu vestido fosse feito em trapos e ela ficasse descalça na frente de Eddie, com o deslumbre arrancado por magia. Não se importaria, desde que pudesse ficar. E, pela primeira vez, sentia-se confiante de que ele iria querer que ela ficasse.

Eles dançaram à música fantasmagórica até ela parar. E, então, se beijaram até depois da meia-noite e conversaram até o amanhecer.

em casa, no ano anterior

— NÃO VOU ABANDONAR VOCÊS — James disse para os filhos enquanto esvaziava o armário de roupas. — Sempre vou ser o pai de vocês. Nunca vou abandonar vocês — disse ele, enquanto guardava coisas em caixas e ia embora.

austenlândia, dia 14

ESTAVA AMANHECENDO. EDDIE E CHARLOTTE caminharam lentamente escada acima, a luz pálida das janelas caindo sobre eles como a gravidade. O coração dela parecia um saco de palha, mas sua mente zumbia e sua mão formigava onde Eddie a estava segurando. Eles passaram pelo coronel Andrews e pela Srta. Charming indo dormir, mas Eddie não soltou sua mão.

Na porta do quarto de Charlotte, eles pararam, cansados demais para fazer qualquer outra coisa, mas lamentando se separarem.

— Tenho duas semanas de folga antes da próxima sessão — disse ele, a voz rouca de cansaço.

— Eu gostaria de ficar — disse ela. Será que podia ficar mais duas semanas? Será que seus filhos ficariam bem? Ela esperava que sim. Mas e depois? Não importava. Ela estava apaixonada, e seu coração parecia novo em folha.

Ela entrou no quarto antes que sua mente prática pudesse despertar e se preocupar.

Não se deu ao trabalho de lutar para tirar o vestido. No fim das contas, era possível dormir de espartilho, embora talvez não fosse aconselhável. Ela fechou os olhos contra a luz crescente e sonhou imediatamente com um caminhão carregando caixas de repolho.

Seus Pensamentos Profundos resmungaram. Pare com isso! Não tem nada de *minimamente* romântico em repolhos. Depois de uma noite assim, você, pelo menos, podia produzir alguma coisa excitante.

Charlotte deu de ombros e acabou dormindo. Não dava para evitar. Os sonhos se escolhiam sozinhos, e, naquela manhã, era com repolhos. Em um caminhão.

Ela acordou sentindo-se tímida. E dolorida. Pensando bem, teria valido a pena tirar o espartilho. O sol estava alto, e Charlotte havia perdido o café da manhã. Estava com fome, mas constrangida. Hoje era O Fim, e ela não sabia como conseguiria inserir um 'feliz para sempre' na história. Não tinha certeza se mais duas semanas seriam capazes de construir uma coisa forte o bastante para suportar o Oceano Atlântico entre eles. E, depois que eles deixassem Austenlândia para trás, será que a situação entre ela e Eddie ficaria estranha? Será que ele perceberia que ela era normal, inventaria desculpas e a mandaria para casa?

Ele vale o risco, ela disse para si mesma. Não volte a ficar com o coração adormecido.

Depois do banho, Charlotte colocou o espartilho uma última vez, um tanto sentimental pela peça que a espremia e a torturava, se vestiu e saiu do quarto.

— Bom dia, Charlotte — disse a Srta. Gardenside. — Você perdeu o café da manhã.

— Fiquei acordada até tarde — disse Charlotte.

A Srta. Gardenside/Alisha deu uma risadinha.

— Obrigada por me dar o Sr. Grey — disse Charlotte. — Ele foi designado para você.

— Que nojento! Ele tem idade para ser meu pai.

Não devia ter, mas Charlotte sorriu mesmo assim.

— Posso pedir um favor? — perguntou ela. — Acho que estou indo longe demais, mas... será que você pode escrever um bilhete para a minha filha e dizer para ela que me acha legal? Alguma coisa assim? Ela idolatra você e acha que eu sou... bem, sou a mãe dela.

— Para minha mais querida e doce amiga do peito? Sem dúvida.

— Que... que incrível. Obrigada. E, se não se importar, vou escrever um bilhete para sua mãe, dizendo o quanto acho você maravilhosa.

O sorriso de Alisha foi triste.

— Na verdade, não me importo nem um pouco.

Charlotte planejava escrever à mão num papel delicado. Talvez até usasse uma pena.

Alisha deu um abraço em Charlotte e dois beijos nas bochechas, e saiu para arrumar suas coisas. Charlotte passou pela porta aberta da Srta. Charming.

— Você vai ficar? — perguntou ela.

A Srta. Charming estava sentada no chão, pintando de coral as unhas dos pés.

— Vou, por que não? Essa sessão não pareceu real, com assassinos e armas e tudo mais. Não quero terminar com *CSI: Pembrook Park*. Além do mais, o coronel Andrews ainda vai ficar por mais dois meses, e devo fazer companhia a ele.

Charlotte se sentou na cama dela.

— Vocês dois estão mesmo juntos?

— Não, o coronel não gosta disso. Nós nos amamos de nosso próprio jeito. Acho que isso é tudo de que preciso.

— É mesmo?

O lábio inferior da Srta. Charming começou a tremer. Ela fechou o esmalte e deixou várias unhas sem pintar.

— Não sei o que fazer. Não sei para onde ir. Não consigo ir embora, mas não posso ficar para sempre. Posso?

Ela olhou para Charlotte com olhos arregalados e marejados e um queixo meio trêmulo.

Charlotte segurou a Srta. Charming pelo braço e desceu com ela para o salão matinal, onde a Sra. Wattlesbrook estava arrumando a escrivaninha.

— Sra. Wattlesbrook, eu gostaria de apresentar a Srta. Elizabeth Charming. A senhora a conhece como hóspede há muitos meses, mas ela tem muito potencial. A Srta. Charming tem grande interesse em ver Pembrook Park seguir de vento em popa. Ela talvez também pense em reformar Pembrook Cottage e retomar as atividades em Windy Nook. É uma empresária experiente e foi metade da parceria que transformou uma loja de colchões em uma cadeia bem-sucedida de 18 lojas em três estados. Tem dinheiro para investir e o superpoder de identificar a diferença entre uma fraude e uma coisa verdadeira. Em resumo, a Srta. Charming é sua nova amiga do peito. Acho que está na hora de vocês duas conversarem sobre negócios, de formarem uma parceria e darem um jeito neste lugar.

A Srta. Charming ofegou três vezes durante a narrativa. A Sra. Wattlesbrook não ficou incólume. Charlotte conseguia perceber pela forma como as mãos dela se mexiam, ajeitando o cabelo, apoiadas no peito, procurando o colo. Mas ela manteve a expressão severa.

— E imagino que, junto com sua proposta de dinheiro e parceria, venha a intromissão? O que você tem em mente, Srta. Elizabeth?

— Bem, isso é repentino — disse a Srta. Charming, abanando-se com a mão. Ela se sentou recatadamente. — Eis algumas ideias improvisadas: você não precisa fechar durante todo o inverno, sabe. Os casacos e cachecóis e outros apetrechos são *tããão* fofos. Imagine o Natal em Pembrook Park! Com mais marketing, você não teria problema em conseguir novos clientes, especialmente se fizer algumas mudanças no cardápio.

— São costumes rigorosos da cultura da era...

— Eu sei, isso não tem problema, querida, mas a *comida*, moça. A comida! Precisa ser *tão* autêntica? Que tal ter alguns pratos a cada refeição que a tornem mais atraente para os humanos, e manter um ou dois saídos diretamente de seus livros de receita da Regência? Não estou falando de cachorros-quentes, só um prato ou outro que as pessoas reconheçam. Olho de cordeiro é *mesmo* necessário?

A Sra. Wattlesbrook deu de ombros, um pouco magoada.

— Olha, você ainda vai ser a proprietária, vai criar os personagens de todos os atores e tomar conta para que continuemos antiquadas. Deixe que o coronel Andrews planeje a diversão, para manter as atividades animadas. Ele adora quando encenamos as peças que você escreveu, quando inventa mistérios, e tem um monte de outras ideias. Enquanto isso, eu cuido dos negócios.

Você não precisa manter tudo *tããão* em segredo e exclusivo. Aumente a segurança e vamos fazer propaganda, trazer clientes novos, fazer eventos de fim de semana em vez de só de duas ou três semanas. E precisamos de mais homens! Dois homens para cada mulher, eu diria, para que todas tenham opção, e deixe que visitem outras propriedades, façam visitas a Windy Nook e olhem os homens de lá também, vai ser tão empolgante!

— Talvez... — A Sra. Wattlesbrook se sentou com as mãos no colo. — Talvez possamos falar de números?

— Pelo amor de Deus, sim, adoro falar de números! Matemática era minha melhor matéria. Matemática e anatomia.

— Vou deixar que vocês conversem — disse Charlotte.

Ao fechar a porta, ela viu a Sra. Wattlesbrook se recostar e dar um suspiro de alívio.

Charlotte foi usar o telefone pela última vez.

As crianças vão ficar bem, ela disse para si mesma enquanto ligava para o número de James. Vão adorar ficar com o pai mais duas semanas. E depois? Será que ela podia se mudar para a Inglaterra? Bem... não. Lu e Beckett já passaram por mudanças demais no último ano. Ela podia visitar Eddie de tempos em tempos. Será que bastaria?

Seu novo coração ativo pareceu murchar um pouco no peito, mas ela o ignorou da melhor maneira que pôde. Beckett tinha acabado de atender o telefone de James, e o som do "alô" dele fez seus olhos se encherem de lágrimas e seu coração inchar. Ah, como ela amava aquele garoto!

— Oi, querido!

— Mãe?

— É, sou eu. Desculpa por não ter conseguido falar...

— Espera.

Sons de passos e uma porta se fechando.

— O que está acontecendo? — perguntou ela, imaginando cenários em que James e Justice tinham sido mortos e Beckett era refém de sequestradores violentos.

— Só vim para o escritório do papai para falar. Não sei por que não pude dormir aqui. Odeio aquele sofá idiota.

— Precisamos pensar em outro planejamento para você dormir na próxima vez.

— É. Pelo menos a visita está quase acabando.

— Você não estava adorando?

— Não — disse ele.

— Mas... mas seu pai falou que você estava se divertindo muito, e Justice disse que você a chamou de "mãe".

— Sem querer, dã. Ela é estranha. Fica toda fofa por alguns segundos, mas toda noite se tranca no quarto para a gente não perturbar. E papai liga a TV como se não soubesse o que falar com a gente, e ultimamente eles saem para jantar e nos deixam com uma pizza. É estranho não jantarmos todos juntos, sabe?

— Sei.

— Estou morrendo de saudade, mãe.

Ele sentia saudade dela. E não dizia nada assim desde que era pequeno.

— Estou morrendo de saudade de você, Al — disse ela, usando o apelido dele. Quando pequeno, ele era tão parecido com Al Gore que chegava a incomodar... O Al Gore da época que era vice-presidente, não o de barba.

— Você volta amanhã, né? — perguntou ele, a voz preocupada.

Charlotte hesitou por três segundos, três segundos em que imaginou as duas semanas com Eddie, três segundos em que pesou sua felicidade desejada em comparação à de Beckett. Ela fez o melhor possível para afastar o arrependimento da voz quando disse:

— Pode apostar.

— Que bom. — Ele expirou.

Charlotte limpou a garganta e se obrigou a sorrir, para que ele pudesse ouvir o sorriso em sua voz.

— Como está Lu?

Beckett deu um sorriso debochado.

— Uma grande pé no...

— Beckett.

— Tá, tudo bem. Mas, olha, eu não odiaria tanto aqui se ela não estivesse tão para baixo.

— Ela está tendo dificuldade com Justice?

— Talvez. Não sei. Ela está sempre no telefone ou com as amigas reclamando do Verme. Não fique zangada comigo, é assim que ela o chama.

— Quem?

— O Verme. Aquele garoto, não lembro o nome.

— Pete?

— É, ela amava ele *taaaaanto*, mas parece que ele foi um cretino, e agora ela odeia ele por toda a eternidade. Esse tipo de coisa.

— O que ele fez? — perguntou Charlotte.

— Saiu com outra, eu acho.

Ela sabia! Charlotte sabia! E, agora, sua filha estava sem namorado! Sim! Espere... não! Ah, não, pobre Lu. Ah, ai, coitadinha. Por que os garotos eram tão idiotas? Ela mataria aquele Pete! Bem, talvez já tivesse passado por assassinatos demais, para a sorte dele. Lu encontraria alguém melhor. Charlotte acreditava nisso e até torcia para que acontecesse.

— Lu está aí?

— Está, espere.

Ela conseguiu ouvir Beckett abrindo a porta e chamando a irmã, que gritou alguma coisa em resposta.

— Ela disse que está de saída.

— Quero falar com ela por dois segundos.

— Dois segundos! — gritou Beckett.

Uma pausa. Lu disse:

— Oi.

— Oi, querida. Eu só queria que você soubesse que estou com saudade.

— É. Eu recebi sua carta.

— Recebeu?

— Recebi. Tenho que ir.

— Tudo bem, te vejo amanhã.

A voz de Beckett de novo:

— Ela leu aquela carta umas cem vezes.

— Cala a boca, Beckett! — gritou Lu de longe.

Beckett riu. Charlotte fez uma dancinha feliz.

Em seguida, o telefone foi para as mãos de James. Ela conseguiu ouvi-lo andando enquanto falava trivialidades e escutou outra porta se fechando. Ele devia ter ido para o quarto.

— Não vamos poder ficar com as crianças naquele fim de semana do mês que vem — disse ele, emitindo um *ruído* de leve que foi o único sinal de tristeza.

Charlotte comprimiu os lábios. Normalmente, ela diria "tudo bem" e pronto. Mas uma pessoa tinha tentado matá-la, caramba, e ela havia desistido da esperança de ficar com Eddie. Depois disso, uma pessoa tem direito a fazer algumas perguntas.

— Por quê?

— Bem, com minha conferência chegando...

— Sua conferência é em novembro.

— Certo, então faltam só três meses e preciso me preparar...

— Durante o fim de semana inteiro, em todos os fins de semana do mês que vem, você vai estar se preparando para sua conferência em novembro.

A voz dele passou a um quase sussurro:

— Justice não teve filhos, sabe. E essas semanas foram difíceis para ela. Não sei se um mês inteiro por verão é a melhor ideia.

Charlotte respirou bem fundo, tão fundo que isso veio dos dedos dos pés e sufocou o grito que vinha crescendo em seu peito.

— James Nathan Kinder, vamos ter essa conversa uma vez, agora, e nunca mais. Você é o pai de Lu e Beckett. Um pai dá prioridade aos filhos. Antes de sua nova esposa, antes de seu trabalho, antes de você mesmo. A paternidade é isso. Eles amam você, pobres crianças. *Precisam* de você. E você vai fazer tudo o que puder para garantir que saibam que você também os ama e que é constantemente, sem hesitação, o pai, à disposição dia e noite, o maior apoiador deles, o maior fã e o único homem que vai sempre abrir a casa para eles.

— Claro, sem dúvida, em um mundo ideal, mas...

— Nada de *mas*. Nem um *mas*. É uma questão simples, Sr. Kinder. E, nesta única conversa que nunca será repetida, vou dar um pouco de incentivo, já que seu coração parece ter encolhido ao tamanho do coração do Grinch e não dá para confiar na sua cabeça para fazer boas escolhas. Você acha que está em segurança só porque eu assinei os documentos do divórcio? Não relaxe quanto à sua conta bancária. Você já estava tendo um caso meses antes de nosso divórcio, não estava? Já estava violando seus votos matrimoniais quando me pediu para acrescentar seu nome às minhas contas. Você sabe que Lenny queria ir direto à jugular durante as negociações, mas eu o segurei. O que você acha que ele vai fazer se eu der uma segunda chance?

Ela quase conseguia ouvir James tremendo no outro lado da linha. Lenny era um excelente advogado, e James sabia bem que Charlotte o tinha acalmado. Charlotte não sabia se era possível ou não uma renegociação do acordo agora que o divórcio estava concluído, mas James também não.

— Temos suas faturas do cartão de crédito de vários anos anteriores. Você é uma criatura de hábitos, Sr. Kinder, e desconfio que tenha deixado uma trilha de provas: restaurantes, quartos de hotel, presentes. Muitos dos seus antigos amigos devem ter testemunhos interessantes para acrescentar. Não tenho dúvida de que Lenny é capaz de provar que você estava agindo de má fé bem antes de ter direito ao meu dinheiro. E, quando ele provar, pode dizer adeus ao seu pé de meia.

Silêncio.

— Excelente observação — disse ela. — Bem colocada. Sem meu dinheiro alavancando seu estilo de vida, Justice deve ter que arrumar um emprego. O que você acha que vai ser mais conveniente para ela, ser uma boa madrasta ou perder uma fortuna? Por isso, estou avisando, vá se encolher em um canto qualquer para lamber suas feridinhas e siga em frente. No momento, no *exato* momento em que eu detectar que você está sendo um pai nada entusiasmado, vou cair como uma mãe ursa no seu rabo. Não tenha dúvida de que sou capaz e de que farei isso. Consegue ouvir na minha voz? Um tom que talvez não seja familiar a você? Mais do que confiança. É certeza absoluta, Jimmy boy. Se você não se comportar como o pai decente que já foi, vou fazer tudo o que puder para arrancar tudo que você ganhou sem merecer e para proteger meus filhos. Estamos entendidos?

Mais silêncio.

— Tenho o número de Lenny gravado aqui...

— Sim — disse ele. — Estamos entendidos, sim.

— Que bom. Aproveite o restinho da visita das duas crianças mais maravilhosas do mundo.

Charlotte desligou e se sentou, respirando como se estivesse prendendo o ar havia um tempo. E talvez estivesse mesmo.

Ela começou a andar de volta em direção à casa, devagar como se estivesse em uma marcha fúnebre. Os tentáculos do lar pareciam tocá-la agora, tornando a caminhada mais lenta, puxando-a para longe. Ela imaginou dormir de moletom, acordar com os bipes e explosões de Beckett jogando videogame na manhã de sábado, o barulho da colher de Lu na tigela de cereal. Eram coisas pelas quais ansiava. Não lamentava estar indo embora. De verdade.

Ela estava derretida, o coração exposto. Estava sentindo de novo. Intensamente. Apesar de uma pontada de coração partido estar se aninhando em seu peito, ela não se arrependia de nada. Que coisa mágica foi conhecer Eddie, saber que existem bons homens no mundo e viver alguns dias amando-o. Torcia para que a admiração e o afeto conseguissem sustentá-la pelo tempo que seria necessário para que superasse essa dor de amor.

Estou apaixonada, ela disse para si mesma, e sabia que era verdade. Mas não mudava o fato de que havia dois filhos esperando por ela em Ohio, nem que Eddie era ator e morava na Inglaterra. Ela disse para Beckett que estava voltando para casa, e, depois de falar com James, soube que tinha que ser a mãe que sempre estava presente. Sempre.

Você não vai encontrar alguém como Eddie naqueles encontros armados, disseram seus Pensamentos Profundos.

Não, concordou Charlotte. Eu compararia todo mundo com ele, e ninguém vai chegar à altura.

É provável que você fique sozinha por muito tempo, e isso é um horror.

É, é provável. Mas as coisas são assim.

Como você preferir, disseram seus Pensamentos Profundos, irritados ao ponto de nem discutir.

A casa estava perto, e o pânico tomou conta do peito de Charlotte. Não queria encarar Eddie só para dizer adeus. E por que deveria? Afinal, eles não estavam namorando. Ela foi liberada da preocupação de dizer as coisas certas, causar a melhor impressão. Aquele era um lugar sem ansiedades (pelo menos, ansiedades não relacionadas a assassinato). As expectativas eram claras: venha, passe duas semanas e volte para casa. E talvez Eddie tivesse gostado da cena final na noite anterior na estufa do mesmo modo como Mallery procurava seu momento final no chalé. Era tudo fantasia. Voltar para casa era real.

Charlotte iria. Agora.

Ela deu meia-volta e andou apressadamente para a pousada. As únicas coisas de Charlotte naquela casa eram as necessaires. Ela escreveria para a Sra. Wattlesbrook e pediria que mandasse a maquiagem para Mary na cadeia. A bagagem de Charlotte estava esperando na pousada. Podia trocar de roupa e chamar um carro para levá-la ao aeroporto.

Ela não olhou para trás. Agora que tinha decidido ir embora, o pensamento de ver Eddie novamente a enchia de pavor. O rosto dele enfraqueceria a resolução dela, as palavras tornariam tudo muito mais difícil. Ela era apenas uma daquelas damas sedentas por amor de quem ele falara, com quem o flerte poderia dar prazer por algumas semanas. Independentemente de querer ou não que ela ficasse, ele seria gentil, e isso a magoaria.

O céu estava nublado, com nuvens sem nenhuma forma ou cor específicas. Uma névoa se espalhava e ela ficou feliz por estar de chapéu e mangas compridas. O cascalho soava alto sob seus pés. Névoa úmida e cascalho estalando pareciam ser todo o mundo. Ela conseguia sentir a mansão atrás, mas não olhou. Era capaz de viver sem a grandeza, sem o espartilho e as saias até os pés, a falta de solidão, a sensação de sempre ser observada, mesmo no próprio quarto. Era capaz de viver sem Austenlândia.

Mas você vai sentir falta de Eddie, disseram seus Pensamentos Profundos.

Eu sei, disse ela. Mas, como você vai aprender um dia, esse é o tipo de escolha necessária que temos que fazer quando somos adultos, mesmo quando dói.

Que saco, disseram os Pensamentos Profundos. Sinto muito.

Obrigada.

Charlotte não podia se permitir ficar pensando na sensação de segurar a mão de Eddie, como se tudo que importasse no mundo fosse expressado naquele toque; como se ela fosse ficar em segurança e feliz para sempre porque aquele homem maravilhoso queria ficar ao lado dela; como se pombas tivessem feito um ninho e arrulhassem suplicantes no peito dela. Não, ela não podia se permitir ficar pensando nisso, principalmente se envolvesse pombas. Pombas cruzavam o limite. Como normalmente fazem.

Ela estava nos portões de Pembrook Park quando ouviu alguém gritar:

— Sra. Kinder!

Charlotte teve um sobressalto ao ouvir o nome verdadeiro. Estava decepcionada e ao mesmo tempo aliviada de a voz não ser de Eddie.

A detetive Merriman estava de pé do lado de fora do carro, do outro lado do portão.

— Olhe só para você! Toda arrumada como uma dama. — A detetive Merriman sorriu. — Ah, tive sonhos lindos de Jane Austen quando era garota. Que bom que deixei para trás.

Ela deu um sorriso simpático, mas, quando o olhar se desviou para a casa, um instante de melancolia tomou conta da expressão dela.

— Bom dia, detetive — disse Charlotte, impedindo-se por pouco de fazer uma reverência. Mas tirou o chapéu. Estava meio exagerado.

O guarda abriu o portão, e Charlotte saiu.

— Preciso falar com você sobre Thomas Mallery — disse a detetive.

— Esse é o nome verdadeiro dele?

— Na verdade, é, e é um dos motivos pelos quais esse caso continua complicado. Ele alega que não matou John Wattlesbrook e que o ataque contra você foi parte da brincadeira.

Charlotte revirou os olhos.

— Sim, sim, eu sei, mas é um gesto bem inteligente. Havia o mistério das freiras e o jogo Assassinato Sangrento, então o "fingimento" dele de ser o assassino poderia ser encarado como continuação da brincadeira. Ele não a matou, entende. Não havia digitais dele no carro do Sr. Wattlesbrook, nem nas chaves que você encontrou. Ele deve ter limpado antes de escondê-las.

— E usou luvas de cozinha — disse Charlotte. — Havia uma no quarto secreto e outra no carro. As luvas têm as digitais dele?

— Infelizmente, não. Ele deve ter usado as luvas dele por baixo das luvas de cozinha. Protege das digitais e impede traços de DNA. Homem esperto.

— Mary é testemunha — disse Charlotte. — Acho que ela viu Mallery entrar no quarto secreto com Wattlesbrook e sair sozinho. E, depois que ele empurrou o carro para o lago, ela o ajudou a lavar a lama da roupa.

— É um caminho que vamos seguir, mas, na sua opinião, que disposição Mary teria de testemunhar contra ele?

Charlotte suspirou.

— Não muita.

— Eu não ficaria surpresa se ela tentasse confessar tudo. Portanto, acho que a única prova forte que temos contra nosso homem é a confissão a você.

— Ele foi bem direto no chalé, e isso foi depois de dois dias escondido. Não vejo como ele possa alegar que ainda era parte da brincadeira.

— Ele vai tentar. Sinto muito, senhora, mas tenho más notícias. Não posso deixar que saia do país agora.

— O quê? — Aquela possibilidade nunca tinha passado por sua cabeça. — Mas não posso ficar. Vou embora hoje. Agora, na verdade.

— Sei que deve ser incrivelmente inconveniente. Você tem um emprego para o qual voltar?

— Sim. Bem, não, posso trabalhar de qualquer lugar. Mas meus filhos...

— É claro. Será que você não pode encontrar um lugar para eles ficarem? Ou mesmo trazê-los para cá?

Charlotte sentiu como se estivesse se enchendo de hélio e flutuando acima do chão.

— Trazê-los para cá...

— Sim. Infelizmente, se você não ficar, vai ter que ir e vir muitas vezes, e como o caso todo contra um assassino é baseado no seu testemunho...

Charlotte começou a andar de um lado para o outro.

— Não, não, eu entendo. Eu *tenho* que ficar. Você está *mandando* que eu fique.

— Bem, eu diria de modo diferente...

— Sou essencial para o caso. Meu testemunho é fundamental. Eu estaria negligenciando meus deveres se fosse para casa agora. Todos terão que entender. Você precisa de mim.

— Imagino, com tantas palavras...

— Se eu fosse para casa agora, seria praticamente tão culpada de assassinato quanto ele!

— Bem, não sei...

— Charlotte! — Eddie agitou a névoa enquanto corria, que girou ao redor dele como fantasmas dançando. — Charlotte, você está indo, não está?

— Eu estava...

— Que horror!

Ela estava tentando sair sem ser vista. A mera visão do rosto dele deixou suas pernas bambas, e é difícil fugir com pernas bambas.

— Você quer que eu fique — disse ela, já acreditando.

— É claro que quero! — gritou ele.

— Que bom — gritou ela em resposta —, porque a detetive Merriman me proibiu sumariamente de sair do país! É culpa de Mallery. Ele me tornou uma testemunha-chave.

Eddie estava correndo mais rápido.

— Você quer dizer que tem que ficar aqui, neste país, no futuro próximo?

— Indefinidamente!

— Sei que deve ser uma terrível inconveniência? — murmurou a detetive.

Mas ela não disse mais nada quando Eddie chegou até Charlotte. Ele passou os braços ao redor dela, levantou-a e girou.

Charlotte se perguntava por que as pessoas giravam as outras nos livros e filmes. Agora sabia. Sentia. Os braços de Eddie estavam ao redor dela, e eles estavam juntos, eram um, sólidos no centro de tudo. Do lado de fora, o mundo estava rápido e borrado e vertiginoso e estranho. Dentro, tudo fazia sentido. Dentro, as únicas coisas claras eram Eddie e Charlotte. Tanto Charlotte quanto seus Pensamentos Profundos estavam pensando a mesma coisa: *viva, viva, viva.*

— Indefinidamente — disse Charlotte de novo, como se fosse a palavra mais importante do mundo. A extensão do Atlântico se tornou irrelevante. Não ficaria entre os dois. Ela ficaria na Inglaterra.

Ele a colocou no chão e manteve as mãos na cintura dela.

— Eu acordei com medo de que você falaria com seus filhos, se sentiria culpada e decidiria que provavelmente não sinto nada por você, então era melhor ir embora logo.

Charlotte fez um ruído de surpresa.

— Como você...?

— Uma mulher sem hobbies é perigosamente negligente consigo mesma. Acho que devo algo a Mallery por segurar você aqui. Felizmente, esses julgamentos podem se arrastar por uma eternidade.

— Meses e meses — disse ela.

— Anos, até — disse ele.

— Vou mandar meus filhos virem.

— E talvez alugar um apartamento em Londres.

— Você conhece um bom bairro?

— Eu moro perto de Chelsea.

— Eu sempre quis morar em Chelsea. Pelo menos, sempre teria querido morar em Chelsea se isso tivesse me ocorrido antes. Como agora. Acabou de me ocorrer.

— Você vai amar Londres. Eu amo Londres. Adoraria ver você em Londres.

— Eu já vi Londres. Na verdade, já vi a França.

— Prossiga — disse ele, com expressão de alcova.

Ela o beijou. Era tudo o que queria fazer. Beijar Eddie. Ela largou o chapéu e deixou que o vento o soprasse na névoa, abraçou-o e o beijou. Seus olhos estavam fechados, e ela sentiu como se o mundo ainda estivesse girando.

Ao lembrar-se da plateia, Charlotte espiou. A detetive estava sentada no carro observando Eddie e Charlotte sem vergonha nenhuma, como se eles fossem silhuetas na tela de um cinema drive-in. Ela apoiou a mão e a bochecha na janela e suspirou.

— Venha — disse Charlotte, e pegou a mão dele. — Vamos nadar.

Ele semicerrou os olhos.

— De verdade?

— Eu protejo você dos peixinhos perigosos.

Ele a pegou no colo e carregou pelo gramado. Os braços dele estavam se tornando um meio de transporte comum.

— Como desejar, minha querida. Afinal, me tornei especialista nos seus botões e cordões.

em casa, no presente

A QUESTÃO SOBRE O LAR é a seguinte: você pode estabelecê-lo em quase qualquer lugar, desde que esteja com os seus ao redor. Charlotte ficou surpresa com a disposição com que Beckett aceitou a mudança, combinada às promessas de viagens para visitar os amigos. Lu pareceu logo em casa, em particular depois de conhecer a filha de Eddie, Julia, sua mentora em todas as coisas britânicas. A oportunidade de conhecer Alisha também adoçou o acordo. James viajaria periodicamente para passar um tempo com os filhos sem a madrasta Justice, que não tinha passaporte e se recusava a tirar um por misteriosos motivos ideológicos. O restante do pessoal de Charlotte, os amigos, a mãe e a família do irmão, adoraram a desculpa para visitar a Inglaterra, principalmente à custa dela.

E havia Eddie. Ele já parecia ser o seu lar.

Charlotte estava cheia de planos que faziam seus dedos formigarem de expectativa. Depois de explorar a flora local, ela poderia expandir seu negócio para um novo continente. E estava determinada a adquirir alguns hobbies pelo caminho. Fazer caminhadas era o segundo objetivo da lista, embora ninguém além de seus Pensamentos Profundos tivesse noção de que o seu objetivo maior era escalar o monte Kilimanjaro. Mas, primeiro, ela aprenderia a dançar.

agradecimentos

SOU GRATA ÀS MUITAS PESSOAS que cuidaram dessa história desde que era um conceito até virar um livro impresso. Mando beijos nas bochechas de todo o pessoal da Bloomsbury: Victoria Wells Arms, Mike O'Connor, Maureen Klier, Liz Peters, Sabrina Farber e Rachel Mannheimer. Beijos especialmente estalados para Barry Goldblatt, Janae Stephenson, Shelby Ivory, Jen Jones, Meghan Hibbett, Stephenie Meyer e Jerusha Hess. Um beijo na boca, de cinema, para Dean Hale. E uma reverência agradecida a Jane Austen.

Enquanto eu estava escrevendo este livro, gostei de me aprofundar em muitas histórias góticas, particularmente *Rebecca, a mulher inesquecível*, de Daphne du Maurier, *A assombração da casa da colina*, de Shirley Jackson, *Jane Eyre*, de Charlotte Brontë, muitas de Agatha Christie e, é claro, *A abadia de Northanger*, de Jane Austen.

Por fim, peço desculpas às freiras de todo o mundo pelo triste destino da Abadia de Grey Cloaks, e principalmente às Clarissas da Adoração Perpétua de Our Lady of Solitude, no Arizona, que me escreveram para dizer o quanto gostaram da dedicatória de *Austenlândia*.

Este livro foi composto na tipologia
Swift Lt Std Light, em corpo 10/15,5, e impresso
em papel off-white no Sistema Cameron da
Divisão Gráfica da Distribuidora Record.